ヌルハチ　朔北の将星●目次

序 —— 三
一章　復仇《ふっきゅう》の旗 —— 一七
二章　九ヵ国連合軍 —— 一一五

講談社文庫

ヌルハチ

朔北の将星

小前 亮

講談社

三章　統一の旗――一七九
四章　サルフの戦い――二八一
五章　焦慮の刃――三八一

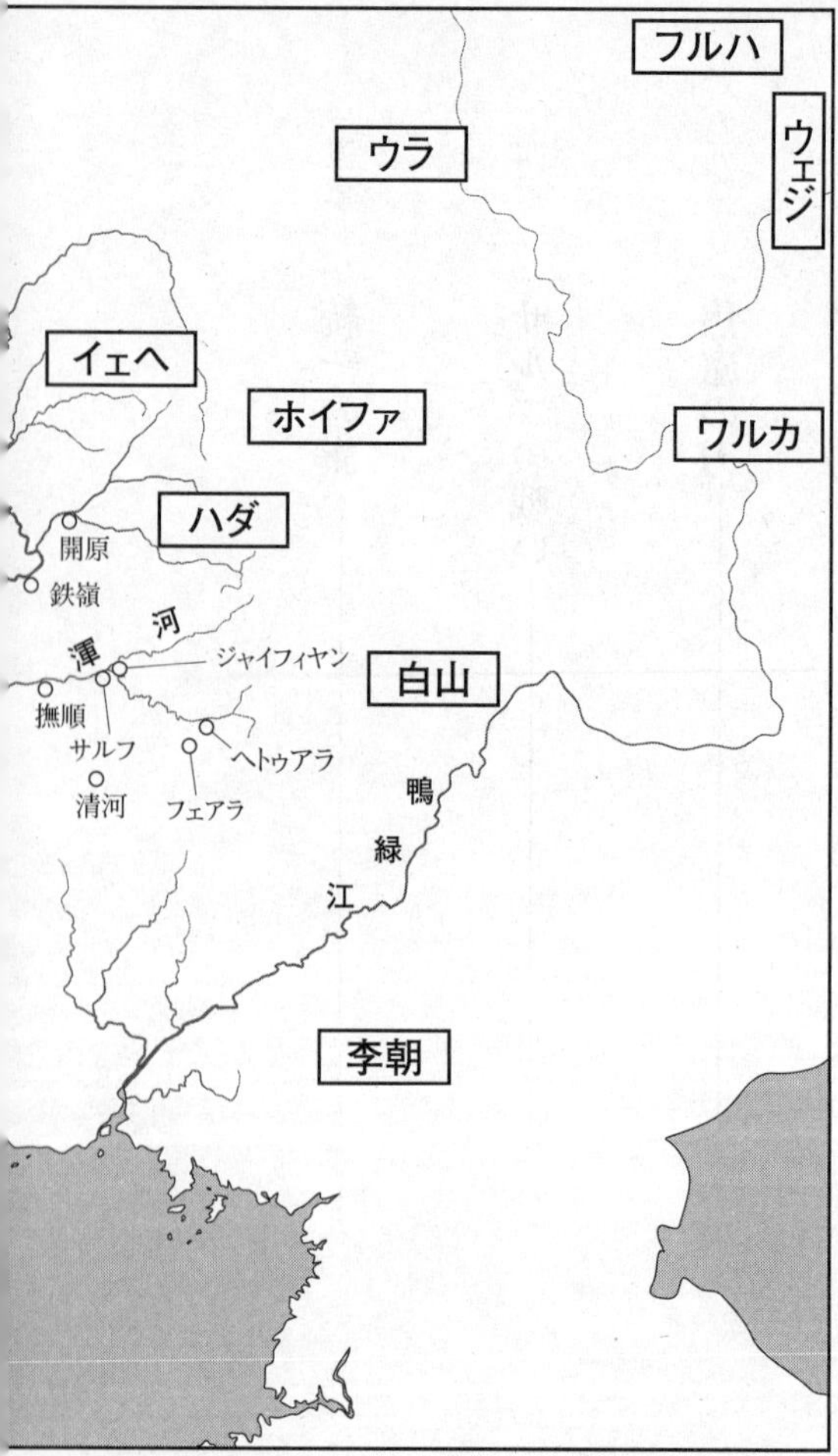
フルハ
ウラ
ウェジ
イェヘ
ホイファ
ワルカ
ハダ
開原
鉄嶺
渾河
ジャイフィヤン
白山
撫順
サルフ
ヘトゥアラ
清河
フェアラ
鴨緑江
李朝

地図作成／らいとすたっふ

主な登場人物

ヌルハチ　マンジュ五部のひとつスクスフ部の有力者の息子
エイドゥ　ヌルハチの右腕。五人の重臣のひとり
李成梁　明の遼東総兵官。強欲で賄賂を好む
ニカン・ワイラン　ヌルハチの仇敵
ガハシャン・ハスフ　エイドゥの従弟。ヌルハチに仕える
シュルガチ　ヌルハチの弟
アン・フィヤング　ヌルハチの臣。家僕あがりで力自慢。五人の重臣のひとり
ロンドン　ヌルハチの親族。ヌルハチを敵対視する
ナリムブル　フルン四部のひとつイェへの首長
ホホリ　ヌルハチの臣。聡明で明の内情にくわしい。五人の重臣のひとり
フィオンドン　ヌルハチの臣。思慮深く騎射にすぐれる。五人の重臣のひとり
フルガン　ヌルハチの臣。知勇兼備の将。五人の重臣のひとり
ブジャンタイ　フルン四部のひとつウラの首長の弟

チュエン　ヌルハチの長男
高淮　明の宦官で礦税太監。酷吏
ダイシャン　ヌルハチの次男
ダキ　エイドゥの息子
ギンタイシ　ナリムブルの弟
ホンタイジ　ヌルハチの八男
李永芳　明の役人。撫順を守る
楊鎬　サルフの戦いにおける明軍の総司令官
熊廷弼　明の官僚。硬骨漢だが人望はない
袁崇煥　明の官僚。寧遠を守る

ヌルハチ

朔北の将星

序

雪混じりの風が、頰《ほお》をなぶっている。空は淡い青で、雲は見られない。風に混じっているのは、平原に薄く積もった雪である。乾いた雪は風にあおられて地を走り、宙を舞う。それはやがて、紅《あか》く染まるであろう。

銃声がとどろき、火線が奔《はし》り、人馬の絶鳴がこだまする。空を埋めつくした矢は、力なく地に墜《お》ちた。緑乏しい朔北の野は、敗者の屍体《したい》で覆《おお》われ、怨嗟《えんさ》の声に包まれる。折れた刀と壊れた弓が河をふさぎ、緋色《ひいろ》の水があふれだす。懸命に開墾してきた畑は不毛の地と化し、落ちた城はただ朽ちていく。

そのような光景を幻視する者は多い。

しかし、ヌルハチは違った。鹿毛《かげ》の悍馬《かんば》にまたがったヌルハチは、瞳《ひとみ》を西に向けていた。鷲《わし》に喩《たと》えられる、鋭い光を放つ瞳である。

誕生まもない金国《アイシン》は、滅亡の危機に瀕《ひん》していた。都ヘトゥアラに、二十万の明軍《みん》が迫っているのだ。対するアイシン軍は、四万を算えるのみ。ヘトゥアラの街は重く沈んでいた。丸太と石を組んだアイシンの城壁は、明の城市《まち》と比べるとあまりに貧弱である。火砲を備えた明の大軍に攻められて、持ちこたえられるとは思えない。将兵は悲壮感に包まれていた。ヌルハチがいくら不敗の将であっても、勝てるはずがない。そう頭では理解している。それでも、逃げ出す者はいなかった。故国を守るための戦である。悪逆非道の明に、アイシンの地を陵辱されるわけにはいかない。命を捨ててでも、侵略者をはばむ。

ただ、どこかで、アイシン兵は信じていた。自分たちの英明なるハン、すなわちヌルハチは、奇蹟《きせき》を起こす、と。

これまで、絶望的な状況をくつがえしたことが何度あったか。戦った相手を吸収して拡大してきたアイシン軍には、かつての敵も多くいる。どれだけ大軍をそろえても、堅固な城壁を盾にしても、ヌルハチには勝てなかった。彼らはその強さをよく知っている。そして、初期からヌルハチにしたがっていた兵たちは、勝ちつづけてきた。相手が明でも、負けるはずがない。

ヌルハチは、将兵の信仰にも似た思いを背中に受けて、微動だにしない。

彼は待っていた。

必ず勝てる、とは考えていない。だが、勝機はあると踏んでいた。だから、宣戦したのである。圧倒的な国力を背景にした傲慢《ごうまん》なふるまいを、終わらせたかった。明軍を倒して、自分たちの強さを知らしめ、対等の関係を結ぶ。それがヌルハチの夢だ。

二十万対四万。さらに鉄砲《てっぽう》や大砲に対して、弓と刀槍《とうそう》で立ち向かう。その状況だけ見れば、勝ち目はない。しかし、目の前に二十万の軍がいるわけではない。敵軍はまだ到着していないのだ。

だから、ヌルハチは待っている。敵軍がどこを通ってくるかという情報を。敵の位置がわかれば、戦術を立てられる。

やがて、待ち望んでいた報《しら》せがもたらされた。

敵は兵を分けて進軍している。

ヌルハチの頰に、微笑が広がった。

「まず、北へ」

進軍方向を問われて、ヌルハチは答えた。

戦史上に金文字で記される、機動力を生かした各個撃破作戦。明の大軍を大軍となる前に撃破した瞠目《どうもく》すべき会戦。

サルフの戦いが、はじまろうとしていた。

一章　復仇《ふっきゅう》の旗

一

その若者は、ただ茫然《ぼうぜん》と突っ立っているように見えた。凶猛そうな五人の賊に囲まれ、白刃のきらめきを目にしてなお、状況がつかめていないようだ。早々に逃げ出した三人の従僕のほうが、よほど気が利いている。

寒風が通り抜けていく。若者が引いている荷馬と、売り物らしき三頭の耕牛が不安げに鳴き声をかわした。

エイドゥは木立に身をひそめて、飛び出す機をうかがっていた。

若者は戦力になるだろうか。着ている服はすり切れているが、三頭も牛を連れ、馬も荷を積んでいる。馬市、つまり明朝との交易で商品を仕入れた帰りだとすると、それなりに有力な一族の出身かもしれない。ならば、最低限の武術は身につけているはずだが、伸びきった膝《ひざ》を見ると、そうは思えない。自分の身くらいは守ってほしいところだが、難しいか。

賊のひとりが歯茎をむき出しにして笑った。

「逃げるんなら、命まではとらねえぜ。金はもちろん、服も荷物も全部おいていってもらうがな」

「そうだな。十数えるうちに、裸になってもらおうか。嫌なら、首をちょん、だ」

下品な哄笑《こうしょう》が響いた。

同時に、若者がわずかに身をかがめた。逃げるつもりになってくれたのなら、ありがたい。エイドゥはそう思ったが、違和感も覚えていた。若者はまっすぐ前を向いている。逃げ場を探す様子はない。

賊が刀を振りあげた。

「一、二、三……」

エイドゥは弓に矢をつがえた。賊の頭らしき男に狙いを定めようとしたとき、若者が口を開いた。

「手を出すな」

低いが、よく通る声だった。賊たちが顔を見あわせる。

「何を言ってやがる。早く脱げ」

「黙って見ていろ」

自分に言っているのだ、と気づいて、エイドゥは弓を下ろした。若者はこちらに左半身を向けている。見えていないと思うのだが、気配を察したのだろうか。

「わけのわからんやつだ。やっちまえ」

賊が叫んだのは、不安からであっただろう。若者の雰囲気が一変しているのだ。いつのまにか刀を抜き放ち、炯々《けいけい》たるまなざしで賊をにらんでいる。虎に似た気が、若者の全身から噴《ふ》き出している。

賊は威勢のいい声をあげ、刀を振りかざしているが、足は動いていない。仲間同士で牽制《けんせい》し合っているようだ。

若者が先に動いた。刀が中空に弧を描き、血しぶきが背景を彩色する。ふたりの賊が胸をおさえてうずくまった。

残る三人が、同時に斬《き》りかかる。若者は半瞬の差で、刃をかいくぐった。振り向きざまに刀をふるったが、足をすべらせて空振りに終わる。さらにもう一撃。これは刀で防がれて、金属音が高く鳴り響いた。

エイドゥは再び弓をかまえた。若者はよく刀を使うが、無双の勇者というほどではない。援護したほうがよさそうだ。

しかし、その必要はなかった。若者は低く気合いの声をあげると、ひとりの賊に向かって突進した。覇気に圧倒されたか、賊はとっさに反応できない。胸から腹へななめに斬られて、倒れ伏した。

血に濡《ぬ》れた刀が再びひらめく。四人目の賊が右腕を斬られて、膝をついた。五人目は転がるようにして駆け出す。

「逃がすか」

エイドゥは立ちあがった。すばやく放った矢が、賊の背中に吸いこまれるように突き刺さる。

賊はなおも数歩進んだが、こらえきれず前のめりに倒れた。

若者はエイドゥに見向きもせず、倒れた賊の懐《ふところ》をさぐっている。戦利品は少ないようで、表情は冴《さ》えない。賊のうち、ふたりはまだ息があった。生かしておいても仕方がない。エイドゥはとどめをさしてまわった。

最後のひとりの傍《そば》から立ちあがった若者が、エイドゥに歩み寄ってきた。右手につかんだものを差し出す。

「これはおまえが倒した賊のだ」

開いたてのひらに、明の銭が数枚のっていた。妙なところで律儀な男である。エイドゥはすなおに受け取って訊《たず》ねた。

「おれはギヤムフ村のエイドゥ。あなたの名は？」

若者は背はさほど高くないが、均整のとれた体格をしていた。顔はごく平凡で、強い印象は受けない。賊に対峙《たいじ》していたときの迫力はすでに失われている。年齢はエイドゥよりやや上、二十歳前後であろうか。

「スクスフ部のヌルハチだ」

その名は聞いたことがある。エイドゥは率直に言ってがっかりした。ヌルハチが苦笑を浮かべたのは、内心が顔に出てしまったからだろう。

エイドゥは女真《ジュシエン》（女直）人である。女真人は中国の東北、朝鮮《ちようせん》半島とモンゴル高原にはさまれた地域に暮らしている。朝鮮半島との境は長白《ちようはく》山脈、モンゴル高原との境は大興安嶺《だいこうあんれい》という山脈だ。南には万里の長城がそびえている。

女真人のなかでも、エイドゥたちは建州《けんしゆう》女直と呼ばれている。これは明の分類で、自分たちはマンジュと称する。マンジュは渾河《こんが》や渾江《こんこう》といった河川が流れる平原地帯に居住しており、農耕をおこなっているが、土地は貧しく、生活は楽ではない。マンジュは現在、おおむね五つの小さな集団に分かれており、そのひとつがスクスフ部だった。

スクスフ部の有力者のひとりがギオチャンガ、ヌルハチの祖父である。ただ、ギオチャンガの評判はよくなかった。馬市での明との取引で財産を築いたのだが、その過程で多くの者を裏切ったり、見捨てたりしている。

エイドゥが住むギヤムフ村にも、その悪評は届いていた。ただ、ギオチャンガの悪行はヌルハチには責任がない。そもそも、ヌルハチは勘当されたとの噂《うわさ》もある。先ほどの賊退治は見応《みごた》えがあった。エイドゥは改めて訊ねた。

「馬市の帰りですか」

ヌルハチはすくんでいた牛をなでていた。幸い、三頭の牛と一頭の荷馬は逃げ出しいない。ては いない。

ああ、とヌルハチは気怠《けだる》そうに答えた。

「従僕は逃げてしまいましたね。ひとりで連れて帰るのは大変でしょう」

どうしてそんなことを訊ねたのか、エイドゥ自身にもわからない。ヌルハチは振り返って、エイドゥを一瞥《いちべつ》した。

「賊に遭ったら逃げろ、と言ってある。じきに戻ってくるだろう」

エイドゥは眉《まゆ》をひそめた。

「主人をおいて、ですか」

「ああ、おれひとりならどうにでも切り抜けられる。だが、人を守りながらは難しい。だから、おまえにも手を出すな、と言った」

なるほど、とエイドゥは合点した。このときにはすでに自覚している。どうもヌルハチのことが気になってならない。つかみどころのないように見えるが、実はとんでもない大物ではないか。

「でも、おまえに助けてもらえば、もっと楽ができたな」

そう言って笑った顔は、意外に人なつっこく、魅力的であった。エイドゥはこの男をもっと知りたくなった。

「うちの村に泊まっていきませんか」

思わず誘うと、ヌルハチは軽く首をかたむけるようにしてうなずいた。

「そのつもりだった。ギヤムフ村には知り合いがいるから。彼らが戻ってきたら、案内してくれ」

しばらく待つ間、エイドゥはヌルハチに身の上を話した。エイドゥは長白山地方の出身だが、幼時に両親を賊に殺され、六年前、叔母を頼ってこの地に移り住んだ。現在、十九歳である。叔母と義理の叔父、それに従兄弟《いとこ》はよくしてくれるが、そろそろ独《ひと》り立ちしたいと考えている。

女真人はかつて金という王朝を建てて、中国の北半分を支配したことがある。しかし、この頃は一帯を統一するような強大な国はなく、小さな集団が並び立っており、あちこちに賊が跳梁《ちょうりょう》している。だから、エイドゥのような境遇はめずらしくない。

ヌルハチが独立したのも十九のときだという。今から三年前だ。生母が十歳のときに死んだため、父のタクシは後妻を迎えたのだが、ヌルハチはこの継母《ままはは》から冷たくされた。食事は最低限しか与えられず、多くの雑用を言いつけられた。そして、財産もあまり分けてもらえず、追い出されるように独立したのである。それからは、わずかな土地を耕し、商売をしたり、鷹狩《たかが》りをしたりして、糧《かて》を得ている。

女真人は農耕を生業《なりわい》とするが、とくにマンジュの土地は貧しいので、それだけでは暮らせない。狩りや漁、そして明との交易が、生きるために必要である。何も得られない者たちが賊になる。

少し打ち解けてきたか、ヌルハチはぽつりと言った。

「この前、息子が生まれたんだ。だから、賊はなるべく減らしたい」

争いの絶えない、人の命が牛馬より軽い時代である。自分の身は自分で守るしかない。

「おれも同じ気持ちです。いや、子供はいませんが、賊は許せない」

エイドゥは声に力をこめた。自分のような境遇の子供を減らしたい。そう思いながら、エイドゥは村の周りを警戒してまわっているのだ。

「お互い、死なないようにしような」

ヌルハチは立ちあがった。従僕たちが戻ってきたのだ。彼らのほっとした様子を見ると、ヌルハチが慕《した》われていることが察せられる。

エイドゥはヌルハチを村まで案内した。叔母を驚かせたのは、翌日のことである。

「村を出るって。何だって急に」

「急じゃなくて、ずっと考えていたんだ。ちょうどいい機会だと思って」

エイドゥは、ヌルハチについていくつもりだった。この人はきっと、大きなことをやってのける。そう見こんだのだ。その気になれば、マンジュの統一だって、夢ではないかもしれない。

「あんたもいいかげんに身を固めて、地に足を着けて生きていく歳だろ。縁組を考えていたところなのに」

叔母は心底あきれているようだった。ヌルハチも同様である。

「ついていく、と言われてもな。とても食わせてやれん……いや、ひとりくらいなら何とかなるか……」

ヌルハチは無精ひげをなでた。

「だけど、ついてきてもいいことはないぞ。おれは後継ぎにはなれそうもないからな」

「かまいません。あなたは身ひとつでも成り上がれる人です」

エイドゥは勢いこんで告げたが、さしたる根拠はなかった。強《し》いて言えば、賊と戦ったときの迫力だ。普段はとぼけていても、やるときはやる。そういう男がエイドゥは好きだった。

「あんた、うちに遠慮してるなら、そんな必要はないんだよ」

叔母が気づかわしげな表情になった。エイドゥは微笑して首を横に振る。

「そういうのじゃない。おれは自分の目と運を試してみたいんだ」

「行かせてやろうよ」

従弟のガハシャン・ハスフが援護射撃してくれた。ふたつ下の従弟は生意気だが、頼りになる男だ。弓の名手で、一緒に賊退治をしたこともある。

「おれだって、いつかひと旗あげたいと思っているんだ。エイドゥの気持ちはわかる」

「あんたまでそんな……」

これ以上、議論していても仕方ない。エイドゥはガハシャン・ハスフに片手を振って謝意を伝えると、高らかに宣言した。

「じゃ、おれは行く。叔母さん、今までありがとう。元気でね。困ったことがあったら、いつでも駆けつけるから」

エイドゥはさっと後ろを向いた。こみあげてくるものを見られたくない。

「今、困ってるんだけどね」

叔母はつぶやいてから、ヌルハチに向き直った。

「よろしいのですか」

ヌルハチはすぐには答えなかった。さてどうしたものか、と、エイドゥとその叔母を見比べる。

「役に立つことは保証します。あのとおり、強情で周りの見えないところはあるけど、すなおでいい子です。どうか頼みます」

エイドゥが驚いて振り返った。簡単に許してくれるとは思っていなかったのだ。涙が風に吹かれて飛んだ。

「別に今生の別れじゃないだろ。いちいち泣くところじゃないよ。本当にあんたは子供の頃から何かあるとぴいぴいと……」

「うるさい」

エイドゥは顔を真っ赤にしてうつむいた。ヌルハチを待たずに歩き出す。

ヌルハチは叔母が口もとを覆っているのを見て微笑《ほほえ》んだ。

「仕方ない。本人が帰りたいと言うまでは面倒をみよう」

こうして、エイドゥはヌルハチの最初の部下となったのであった。明の暦《こよみ》で万暦《ばんれき》八年（西暦一五八〇年）のことであった。

二

明は朱元璋《しゅげんしょう》（洪武帝《こうぶてい》）によって、西暦一三六八年に建てられた。

女真人の首長たちは、十五世紀の初め頃から朝貢をはじめている。中華王朝に対する朝貢は、朝貢品の何倍も価値がある回賜《かいし》の品を受け取れるため、多くの利益をもたらした。しかし、明はやがて回賜の負担に耐えかね、朝貢を制限するようになった。かわりに、馬市での取引が拡大された。

馬市はもともと、内戦で激減した馬を補充するために開かれた市場である。明は遊牧民や女真人から馬を買い上げていたのだが、馬が増えてその必要がなくなると、民間の商人に売買を許すようになった。朝貢が減ると、馬市は場所や回数を増やしていく。

一方、明は万里の長城の外、遼東《りょうとう》地方にも支配領域を延ばしていた。当初は本土と同じように統治しようと試みたが、辺境であり、対モンゴルの最前線でもあることから、やがて軍政下においた。

李成梁《りせいりょう》は、隆慶《りゅうけい》四年（西暦一五七〇年）から、遼東総兵官の地位について、遼東地方を治めている。この頃、明の軍隊は綱紀がゆるんで弱体化しており、前任者たちはモンゴル人や女真人に押されていた。しかし、李成梁は私兵軍団をひきいて、武勲を重ねた。遼東では、正規軍より私兵のほうが頼れるのだ。

明は女真人たちを分裂させ、競わせることで統御している。ある集団の勢いが増してくると、他の集団を支援して対抗させたり、あるいは軍を送って討伐したりして、統一させないようにする。

万暦十一年（西暦一五八三年）、李成梁はアタイという男が拠《よ》るグレ城を攻めた。

アタイはマンジュの有力者のひとりで、親子二代にわたって明と敵対している。親のほうはマンジュ五部の半ば以上を傘下に収めて強勢を誇っていたが、李成梁は八年前に彼の勢力を滅ぼした。その後も、アタイは屈せずに抵抗をつづけているのだ。

「戦は金がかかる。気が進まぬが、見せしめは必要だ。さっさと終わらせて帰ろう」

李成梁は細い目をさらに細めて、グレ城を眺《なが》めやった。李成梁はこの年、五十八歳である。遼東の王とも称される男だが、外見に際立ったところはない。貧相な小男なのだが、自然と権力の衣をまとっており、風格はたしかにあった。体格からは意外に感じられるほど太い声が、部下を抑えつける。

李成梁の先祖は朝鮮から遼東地方に移住してきて、代々武官を務めてきた。さらにさかのぼると女真人だというが、李成梁にその意識はない。

「やつらにはたいした兵力はありませぬ。閣下のお力でしたら、赤子の手をひねるがごとく、勝利を得られましょう」

李成梁の前には、ひとりの女真人がひざまずいている。李成梁はその辮髪《べんぱつ》に視線を落とした。後頭部を残して髪をそりあげ、残した髪を編んで垂らしている。ひざまずいていると、尖端《せんたん》が地面に触れる。もう見慣れたが、奇妙な髪型である。

「そうだといいがな」

李成梁はそっけなく応じた。

女真人の名は、ニカン・ワイランという。マンジュのスクスフ部の有力者だ。明すなわち李成梁に従順で、しばしば情報を提供してくる。当人には、李成梁の後ろ盾を得て、スクスフ部をまとめたいという野心があろう。李成梁は言質《げんち》を与えず、便利に使っていた。

秩序を維持するために、ある程度のまとまりは必要である。従順さと指導者としての器、その双方を備える者に任せたいのだが、それは背が高くて目方の軽い者を求めるような話だ。ニカン・ワイランは従順だが器は小さい、と李成梁は見ている。

「総攻撃をかけよ」

李成梁は部下たちに短く命じた。ニカン・ワイランがほくそ笑んだのはわかっていたが、気にはしなかった。

その数刻前である。ふたりの女真人が、グレ城の簡素な門の前に馬を立てていた。ふたりは親子で、親をギオチャンガ、子をタクシという。ヌルハチの祖父と父親にあたる。

「アタイよ、孫娘を迎えに来たぞ。戦がはじまる前に返してもらおう」

ギオチャンガは城内に呼びかけた。

「今、明に刃向かっても滅びるだけだ。そんなところに大事な孫はおいておけぬ」

城内から返答はない。

「やはり直談判《じかだんぱん》するしかないか。おまえは残っておれ」

ギオチャンガは息子に言いおくと、門をよじのぼって城の中に入った。

残されたタクシはしばらく待っていたが、ギオチャンガが出てくる気配はない。呼びかけても誰も答えない。

タクシはなおも待った。行動に出たのは、明軍の喊声《かんせい》を聞いたときである。

「おれも入れろ」

タクシは父と同様に、城門を乗り越えた。その背中のわずかに上を、明軍の矢が通りすぎていく。

グレ城はこんもりとした山に建てられている。石と丸太を積み、土で固めた城壁が、攻撃をはばむ。明軍は鉄砲隊も有しているが、李成梁は弓兵隊を主に使っていた。鉄砲は金がかかるため、女真人との戦いでは使いたくない。

明軍は城を包囲すると、大きな木の盾を掲げてじりじりと近づいた。城内から射かけられる矢が、次々と盾に突き立つ。

「矢の数が多いな」

李成梁は眉間《みけん》にしわを寄せた。ニカン・ワイランは相手の数を少なく見積もっているのではないか。

「慎重に進め。敵を侮《あなど》るな」

李成梁は前線に伝令を送った。

城門が開いたのは、指示が届く前である。騎兵の一隊が飛び出してきて、明軍に襲いかかった。重い馬鎧《よろい》はつけず、機動性を高めた部隊だ。女真兵は弓を乱射しながら駆け、刀に持ちかえて突進する。盾の陰《かげ》に身をすくめる明兵を文字どおり蹴散《けち》らし、弧を描くように駆けて城へと戻っていく。

「何をやっているのだ」

李成梁は地面を蹴りつけた。

さらに二回、敵軍は出撃してきた。二度目は弓で応戦して、敵を寄せつけなかったが、明軍は予想以上の損害を受けている。

李成梁は目を血走らせて怒鳴《どな》った。

「ニカン・ワイランを呼べ」

現れたニカン・ワイランは、こめかみに冷や汗を浮かべていた。這《は》いつくばって、謝罪を繰り返す。李成梁は地面に唾《つば》を吐《は》いた。

「おまえがいいかげんな情報をもたらしたせいで、大事な兵をそこなってしまった。責任はとってもらうぞ」

「どうかご寛恕《かんじょ》を。今から城に行って、降伏させてまいりますので」

李成梁は女真人の辮髪を疑わしげに見つめた。

「逃げたら承知せぬぞ。おまえとおまえの一族を地の果てまで追いかけて破滅させてやる」

「どうかお疑いなきよう。必ずや、城門を開かせてまいります」

ニカン・ワイランは手勢を連れてグレ城に近づいた。

「スクスフ部のニカン・ワイランだ。おまえたちにいい話を持ってきた」

女真兵たちは弓を下ろして、耳をかたむける。

「明軍の増援部隊が近づいている。このままでは皆殺しはまちがいない。しかし、明が望んでいるのは、叛逆者《はんぎゃく》アタイの命だけ。総兵官閣下は、アタイの首を差し出せば、他の者は助けると仰せだ。それどころか、アタイを殺した者には明の官職を授けるそうだ」

城内に広がるざわめきが、ニカン・ワイランの耳に届いた。明の官職に任命する勅書は、いわば朝貢の許可証だ。朝貢をおこなえば、経済的な利益は大きい。女真人にとって勅書はきわめて重要で、勅書の書き換えやなりすましもあれば、奪い合いで戦になることもある。

その日のうちに、城門は開かれた。アタイの首を持った男が期待に目を輝かせて、進み出てくる。ニカン・ワイランは笑顔で迎えた。

「よくやってくれた。総兵官閣下をお呼びするから、男たちはみなで隊列を組んで待っておれ。褒美《ほうび》を楽しみにな」

言いおくと、ニカン・ワイランは舞い戻って李成梁に事の次第を告げた。

「ほほう、やればできるではないか」

李成梁はにやりと笑うと、部下に部隊を分けるよう命じた。一隊は正面から進み、もう一隊は反対側から城内に突入する。

「天朝に逆《さか》らう女真人は殺せ。ひとりたりとも生かすな。女子供とて、容赦はいらぬぞ」

明軍は無防備の女真人たちに襲いかかった。血と悲鳴に満ちた殺戮《さつりく》は、辺りが暗くなるまでつづいた。

「これでしばらくはおとなしくなるであろう」

李成梁が幕営で満足げに茶をすすっていると、部下が報告にやってきた。アタイの陣営とは無関係だと主張する女真人を捕らえたという。李成梁は怪訝《けげん》に思った。

「なぜ殺さなかった」

「強すぎてなかなか近づけなかったのです。何人もの兵が怪我《けが》をさせられまして……。それで、きちんと事情を聞くと言って武器を捨てさせたのです」

「名は？」

「ギオチャンガとタクシです」

聞いたことがある名だった。ギオチャンガはスクスフ部の有力者だ。李成梁には貢ぎ物を寄こしたこともあり、敵対しているわけではないが、謀略に長《た》けた扱いにくい男という印象があった。ギオチャンガは孫娘を取り返しに来ただけだと主張しているという。

李成梁はニカン・ワイランに訊ねた。

「ギオチャンガとアタイの関係はいかなるものか」

ニカン・ワイランが即答する。

「孫娘を嫁《とつ》がせるほどの親密な関係です。グレ城の兵があれほど抵抗したのは、ギオチャンガが指揮をとっていたからでしょう」

ふむ、とうなずいて、李成梁は思案した。ギオチャンガは危険な男だ。この機会に殺してしまおう。反発があるかもしれないが、抑えるのは難しくない。そう判断するのに、時間はかからなかった。

「ふたりとも殺せ」

李成梁が命じると、ニカン・ワイランが、喉《のど》の奥から奇妙な音を出した。喜びの声をこらえようとして失敗したのだろう。

李成梁はニカン・ワイランに酷薄な視線を向けた。

「スクスフ部はおまえがまとめろ。手助けはせぬ。それくらいの才幹は期待してもよかろうな」

「は、もちろんでございます。ありがとうございます。ありがとうございます」

ニカン・ワイランは身をかがめて礼を繰り返した。李成梁の前で小物らしくふるまうことが、演技なのか本来の姿なのか、自分でもわかっていなかった。

三

訃報《ふほう》を耳にして、ヌルハチは純粋な怒りにかられた。仲がいいとは言えなかったが、実の祖父と父である。正々堂々と戦って死んだのならまだしも、だまされて殺されたようなものだという。そもそも、明は女真人を同じ人とは思っていない。まるで家畜、いや、それ以下の存在だとみなしている。

「いつか、目に物見せてやる」

こぶしを固めていると、別の考えも浮かんできた。これは絶好の機会ではないか。父がもっと長生きしていたら、祖父と父の地位と財産は、異母弟が受け継いだだろう。しかし、継母が産んだ弟はまだ二歳の幼児だ。長子たるヌルハチが手をあげれば、後継ぎの話はすんなりと片がつくのではないか。

ヌルハチは追い出されるようにして家を出た。名族の息子が独立するに際しては、充分な財産を分け与えるものだが、それはなかった。いつか身を立てて、父や継母に栄華を見せつけてやる。誰にも言わなかったが、そう思っていた。野心と言えるかもしれない。にもかかわらず、後を継ぐ、とすぐに手をあげる気にはならなかった。祖父は敵が多かった。ヌルハチのような無名の若者が継げば、さらに敵が増えるだろう。それは面倒だ。

ヌルハチの傍《かたわ》らには、エイドゥがひかえている。この三年、エイドゥはヌルハチにしたがって畑を耕し、狩りをし、交易をし、そして賊を退治してきた。叔母の家で暮らしていた頃は華奢《きゃしゃ》な体格だったのだが、今では筋肉が発達し、また脂肪もついて、年齢のわりに貫禄《かんろく》が出てきていた。

エイドゥは話を聞くと、ヌルハチをけしかけた。

「早くヘトゥアラに行きましょう。一族の財産を引き継いで旗揚げするのです。ニカン・ワイランに復讐《ふくしゅう》すると称すれば、ついてくる者は多いでしょう」

「財産といっても、持ち運べるものはすでに奪われていると思うぞ」

ヌルハチが渋《しぶ》るのは、エイドゥには予想できていた。

エイドゥはヌルハチの韜晦《とうかい》に気づいている。ヌルハチは才能を隠し、野心を隠して、ひっそりと生きようとしている。継母に邪慳《じゃけん》にされていたのが、遠因か。それとも、生来の慎重な性格によるものかはわからない。小集団が分立する今の女真の社会では、出る杭《くい》は打たれる。それを乗り越えて大勢力になると、今度は明に討たれる。ヌルハチがそこまで考えているとは思わないが、才を発揮しにくい現状ではある。

でも、それではつまらない。くすぶったままで、一生を終えさせてはならない。ヌルハチを世に出すことを、エイドゥは自分の使命だと考えている。焚《た》きつけて燃えないなら、むりやり引きずって、火の中に叩きこんでやる。それくらいの気持ちでいるのだ。

「人だって土地だって、財産のうちですよ。旗揚げすれば、それが手に入るのです。とにかく、行きますよ」

「どうして、おまえがそんなにむきになるんだ」

ヌルハチは首をかしげつつも、祖父が本拠をかまえていたヘトゥアラ城におもむいた。

祖父はあまり防御を重視していなかったから、ヘトゥアラの城壁は崩れかけており、門は開きっぱなしである。久しぶりに来ると、荒《すさ》んだ印象があった。そもそも、人の気配が少ない。城内には祖父自身の大きな屋敷のほかに、部下の屋敷が建ち並んでいるが、がらんとしていて話し声も馬のいななきも聞こえない。

祖父の屋敷では、従僕たちに囲まれて、継母と異母弟が待っていた。

「よく来てくれました」

数年ぶりに会う継母はひどくやつれて見えた。血色の悪い顔には深いしわが刻まれており、髪はまったく整えられていない。異母弟は乳母に抱かれて眠っていた。

挨拶《あいさつ》をすませると、ヌルハチはまず訊ねた。

「父上が亡くなったというのは、たしかな知らせなのですか」

グレ城に拠っていたアタイの一党は全滅したらしいが、祖父と父の遺体は残されていなかった。まだ明に捕らわれているのかもしれないし、逃げ出したのかもしれない。

「残念ながらたしかなようです」

継母は額に手をやって嘆息した。ニカン・ワイランを見限って逃げ出した者があり、詳細な情報をもたらしてくれたという。

「ニカン・ワイランと李成梁のやり口は許せませぬ。必ずや復讐を。それから、この子の面倒をみること。そのふたつを誓えるなら、あなたを後継者と認めます」

「それはありがたい申し出ですね」

ヌルハチは抑揚のない口調で応じると、エイドゥをちらりと振り返った。

「だそうだ。おまえの願った展開になりそうだが、どうするかな」

「どうするもこうするもないでしょう」

エイドゥは低い声で告げた。ヌルハチが継母を嫌っているのは理解できる。だが、今は駆け引きをしている場合ではない。

「うーむ。さてな……」

ヌルハチは首をゆっくりと回している。

見守る継母の顔がくもってきた。

「嫌ならばシュルガチにでも……」

「待ってください」

エイドゥは思わず口をはさんでいた。シュルガチはヌルハチの同母弟である。エイドゥの見たところ、ヌルハチほどの器量はない。シュルガチの下に立つようなら、自分たちの未来は閉ざされてしまうだろう。

「もったいぶらずに早く引き受けてください。あんなに怒っていたじゃありませんか」

「それもそうだな」

ヌルハチは首の動きを止めて、一瞬、顔を引き締めた。継母の肩がびくりと震える。

「戦える者は何人残っていますか」

「二十……いや、十人ほどかと」

継母は悔しげに答えた。つい先日まで、その百倍は兵士がいたはずだ。一部はニカン・ワイランのもとへ、また一部は別の有力者のもとへ走った。自立を試みる者もいるだろう。

「それだけいれば充分です」

ヌルハチはこともなげに言って、継母に笑いかけた。

「やりましょう。ただ、すぐに明を相手にするのは無謀です。まずはニカン・ワイランを討って仇《かたき》をとります」

「この子もお願いします」

乳母が弟を差し出してくる。ヌルハチは対応に困って、エイドゥをかえりみた。

「どうしておれを見るんですか。このままここに住んでもらえばいいでしょう」

「それもそうだな」

ヌルハチがうなずくと、継母は安堵《あんど》のあまり、その場に倒れこんだ。下女たちがあわてて取り囲む。ヌルハチは関心を示さず、さっと踵を返した。エイドゥは左右を見まわして、その場に残った。遺産の行方など、訊くべきことがまだ多くあったのだ。

この日、ヌルハチは祖父と父の後を継ぐと宣言した。ニカン・ワイランへの復讐を掲げ、兵を募《つの》る。明に対しても、堂々と非を鳴らし、遺体の返還と賠償を要求した。

ヌルハチからの書状を受け取った李成梁は、顔をしかめて部下に問いかけた。

「このヌルハチという男はどんなやつだ」

部下が走り回って情報を集めてくるまで、李成梁は三杯の茶を飲み干さねばならなかった。しかも、得られた情報は少ない。

「ギオチャンガの孫にはちがいありませんが、目立った活動はしていません」

李成梁は茶のお替わりを要求して、しばし目を閉じた。ギオチャンガを殺したことは失策だとは思わぬが、名分に欠ける行為ではあった。ヌルハチがどういう性格の男か探るためにも、まずは懐柔を試みるか。

「あれは不幸な事故だった。遺体を返してやれ。勅書と馬をつけてやろう」

遺体の返還、三十通の勅書、三十頭の馬、それが明からヌルハチへの回答であった。過ちを認めたことになる。

しかし、使者を迎えてもヌルハチは喜ばなかった。

「とりあえず、くれるというものはもらっておこう」

そのうえで、さらに要求する。

「罪を認めたことは評価する。だが、もっとも罪が重いのはニカン・ワイランである。あの者を捕らえて引き渡してほしい」

明の使者は李成梁に仕える女真人であったが、これを聞いて驚いた。女真語で声をひそめて伝える。

「私が言える立場ではないが、総兵官閣下はかなり譲歩しておいでだ。これだけの恩恵を受けたのだから、黙ってしたがっておいたほうがいいぞ。でないと、取り返しがつかなくなる」

「忠告には感謝するが、こちらの要求は変わらぬ。罪を問われるべきは何人《なんぴと》か、そちらもわかっていよう」

「現実を見よ。おとなしく言うことを聞いておれば、ニカン・ワイランに代わって、スクスフ部をまとめる役割を任されるかもしれんぞ」

ヌルハチは使者の目を視線の槍でつらぬいた。

「おれは一族の長を殺されて、金で黙るような男ではない」

気圧《けお》された使者は逃げるように帰っていった。

ヌルハチの背後にひかえていたエイドゥは、感極まっていた。

「さすがです。『金で黙るような男ではない』。おれは惚《ほ》れ直しましたよ」

「男に言われてもうれしくないな」

ヌルハチは頭をかいた。

普段は抑えている覇気が、ふと表に出てくる。その瞬間が、エイドゥは好きだった。明が相手なら牙《きば》を隠しておいたほうが得策ではないか。

「しかし、いいんですか。明が攻めてきたらどうします」

「宣戦布告したわけじゃない。

な小勢力、わざわざつぶしに来たりはするまい。せいぜい、ニカン・ワイランに攻めさせるくらいだろう」

ヌルハチはそこまで計算しながら突っ張ってみせたのだ。女真人も、競争をあおる明のやり口は知りつくしている。だが、知ったうえで踊らざるをえないことが多い。その状況に、ヌルハチは腹を立てているが、今はいかんともしがたい。

ヌルハチの予想は当たった。返答を聞いた李成梁は、顔を真っ赤にして、手にしていた茶碗《ちゃわん》を床に叩きつけた。

「生意気な小僧めが」

李成梁は唾を吐き捨てると、部下に命じた。

「ニカン・ワイランにマンジュを任せる。勅書をくれてやれ」

明がはっきりと後ろ盾についた意味は大きかった。ギオチャンガの死から情勢をうかがっていたスクスフ部の有力者たちが、ニカン・ワイランにしたがいはじめたのである。

「強い者の顔色をうかがって、情けないやつらだ」

エイドゥは憤《いきどお》ったが、ヌルハチは泰然としている。

「覚悟のないやつが味方についたところでうれしくはない。おれがほしいのは、強い者を敵に回す勇気のあるやつだけだ」

数日後、ヌルハチが求める人材が馳《は》せ参《さん》じてきた。

「久しぶりだな、エイドゥ。おまえの人を鑑《み》る目は正しかったようだ」

エイドゥの従弟のガハシャン・ハスフである。ギヤムフ村の男たちをひきいてきたのだ。

「エイドゥと同じく、ヌルハチ様に忠誠を誓います」

ガハシャン・ハスフはヌルハチに礼をした後、改めて従兄の前に立った。

「ずいぶんと太った……いや、大きくなったな。見違えたぞ」

三年前は、年少のガハシャン・ハスフの方がエイドゥより身長も体重も上だった。今はエイドゥが体重では逆転しているだろう。太ったわけではない。筋肉がついたのである。エイドゥ自身はそう思っているが、他人が見たらまた違うかもしれない。何しろ、腹回りがどっしりとして、樽《たる》に似た体格になっているのだ。

「ふ、もう腕相撲《うでずもう》でも負けないからな。ついでに言うと、足も速くなっている」

「なら、今度は敵を倒した数で競おうぜ」

望むところだ、とエイドゥは笑った。

「その勝負、こいつも加えてやってくれ」

ヌルハチはふたりに、アン・フィヤングという男を紹介した。ガハシャン・ハスフより一回り大きい雄偉な体軀《たいく》の持ち主である。ほおひげが濃く、声も低く、雄牛のような印象がある。ヌルハチの家僕だったのだが、腕力と勇気に秀でているので、前線で戦わせようと取り立てたのだ。三十代に見えるが、まだ主と同じ二十五歳である。

「……よろしくお願いします」

アン・フィヤングはぼそぼそと言った。家僕から取り立てられて緊張しているのかと思ったが、生来、無口な性格だという。

さらに、サルフ城に拠るノミナという男が共闘を申し出てきた。ニカン・ワイランは兄の仇なのだという。

「よし、人数はそろった。ニカン・ワイランを討つぞ」

ヌルハチが宣言すると、エイドゥたちが歓声をあげた。まずはスクスフ部の覇権をめざして、若い集団は旗を揚げたのであった。

四

ヌルハチのもとに集まった兵は、四十人ほどであった。父から受け継いだ鎧が十三着あったので、エイドゥ、ガハシャン・ハスフ、アン・フィヤングなどに与えた。この兵力で、ニカン・ワイランが住むトゥルン城を攻める。サルフ城のノミナが一隊をひきいて途中で合流する約束になっている。

ノミナはギオチャンガの傘下に入っていた壮年の男である。がっしりした体格でいかにも勇猛そうだが、実際のところは臆病《おくびょう》に近いほどに慎重な性質である。ただ、今まで勢力を保《たも》ち得たのは、その臆病さゆえであろう。誰に味方するかの選択も、まちがえたことはない。今回、ニカン・ワイランかヌルハチか、どちらにつくか迷って、ヌルハチを選んだ。かつて兄を謀殺したニカン・ワイランにひざまずくことはどうしてもできなかったからだ。また、ニカン・ワイランは人徳がないため、いざ戦になったら、裏切る者も多いのではないかと考えている。

出陣の準備をするノミナを訪ねてきた男がいる。ギオチャンガの甥《おい》で、ロンドンという。年齢は五十近いが、すらりと背が高く、髭《ひげ》の薄いのっぺりとした顔をしていて、妙に若く見える。

「ヌルハチに味方するというのは真《まこと》か」

ささやくような声で問われて、ノミナは動揺した。それを隠すように、大仰に胸を張って答える。

「ニカン・ワイランに敵対するだけだ」

「ほう、明に弓引くのか」

「そういうわけではない。敵はニカン・ワイランだけだ」

ロンドンは口を閉じたまま笑った。

「その主張がはたして明に通じるかな」

ノミナの顔面が蒼白《そうはく》になるのを見守って、ロンドンは誘いをかけた。

「ニカン・ワイランに味方しろとは言わぬ。理由をつけて兵を出さなければよい。明にはおれがうまく言っておいてやる」

「おぬしはニカン・ワイランの手下か」

思わぬ反撃を受けて、ロンドンは瞳に炎を宿した。怒りが声を震わせる。

「誰があんなちっぽけな野郎の下に立つか」

ノミナが態勢を立て直す。

「その点では、意見が一致しているわけだな」

「おれはニカン・ワイランを利用しているだけだ」

「何のために」

ロンドンはひとつ息を吐くと、腕を組んでノミナを見つめた。

「おまえが協力するなら、おいおい教えてやろう。明に楯突《たてつ》くような愚か者とは、あまり親しくできないからな」

ノミナはロンドンから目をそらして、じっと考えこんだ。出陣の命令はなかなか発せられなかった。

ヌルハチの一隊は、サルフ城の方向を眺めてすわりこんでいた。乗ってきた馬たちはのんびりと草を食《は》んでいる。太陽の角度からすると、約束の正午はとうに過ぎているが、ノミナの軍勢は現れない。

「これ以上、待っても仕方ありません。おれたちだけで戦いましょう」

エイドゥが真っ先に立ちあがった。アン・フィヤングが無言でつづく。ガハシャン・ハスフは首を横に振って、思慮深いところを示した。

「なぜ来ないかわからないと動けないだろう。何かあって遅れているだけならよいが、裏切ったなら大変だ。背後から襲われる怖《おそ》れがある」

「遅れるだけだとしたら、それを知らせる使者を送るはずだ。来ないんだから、裏切りを想定して行動しよう。遠回りしてトゥルン城をめざすとか」

従兄弟同士の会話を聞いて、ヌルハチが決断を下した。

「時間をかけたくない。まっすぐにトゥルン城をめざす。連絡役にふたり置いていこう」

ノミナの軍勢が現れたらすぐ知らせるよう指示して、ヌルハチは出発を命じた。

時は五月、荒涼としていた平原が淡い緑に覆われる時季だ。冷たい水が流れる河に沿い、灌木《かんぼく》の茂る丘を越えて行軍する。蒼穹《そうきゆう》には鳥が舞い、狐《きつね》や兎《うさぎ》といった動物も見られて、手が思わず弓に伸びるが、狩りをしている場合ではない。

トゥルン城が近づいてくると、ヌルハチはエイドゥに偵察を命じた。エイドゥは待ってましたとばかりに、馬を走らせる。

「ニカン・ワイランは卑怯者《ひきょう》だ。罠《わな》に気をつけろよ」

ガハシャン・ハスフの声を背中に受けて、エイドゥは右手をあげた。了解、の合図だ。

城が見えてくる前に馬を止め、木につないでおいて、最後は徒歩で接近する。エイドゥの鋭敏な視覚は、ひと目で異変をとらえた。

「妙だな。門が開いているように見える」

罠かもしれない。エイドゥは体勢を低くして、慎重に接近する。トゥルン城は規模の小さい城で、城壁も高くない。とはいえ、ヌルハチの兵力は少ないから、まともに攻めて落とすのは困難だ。敵の兵力と弱点を調べ、策を練らなければならない。

城門はたしかに開いていた。門の前に見張りらしき男がふたり立っているが、緊張感がなく、投げやりな態度である。

エイドゥは背負っていた弓を手にした。遠矢を射《い》て、相手の反応を見ようと考えたのだ。矢をつがえ、狙いをつけて放つと、矢は見張りの少し手前に突き立った。

見張りたちはひそひそと相談すると、大声で呼びかけてきた。

「ヌルハチの軍か。ニカン・ワイランは兵をおいて逃げた。おれたちは降伏する」

エイドゥは眉をひそめた。従弟の声はまだ耳に残っている。これが罠か。しかし、ニカン・ワイランなら自分だけ逃げても不思議はない。

「嘘ではなかろうな」

身を隠したままエイドゥが問いかけると、ふたりの見張りは両手をあげて見せた。

「このとおりだ。おれたちはヌルハチ様に味方したい。取り次いでくれると助かる」

「わかった」

エイドゥは姿を現して歩み寄った。信じることに決めたのだ。

ニカン・ワイランは家族と側近だけを連れて、ギヤバンの地に逃げたという。見張りの男は涙ながらに語った。

「おれたちはヌルハチ様を罠にかけて討つよう命じられていました。偽りの降伏の使者を送り、油断して乗りこんできたところを襲え、と。ですが、その策では使者は殺されてしまいます。自分は逃げておきながら、そんな命令をするなんて、ひどいと思いませんか」

「まったくだ。骨の髄まで卑怯なやつだな」

エイドゥは見張りの手をとった。

「そんなやつにマンジュの覇権を握らせるわけにはいかぬ。ともにヌルハチ様に仕えよう」

「喜んで。城の者たちも同じ考えです」

ならば、とエイドゥは単身で城に乗りこんだ。守備兵の長を連れて、ヌルハチのもとへ戻る。

「遅いから心配したぞ」

ヌルハチが顔をほころばせた。報告を聞いて、ガハシャン・ハスフが天を仰いだ。

「まんまと罠にかかるところだったじゃないか。相手がニカン・ワイランだったからよかったが……」

「たとえ罠にかかっても、死ぬのがおれひとりなら別にいい」

エイドゥはこともなげに言った。

「それは困るな」

ヌルハチがぼそりとつぶやく。アン・フィヤングが腕組みしてうなずいた。頭ひとつ背の高いアン・フィヤングがそうすると、まるで後見人のようである。

ヌルハチはトゥルン城に置き去りにされた者たちの降伏を受け入れた。これによって、兵士の数は百人、そのうち鎧をつけた兵士は三十人に達して、飛躍的に兵力を増強させたのである。

ノミナからは、酒をたずさえた謝罪の使者がやってきた。ニカン・ワイランがサルフ城を狙っているという偽情報があったため、確認に手間取り、出発が遅れたのだという。

ヌルハチは酒が飲めないので、酒は部下たちに分け与えた。コーリャンからつくられる、酒精の強い酒だ。芳醇《ほうじゅん》な香りが特徴だが、ヌルハチはその香りだけで気分が悪くなってしまう。

同じく飲めないガハシャン・ハスフが、白湯《さゆ》の入った杯をふたつ持ってきた。ひとつをヌルハチに手渡す。

「酒の味は好きなんですが、飲むと身体《からだ》にぶつぶつが出るんですよ」

白湯を飲み干して、ガハシャン・ハスフは苦笑する。

「エイドゥは子供の頃から飲んでましたけどね」

「ああ、あれは底なしだ」

エイドゥは酒好きだが、いくら飲んでも人が変わることはない。人の体質は様々だ、とヌルハチは思う。

「それはともかく、気になることがありまして」

ガハシャン・ハスフの言葉に、ヌルハチは首をかしげた。ガハシャン・ハスフが説明する。ニカン・ワイランはどうやって、ヌルハチの部隊の接近を知ったのか。不審に思って調べたところ、配下の兵がふたり、姿を消していたという。彼らが情報を流していたのだろう。

「ただ、これで終わるかどうか……。次はこちらからも策をしかけてみます」

「ああ、任せる」

ヌルハチはガハシャン・ハスフの肩を叩いた。ガハシャン・ハスフはよく気が利き、頭が回る。得がたい人材だ。

「ヌルハチ様もどうですか」

エイドゥの声が聞こえた。皆で酒を飲んだ後、勝利を祝う舞いを踊っているのだ。ヌルハチはうなずいて、部下たちの踊りの輪に加わった。

五

雲の向こうがうっすらと明るくなった。橙《だいだい》色の円盤がゆっくりとあがってくる。誰かがふう、とため息をついた。八月とはいえ、朔北の地ではすでに息が白くなっている。馬の背で半ば眠っていたヌルハチは、ふと目を開いた。左右の仲間たちの姿を確認し、再び目を閉じる。

ギヤバン城の方向から狼煙《のろし》があがった。目のいいエイドゥがいち早く見つけて、ヌルハチに報告する。

「合図です。獲物は西から出たもよう」

ヌルハチの全身に、覇気がみなぎった。右手があがり、地の一点を指し示す。

「よし、行くぞ」

ヌルハチが気合いを入れると、馬は弾《はじ》かれたように駆け出した。荒野に蹄音《ていおん》をとどろかせて、エイドゥをはじめとする三十騎あまりがつづく。土埃《つちぼこり》が濛々《もうもう》と湧《わ》きあがっており、騎兵の一団が疾駆していることは地平の先からも明らかだ。それでも、速度を優先して、ひたすら馬を走らせる。

「あれか」

ヌルハチの鋭い視線が、百人ほどの集団をとらえた。騎乗しているのは半数ほどだ。城から出て西へ向かっていたのだが、ヌルハチたちに行く手をさえぎられたのに気づいて、方向を変えようとしている。

ヌルハチがまたがるのは、鹿毛の悍馬である。気性は荒いが、ヌルハチが乗ると麒《き》麟《りん》のごとく走る。すっと味方を引き離して敵に近づくと、ヌルハチは狙いもつけずに矢を放った。空を突き破る勢いで飛んだ矢が、敵集団の真ん中に落ちる。

敵がいっせいにこちらを見やった。ヌルハチが馬を寄せながら刀を抜く。

「ニカン・ワイラン、覚悟せよ」

ヌルハチが高らかに叫ぶと、ニカン・ワイランは馬からずり落ちそうになった。馬首にしがみついて喚《わめ》きちらす。

「なぜだ、なぜここにいる。攻撃は三日後のはずだ」

「逆に聞きたいな。なぜそれを知っているのか」

皮肉な笑みで訊ねたのは、追いついてきたガハシャン・ハスフである。

ニカン・ワイランは答えなかった。体勢を立て直して部下に命じる。

「数はこっちが多い。やっちまえ」

その言葉が終わらぬうちに、ヌルハチは手近な敵に斬りかかっていた。重い一撃は鎧にはばまれたが、敵は大きくのけぞって、馬から転げ落ちた。ヌルハチはつづいて、背後からの攻撃を振り返って受け止め、はねかえす。刀が宙に紅い弧を描いた。首を横に斬られた敵が無音の悲鳴をあげて馬上に突っ伏す。

エイドゥが槍をしごいて敵に突きかかる。敵の斬撃《ざんげき》より一瞬速く、懐に飛びこんだ。槍が敵の腹から入って背中に抜ける。エイドゥは力任せに槍を引き抜くと、次なる敵に立ち向かう。

アン・フィヤングは鉄棒を振りまわして戦っていた。敵の刀や槍を弾きとばし、鎧かぶとの上から打撃を与える。的が大きいせいか敵の攻撃もよく当たるが、重い鎧に防がせ、気にせずに突き進む。

ガハシャン・ハスフは戦闘の中心から少し離れ、弓で敵兵を狙っていた。密集から逃れ出てきた敵を確実に仕留めていく。

四人の奮戦で、ヌルハチ隊は押し気味に戦闘を進めていた。絶命の叫びが聞こえるつど、鮮血が雨滴のごとく、乾いた大地に吸いこまれていく。その量は敵のほうがはるかに多い。

ガハシャン・ハスフが左右に馬を走らせる。ニカン・ワイランの位置を確かめながら戦っていたのが、見失ってしまったのだ。

「逃げられたか」

歯嚙《はが》みしたとき、西方に土煙があがるのが見えた。

「あれだ。追うぞ」

アン・フィヤングが真っ先に反応した。ヌルハチとエイドゥも、まとわりつく敵兵を倒して後につづく。

ニカン・ワイランは二騎の部下に守られて、馬を飛ばしていた。ヌルハチたちの馬は戦闘による疲労もあって、なかなか速度があがらない。矢の届く距離まで近づいたと思っても、また差をつけられてしまう。

追跡行は明との境までつづいた。明の砦《とりで》から守備兵が出てきて、ニカン・ワイランを迎える。

ガハシャン・ハスフが大きな舌打ちの音を立てた。ヌルハチが苦笑する。

「あとひと息だったけどな」

明軍が兵を出してきそうだったので、ヌルハチはいったん下がって様子を見た。明軍の兵力は桁《けた》が違う。ニカン・ワイランが明軍の盾に隠れるなら、しばらく手が出せないだろう。だが、二度の逃亡によって、ニカン・ワイランの声望は地に墜ちた。明はそれでも、彼にスクスフ部をまとめさせるつもりだろうか。

結局、明軍に動きはなく、ヌルハチは帰還を命じた。後になって、ニカン・ワイランのもとから逃げてきた兵が情報をもたらした。明軍はニカン・ワイランを受け入れず、追い払ったという。見限ったということだ。

「ならば、スクスフ部はヌルハチ様がひきいることになりますね」

エイドゥが声を弾ませると、すかさずガハシャン・ハスフが楽観を戒《いまし》める。

「そううまくはいくまい。まだ敵は多いぞ」

「ああ、まず裏切り者を何とかしないといけませんね」

ヌルハチは仲間たちの視線を背中に受けつつ、空を舞う鳥を眺めていた。

ニカン・ワイランを取り逃がしたことは悔しいが、彼の生命にこだわりはない。仇討ちが勢力拡大の大義名分になると考えれば、生きていてくれたほうがありがたいくらいだ。そう思うのは、祖父や父に対する情が薄いからだろう。同様に、スクスフ部への帰属意識や愛着もなかった。その自分が、スクスフ部を束ねることになれば、それはそれでおもしろい。

ヌルハチは野心を隠して、大きくのびをした。空を舞う鳥はどこかへ飛び去っていた。

サルフ城に拠るノミナは、百人以上の兵を抱《かか》えている。すべてが武器防具をそろえており、兵力ではヌルハチの一団を上回っていた。ヌルハチにとっては心強い同盟者だが、それは表面上のことである。ノミナがニカン・ワイランに情報を流していたことはすでにわかっていた。ガハシャン・ハスフの策で知らせた偽情報に、ふたりはまんまと引っかかったのだ。

もっとも、ノミナはまだそのことを知らない。ニカン・ワイランが逃亡するとの情報をつかんだので追いかけた、という説明を聞いてほっとしている。

ノミナはサルフ城にヌルハチの一団を呼び出して持ちかけた。

「次はバルダの城を攻めよう。やつらはニカン・ワイランに味方して、我らの後方を攪乱《かくらん》しようとしていた」

ヌルハチは眉をひそめた。

「その話は初耳ですが」

「だが、事実だ。この城で捕らえたやつらの間諜《かんちょう》が吐いたのだ。恥ずかしながら、我らの軍議の内容も盗み聞きされていたらしい」

ノミナは早口で語った。実は、バルダ攻めはヌルハチを憎むロンドンからの依頼である。ロンドンは何としてでもヌルハチの兵力を削りたいらしい。ロンドンに協力すると、明の勅書を分けてもらえる。ノミナにとっては、ヌルハチより勅書が大事だ。

ヌルハチが応じる。

「すぐには承服しかねます。しばらく兵を休ませたいと思います」

ノミナはヌルハチの真意を探ろうと観察したが、茫洋《ぼうよう》とした表情からは何も読みとれず、たいした器量ではないな、と感じた。祖父ギオチャンガには遠く及ばない。

「そのような消極的な態度は、同盟相手として物足りぬ。考え直すが、かまわぬか」

ヌルハチに対する低い評価と後ろめたさが、ノミナを強気にした。ヌルハチは唇《くちびる》を曲げてとまどいを表に出す。

「ならば、あなたが正面から攻め、おれたちが背後に回るという策はいかがですか」

「いや、だめだ。ニカン・ワイランを破った手腕を発揮してもらいたい」

ノミナがたたみかけると、ヌルハチは押し黙って目を伏せた。ややあって、しぶしぶといった様子で告げる。

「わかりました。兵を出しましょう」

「それでこそヌルハチ殿だ。我らも精一杯の援護をしよう」

ノミナは安堵の息をついた。ヌルハチが申し訳なさそうに言う。

「しかし、我が軍は武器や鎧が不足しています。援護はいらないので、武具を貸していただけませんか」

「それくらいはかまわぬ」

快諾した後で、ノミナはつけくわえた。

「ただ、壊れた分は弁償してもらうぞ」

三日後、ヌルハチの一団はサルフ城を訪れて武具を受け取った。武装を調えた百人の兵を見て、ノミナは一瞬、たじろいだ。背筋を悪寒が走り抜け、地面に吸いこまれていく。気のせいだ、と自分に言い聞かせたときである。

ガハシャン・ハスフが命じた。

「今だ、裏切り者を殺せ」

エイドゥのひきいる一隊が剣を抜いて迫ってくる。

「な、何のつもりだ」

ノミナは額に汗を浮かべて後ずさった。エイドゥの鬼気迫る表情を見て、「裏切り者」が自分のことだと、ようやく理解した。配下の兵を呼んだが、駆けつけた者は丸腰である。武器や防具はすべて貸してしまっていたのだ。

「ひ、卑怯者め。だましたのか」

「そっちが先にな」

ガハシャン・ハスフが言うと同時に、エイドゥが斬りつけた。ノミナは最初の一撃をかわしたが、それが限界だった。腰の剣を抜こうと伸ばした右手が斬りとばされた。体勢を崩して膝をつく。背中に刃がめりこむ熱い感触があった。みずからの血の海に、ノミナは沈んだ。

短い戦闘の末に、サルフ城はヌルハチの手に落ちた。ノミナの兵の半数は戦死し、半数は降伏した。

ヌルハチは降伏してきた者たちにサルフ城を任せて帰還したが、彼らは結局ヌルハチにはしたがわず、別の有力者に降《くだ》った。ヌルハチはいまだスクスフ部をまとめるにも力不足であったのだ。

六

ヌルハチらは首尾よくノミナを討ったが、それで敵が消えたわけではない。黒幕がロンドンであることは、降伏した兵の証言でわかった。ロンドンはヌルハチの大伯父の子にあたるが、他の大叔父や又従兄弟《またいとこ》がロンドンに味方して、ヌルハチの命を狙っているらしい。

「厄介だな」

情勢を調査したガハシャン・ハスフが頭を抱えた。ロンドンの背後には、イェへ部という大きな集団がいるという。マンジュとは別の女真人の集団フルン、明が言うところの海西《かいせい》女真に属する一団だ。マンジュの勢力を統合して互角に戦えるかどうか、という相手で、今はとてもかなわない。

「敵が多いのは望むところですが、ちょっと多すぎませんかね」

エイドゥがぼやいた。ヌルハチが答える。

「まあ、祖父《じい》さんのせいだな。ずいぶんと無茶をやって、味方よりも敵が多いのを強引に押さえつけていたから」

「でも、それはヌルハチ様の責任ではないですよ」

「おれもそう思うが、ロンドンの考えは違うんだろうな」

ヌルハチは興味がなさそうに応じた。ガハシャン・ハスフが毒づく。

「そもそもギオチャンガ殿が健在の間はしたがっていて、死んだとたんに動き出すのが気に入らない。根っからの卑劣漢だな」

アン・フィヤングが腕組みをして重々しくうなずいた。ガハシャン・ハスフは長身の仲間をちらりと見やってつづけた。

「自分は矢面に立たず、人を使って陰謀をめぐらすのがロンドンのやり口だ。ヌルハチ様、充分に気をつけてくださいよ」

「ああ、おれはそう簡単にはやられんよ」

ヌルハチは安心させるように笑った。実際に、これまでも賊やら刺客やらの襲撃を何度も退けている。市場への往復の旅の途中、賊に襲われることがよくあったのだ。エイドゥと出会ったきっかけもそうだった。危険を察知する能力に、ヌルハチは自信をもっていた。

しかし、ロンドンの魔の手は、意外なところに伸びてきたのである。

翌年、明の暦で万暦十二年（西暦一五八四年）の春、ガハシャン・ハスフは郷里の兄ナムジャンから手紙を受け取った。サムジャンという知人がヌルハチの麾下《きか》に加わりたがっているので、相談に乗ってほしいという。サムジャンはヌルハチの継母の弟だが、この一族はヌルハチと関係がよくない。そこで、取次を願ったのだろう。

「こちらも味方は多いほどありがたい」

ガハシャン・ハスフは単身でギヤムフ村に向かった。このとき、ヌルハチはエイドゥを同行させようとしたが、ガハシャン・ハスフもエイドゥも断っている。ヌルハチを守るのが何より優先なのだ。

村の近くまで来たときだった。

ただならぬ気配に、ガハシャン・ハスフは馬を止めた。剣を抜いて、左右に鋭い視線を走らせる。灰色の空の下、風はほとんどない。辺りはゆるやかな起伏のある丘陵地で、ところどころに灌木が茂っている。その陰に何者かがひそんでいるようだ。いつのまにか、鳥の声が聞こえなくなっていた。春の野は色を失って、沼の底にいるかのように思える。

ガハシャン・ハスフは、冷や汗がこめかみをつたうのを感じた。心臓が高鳴っている。

油断した。まさか自分が標的になるとは考えてもみなかった。兄ナムジャンも、陰謀に加担しているのだろうか。年の離れた兄弟で、さほど仲がよくはなかったが、疑いもしなかった。ヌルハチのために、もっと警戒しなければならなかったのだ。悔恨に喉を押しつぶされそうになりながらも、ガハシャン・ハスフは平静をよそおって呼びかけた。

「賊なら襲う相手をまちがえているぞ。おれは金目の物は持っていないし、おまえたちよりも強い」

返答は数本の矢だった。ガハシャン・ハスフは、剣をふるって弾き落としつつ、馬腹を蹴った。馬が勢いよく駆け出す。

さらに多くの矢が放たれた。ガハシャン・ハスフは体勢を低くして突破しようとする。しかし、一本の矢が馬の首筋に突き立った。馬が激しくいないないて暴れまわる。

ガハシャン・ハスフは馬から飛びおり、一回転して起きあがった。そこに矢が集中する。一本が右足をかすめ、一本が腰に突き刺さった。一瞬、痛みにうめいたが、こらえて走り出す。とにかく、木の陰にでも隠れなければ。

だが、矢は左右から容赦なく襲ってきた。背中に二本の矢を受けて、ガハシャン・ハスフは膝をついた。立ちあがろうとするが、足に力が入らない。逆に倒れこんでしまった。それでも、土をつかんで這い進もうとする。

ここで死ぬわけにはいかない。見たいのだ。従兄が見こんだ男が、どこまで成り上がるのかを。自分も覇業に協力して、ともに喜びたいのだ。

いつか、一国を統《す》べるようになったヌルハチと、白湯で乾杯したい。

頭上に影がかかった。

「悪いな。おまえに恨みはないんだが」

右肩に灼熱《しゃくねつ》が走って、ガハシャン・ハスフは意識を失った。雨の最初の一滴が、血まみれの横顔に落ちて弾けた。

ガハシャン・ハスフが討たれたという報は、ただちにヌルハチのもとに届いた。ギヤムフ村からの使者が知らせたのである。

「何だと」

ヌルハチは声を荒らげた。その形相《ぎょうそう》があまりに恐ろしかったので、使者は腰を抜かしてしまった。ヌルハチはかまわずに問いを重ねる。

「誰が、どうやって殺したのだ。今の状況はどうなっている」

「こ、殺したのはサムジャンのようです。やつの手下が見張っていて、まだ遺体も回収できていません」

ヌルハチは勢いよく立ちあがった。

「遺体を取り返しに行く」

エイドゥとアン・フィヤングが無言で後につづいた。部下のひとりがあわてて引き止める。

「お待ちください。遺体がそのままなのは、ヌルハチ様をおびきだそうとしているからです。どんな罠があるやら知れません。どうかご自重ください」

ヌルハチはぴたりと足を止めた。怒気の発散を抑えようとするかのように、深く呼吸する。刹那《せつな》の怒りがおさまっても、行動は変わらなかった。

「婿《むこ》を騙《だま》し討ちにされて、おとなしく家に閉じこもっているというのは、性に合わぬな。自分をつらぬいた結果、罠にかかって討たれるのなら、後悔はない」

低く告げて、再び歩き出す。ヌルハチはガハシャン・ハスフに妹を嫁がせたばかりであった。それほどに期待し、信頼する部下だった。敵は当然、それがわかっていてガハシャン・ハスフを狙ったのだ。許せぬ。

ガハシャン・ハスフは思慮深い男だった。生きていれば、ヌルハチを諫《いさ》めただろう。仇討ちなど無益だと。ヌルハチはそうは思わない。

ヌルハチは十数騎の精鋭をひきいて現場に急いだ。ヌルハチの隣を駆けるエイドゥは、目から涙を、口から血を流している。あまりに強く歯を食いしばったために、口の中が切れたのである。エイドゥは激しく自分を責めていた。自分のせいで、ガハシャン・ハスフ兄弟などギヤムフ村の人々を巻きこんでしまった。もし、兄弟が殺し合ったのだとしたら、叔母はどれほど悲しむだろうか。

ヌルハチに仕えたことはまちがいではない。だが、自分ひとりで飛び出したのは軽率ではなかったか。旗揚げの時点でヌルハチのもとに移住させて、自分が叔母の一族や村の人たちを守るべきではなかったか。それが、ガハシャン・ハスフを守ることにもつながっただろう。あの思慮深い従弟がひとりで出かけていったのは、身内に呼ばれたからだ。

全部、自分が浅はかだったからだ。

エイドゥはこぶしをみずからの胸に打ちつけた。

「悔いるな」

ヌルハチが重厚な声音で告げた。

「残された者は前を向くしかない」

　はい、とうなずいて、エイドゥは涙をぬぐった。

前を向くしかない。そのとおりだ。過去は変えられない。だが、未来は変えられる。ガハシャン・ハスフの望んだ未来をもたらしたい。

　現場にたどりついたとき、雨は季節外れの雪に変わっていた。舞い散る雪片をすかしてなお、張りつめた敵意が感じられる。遠目に見るガハシャン・ハスフの遺体は、うっすらと白く染まっていた。

　ヌルハチは馬を止めると、声を張りあげた。

「天に弓引く無道の徒よ、我が婿を奪いし下劣の徒よ、我を殺したくば、かかってくるがよい。天に代わって、浅慮の報《むく》いを授けてやろう」

　地を揺らした声の残響が消えると、辺りは静寂に包まれた。雪はやんで、天もヌルハチを見守っているように思われる。

　ヌルハチは抜き身の刀を手に、ゆっくりと馬を進めた。左右にエイドゥとアン・フィヤングがしたがう。泰然とするヌルハチの隣で、エイドゥは緊張で汗をかいていた。アン・フィヤングは感情がないかのように表情を消している。

　弓をかまえた者はいたが、矢を放ちえた者はいなかった。

　ヌルハチはガハシャン・ハスフの遺体を抱えあげると、丁重に馬に乗せた。みずからは歩いて引きあげる。一行が背を向けても、襲撃者たちは手を出せなかった。

ガハシャン・ハスフ暗殺の主犯はサムジャンであり、黒幕はロンドンである。そこまでは容易に調べがついた。そして、ガハシャン・ハスフの兄ナムジャンが、陰謀に関《かか》わっていたことも明らかになった。サムジャンとナムジャンはマルドゥンという城を拠点に勢力を広げようとしている。

ヌルハチの一族も分裂しているのだから、兄弟で殺し合いになったこともめずらしくはない。今のマンジュはそういう時代なのだ。

新しくヌルハチのもとに馳せ参じた者もいる。同母弟であるシュルガチだ。

「遅くなったが、ようやく戦う覚悟が固まった。ともに天下を奪《と》ろうぜ、兄貴」

シュルガチは腹を揺らして屈託なく言った。

「たしかに遅いですね」

エイドゥがぼそりとつぶやいた。ヌルハチがニカン・ワイランを倒すべく旗揚げしたとき、シュルガチは沈黙を保っていた。勇気がなかったのか、日和見《ひよりみ》していたのか。ヌルハチの勢力はいまだ支配的ではないから、前者であろうか。

とはいえ、太り気味の体格で愛嬌《あいきょう》のあるシュルガチは、同年代の仲間に慕われている。兵の数が増えたことはありがたい。

ガハシャン・ハスフの仇を討つ。その思いはヌルハチと仲間たちの間で一致していたが、すぐに行動には移せなかった。マルドゥン城はこの地では堅城として知られている。兵力も足りないし、攻城用の装備も調えなければならなかった。

ある夜、ヌルハチは寝苦しさを覚えて目をさました。誰かに呼ばれたような気がした。起きあがって、戸の隙間《すきま》から外の様子をうかがう。大気がじっとりと湿っていた。空に星はなく、風が渦を巻いている。

「嵐が来るな」

つぶやいたとき、空が光った。三拍おいて、雷鳴がとどろく。同時に、大粒の雨が降り出してきた。

ヌルハチは刀を手に取った。戸を開けて外に出る。たちまち風雨が吹きつけてくる。真っ暗で何も見えない。刀をかまえ、神経を集中させる。何者かがいるのだ。野生動物ではない。人がひとり。殺意を隠せていない。

再び、稲光が走った。人影が浮かび上がる。そちらの方角へヌルハチは跳んだ。刀の平《ひら》を叩きつける。たしかな手応えがあった。

ひと声うめいて倒れた賊をさらに殴りつけ、ぐったりとさせる。

「誰か来てくれ」

声をあげると、シュルガチが松明《たいまつ》を持って駆けつけてきた。エイドゥの声も聞こえる。闇《やみ》の中でヌルハチを探しているようだ。

松明の明かりで確認すると、賊は黒い服をまとった中年の男だった。側に短刀が落ちている。ヌルハチはシュルガチとふたりで賊を牛小屋に引きずっていった。エイドゥが明かりに気づいて寄ってくる。よほど歩きまわったのか、びしょ濡れで泥だらけである。

「刺客でしたか。よくぞご無事で」

ヌルハチはエイドゥにうなずいて見せると、賊に水をかけて頬をはたいた。気がついたところに、刀を突きつけて尋問する。

「目的は何だ。誰の差し金だ」

賊は血の混じった唾を吐き出した。

「おまえも知っているだろう」

ヌルハチは賊を見おろして、しばし考えた。まちがいなく、ロンドンがヌルハチの命を狙って送りこんできた刺客であろう。これを殺して、ロンドンが刺客を送ってきたと周知すれば、戦わざるをえなくなる。それは避けたい。イェへからの援軍を加えたら、ロンドンは千人単位の兵を動員できるのだ。とても勝負にならない。ただ、幸か不幸か、謀略を好むロンドンは、こちらから宣戦布告せぬかぎり、直接の軍事行動には出てこない。勝てる敵と戦いながら、来るべき決戦に備えて戦力を増強するべきだ。

賊は刃を首筋に当てられてなお、反抗的な目をヌルハチに向けている。ヌルハチはにやりと笑った。

「放してやる」

「いやいや、ちょっと待ってください」

エイドゥが目をむいた。

「こいつはヌルハチ様を襲おうとしていたんでしょう。ガハシャン・ハスフを殺したやつらと同罪です。切り刻んで、死体をロンドンに届けてやりましょうよ」

「おれも同じ意見だ」

シュルガチが賊の辮髪をつかんで揺らす。

「放したりしたら、また襲ってくるぞ」

「こいつは刺客ではない。単なる牛泥棒だ。けちな悪党で、殺す価値もない」

賊も意外に思ったようで、眉をひそめてヌルハチと部下たちを見比べている。

「解放されても感謝はしないぞ」

「男に感謝されてもうれしくないからな」

ヌルハチは賊に突きつけていた刀を引っこめた。賊を蹴飛《けと》ばして立たせ、外に追い出す。賊は首をひねりながら、嵐の中へ消えていった。

「どういうことですか」

憤然とするエイドゥに、ヌルハチは考えを説明したが、理解は得られなかった。

「ロンドンと戦えないのはわかります。でもそれなら、殺すだけにしておけばいいでしょう。刺客は刺客なんですから」

「そうだぞ。まったく兄貴はお人好《ひとよ》しが過ぎる」

「別に親切で逃がしたわけじゃない。刺客が手ぶらで戻ったほうがロンドンは嫌がるだろうと思ってな」

ヌルハチは礼を言って、ふたりを帰した。その後も何度か刺客が放たれたが、ヌルハチは難なく撃退した。まるで、自分の身に敵意を集中させることで部下を守っているかのようである。

一方で、ヌルハチはガハシャン・ハスフの復讐を忘れてはいなかった。マルドゥン城を攻めるのに必要な兵力と装備、双方が用意できたのは、夏の終わり頃であった。

七

なだらかな起伏をもつ平原が、薄い緑の服をまとっている。吹き抜ける風もまだ、牙をむいてはいない。戦争にふさわしい季節だ、とエイドゥは思った。農閑期のほうが兵を集めやすいため、女真人は冬でも戦うが、とくに寒い時季の城攻めはきつい。

エイドゥにとって、今度の戦は身内の仇をとるため、身内と戦うものになる。従弟のガハシャン・ハスフ暗殺に、その兄のナムジャンが関わっていた。エイドゥ自身はナムジャンよりガハシャン・ハスフと仲が良かったから、複雑な思いはない。ナムジャンは純粋に憎むべき敵である。ただ、叔母の心情を思うと胸が痛む。

ヌルハチの麾下に集った兵は四百人余り。攻城用の盾車をそろえ、梯子《はしご》や杭も用意している。矢種《やだね》も充分だ。

仇敵《きゅうてき》たるサムジャンとナムジャンがこもるマルドゥン城は、丘の上に石を積んで城壁を築き、さらに周りに壕《ごう》をめぐらしている。マンジュの地では一、二を争う堅城であろう。城の兵力は三百人に達するという。

城が見える位置にたどりつくと、ヌルハチは落ちついた表情で兵士たちに語りかけた。

「ガハシャン・ハスフの仇をとる。これは非道を正す戦いだ。天は我らに加護を与えてくれるだろう」

そこで口調を一変させ、マルドゥン城を指さす。

「戦士たちよ、進め。勝利を手にするのだ」

おお、とエイドゥは叫んで駆け出した。兵士たちが喊声をあげてつづく。

城壁からの矢の射程ぎりぎりで、エイドゥは足を止めた。並んでいたアン・フィヤングが大弓をとる。アン・フィヤングは怪力を存分に発揮して、弓を引き絞った。ろくに狙いをつけずに矢を放つ。

力強く放たれた矢は、大きな弧を描いて、城壁を越えた。城からどよめきが聞こえてくる。敵の矢は、高低差があるにもかかわらず、アン・フィヤングまで届かない。

その間に、エイドゥは盾車を組み立てさせていた。これは言わば移動する盾で、湿らせた皮を張った板が、車の前面と上部を守っている。兵士たちはこの盾車を押して、矢を防ぎながら進む。

三台の盾車が完成した。それぞれ十人の兵士が押し、さらに数十人が盾に隠れて進む。エイドゥが乗る一台を先頭にして、二台がそのななめ後ろにつづいた。

城から激しく矢が射かけられてくる。小気味よい音を立てて、盾に十本、二十本と突き立つ。

「矢は効かぬぞ。進め進め」

エイドゥは槍を立てて叫んだ。兵士たちが呼応して気勢をあげる。ヌルハチ軍は充分に近づくと、盾に開けられた穴から矢を放ちはじめた。しかし、盾車に隠れて放つ矢は、城壁を越えられない。

「もっと近づけ」

エイドゥの命で、盾車はさらに前進する。エイドゥはぎりぎりまで接近して、白兵戦に持ちこむつもりであった。盾車はそれじたいに高さがあるし、梯子も用意してきている。力攻めで城壁を破るのだ。もちろん、真っ先に乗りこむのはエイドゥ自身である。

しかし、敵軍はその目論見《もくろみ》を文字どおり打ち砕《くだ》いた。接近する盾車めがけて、大きな岩を落としたのである。板が割れる音が響いた。敵軍は勢いづいて、大小さまざまな石を投げつけてくる。さらに、長く太い棒を持ち出してきて、上から盾を突いてきた。盾の割れ目に棒が食いこみ、盾車は大きく傾いた。

「うわっ、伏せろ」

兵士のひとりが緊迫した声をあげた。先頭の盾車が耐えきれない、といった様子で割れ砕ける。乾いた音が鳴り、濛々たる土煙が立ちこめた。先頭の盾車は、後続の一台を巻きこんで横転した。

守備側の歓声が戦塵《せんじん》をつらぬいた。ヌルハチ軍の兵士たちが土煙のなかから這い出し、矢に襲われて倒れる。もう一台の盾車も、石と棒の猛攻を受けて破壊された。

「いったん退《ひ》け」

エイドゥが悔しげに命じる。額の汗をぬぐうと、手甲にべっとりと血がついた。どこかで切ったようだ。だが、傷を改めている暇はない。エイドゥは槍を回転させて落ちかかる矢をはたき落とし、味方を援護しながら退いた。

部下たちが土と血にまみれて奮闘していたとき、ヌルハチは樹上にいた。太い枝を太ももではさんで坐《すわ》り、城に鋭い視線を向けている。手には弓矢、アン・フィヤングほどではないが、かなりの強弓である。三本目に放った矢が、城壁の上で戦う敵兵に命中した。首の付け根に刺さった矢を、信じられないという表情で見た直後、敵兵は城壁から転がり落ちた。

にもかかわらずヌルハチが顔をしかめたのは、盾車が破壊されたのが見えたからだ。

「力攻めは難しいか」

つぶやいて、目を細める。弓を引き絞る。鷲のごとき視線の先に、城壁から身を乗り出すサムジャンの姿があった。ガハシャン・ハスフの直接の仇だ。盾車の破壊に興奮したのだろう。

ヌルハチの弓の技倆《ぎりょう》は「ごく普通の名手」といったところで、神技の持ち主ではない。だが、このときは仇を射抜く自信があった。

右腕の筋肉が盛りあがった。ぎりぎりまで引き絞ったところで静止する。サムジャンの額に狙いを定め、ひょうと放つ。矢はヌルハチの意思が宿ったかのように、まっすぐな軌跡を描いた。

黒い矢羽根がサムジャンの眉間で揺れた。額から矢を生《は》やしたサムジャンは、ゆっくりと後方に倒れた。

声は聞こえないが、敵兵が騒いでいるのがわかる。ヌルハチはふっと息をついた。まずはひとり、ガハシャン・ハスフの仇を討った。空を見あげると、白い雲がひとつ浮かんでいる。ヌルハチは目を閉じて鎮魂の祈りを捧《ささ》げた。

だが、もうひとりのナムジャンはいまだ健在である。敵軍は守りを固めて城を出ようとしない。サムジャンの死で、より慎重になったようだ。ヌルハチは城を包囲するよう命じた。事前に得た情報によれば、マルドゥン城は城内に水源をもたない。持久戦には弱いにちがいない。

それから三日、両軍は静かな戦いを繰り広げた。ヌルハチ軍は包囲するだけで手を出さない。敵軍は何度か打って出る構えを見せたが、結局沈黙したままである。ヌルハチ軍の備えを見て、恐れをなしたらしい。

三日目の夜に、エイドゥとアン・フィヤングがヌルハチに提案した。

「夜襲をかけてはどうでしょう」

ヌルハチは腹心の部下を見やってうなずいた。

「気持ちはわかる。刀で決着をつけたいのだな」

「ええ。ナムジャンの首はおれが獲《と》ります」

ヌルハチはあごに手をあてて考えた。このまま包囲をつづけていれば、いずれ敵は城を出ざるをえない。黙って降伏するよりは決死の一戦を挑んでくるだろう。麾下の精鋭たちが後れをとるとは思わないが、城を包囲している以上、局面では敵軍が数で上回る。士気も高いだろうから、不覚をとらないともかぎらない。

そもそも女真人は城を包囲したり籠城《ろうじょう》したりという戦が好きではない。城も明のように守りの堅いものは少ない。直接のぶつかり合いで勝敗を決めるべきだと考えており、ヌルハチも同様だった。

アン・フィヤングが太い腕を組んでぼそりと言った。

「敵の見張りが減っている。戦える者が少ないのだろう。好機だ」

ヌルハチも心を決めた。

「では、さっそくこの深夜に攻めよう。星明かりがちょうどよい」

月が明るければ夜襲には向かないし、真っ暗闇では身動きがとれない。この日の空の具合は夜襲に最適だった。

伝令が各陣にとんで、指示を伝えた。かがり火をそのままに、歩哨《ほしょう》も減らさず、精鋭だけで五十人の奇襲部隊を編成する。指揮をとるのはヌルハチだ。エイドゥとアン・フィヤングが左右につづく。留守部隊はヌルハチの弟、シュルガチに任された。

目印の星が、天頂に達した。ヌルハチが手振りで兵士たちをいざなう。兵士たちはあらかじめ刀を抜き、布を嚙み、裸足《はだし》になって、いっさい音を立てないように配慮しながら進む。明るさは、隣の仲間の顔が見えるか見えないか、といったところだ。マルドゥン城のかがり火が闇に浮いている。

標的は城の裏側、崖《がけ》になっている箇所だ。もっとも見張りが少なく、崖さえ登れば、守りは薄い。ヌルハチは城の様子を観察して、小さくうなずいた。気づかれてはいない。行ける。無言で掲げた右手を振りおろす。

アン・フィヤングが先陣を切った。その長身を目標に、兵士たちがつづく。ヌルハチも裸足で走った。

アン・フィヤングが大またで崖を駆けのぼり、城壁に手をかけた。怪力を生かして、一気に身体を引きあげる。そこでようやく、敵の見張りが誰何《すいか》の声をあげた。その声めがけて、アン・フィヤングの鉄棒が襲いかかる。頭部が瓜《うり》のように弾け飛んだ。

そのときにはもう、数十人が城内に侵入している。ヌルハチ軍の精鋭たちが、あわてて起き出してきた敵兵を駆逐《くちく》していく。

ヌルハチはエイドゥと並んで戦っていた。もう隠密《おんみつ》の必要はない。裂帛《れっぱく》の気合いとともに刀を振りおろし、敵兵の腕を両断する。叫声を響かせて、敵兵は横転した。血だまりのなかで動かなくなる。ヌルハチはさらにふたりの敵兵を斬り伏せた。鮮血がかがり火に飛んで、一瞬、明かりが弱まる。

「ナムジャンはどこだ」

エイドゥの大声が闇を引き裂いた。その間も、槍は生き物のように動いて、次から次へ敵兵を葬っていく。

「助けてくれ。もう降参だ」

闇の奥から、武器を捨てる音が伝わってきた。敵兵の多くは這いつくばって許しを乞《こ》うている。ヌルハチは降伏を受け入れ、ナムジャンの行方を尋《たず》ねた。やがて、ひとりの兵が証言した。

「戦がはじまってすぐ、走って逃げるのを見ました」

「すぐに追いましょう」

エイドゥが叫んで飛び出しかけたが、アン・フィヤングがその腕をつかんだ。ヌルハチが首を横に振る。

「この暗さで追撃は無理だ。兵を休ませつつ、朝を待とう」

エイドゥはしぶしぶうなずいた。率先して捕虜を一ヵ所にまとめ、城外の兵を入城させて休息させる。

朝になってから斥候《せっこう》を放つと、ナムジャンは五十人ほどの兵を連れて近くの山塞《さんさい》に逃げこんだとの情報がもたらされた。

　エイドゥが再び飛び出そうとする。

「ヌルハチ様は休んでいてください。おれが行ってきます」

「待て。休むのはおまえだ」

　ヌルハチは苦笑混じりに引き止めた。エイドゥの顔色が悪い。身内が相手で責任を感じているのはわかるが、気を張りすぎである。

　しかし、エイドゥは憤然として言いつのった。

「疲れているのはみな同じでしょう。おれは若いぶん、まだ元気です。あと三日くらいは寝ずに戦えます……」

「アンよ、エイドゥを抑えていてくれ」

　アン・フィヤングがエイドゥを羽交《はが》い締《じ》めにして抱えあげた。ころころとした体型のエイドゥはかなり重いのだが、アン・フィヤングは涼しい顔をしている。エイドゥはしばらく足をばたつかせていたが、やがておとなしくなった。

　ヌルハチは弟のシュルガチとともに三百の兵をひきいて、ナムジャンを討ちに向かった。シュルガチにも手柄を立てさせてやろうという意図がある。一方で、その実力と人柄《ひとがら》がまだ信用できないので、自身も同行するのだ。

「兄貴も待っていればいいのに」

　シュルガチは屈託なく笑った。

「自分で仇をとってやりたいからな。エイドゥには悪いが」

ヌルハチが応じると、シュルガチは腕をまくった。

「それはいいけど、最初は後ろで見てろよ。おれも前線で戦いたい」

「ああ、任せる」

ナムジャンが逃げこんだ山塞は、マルドゥン城のような要害ではない。もとは盗賊のねぐらで、小高い丘を柵で囲んだだけのものらしい。一戦して蹴散らすのは容易だが、逃げられないための工夫が必要になる。

シュルガチが本隊をひきいて正面から攻撃し、ヌルハチが背後で待ちかまえることになった。伏兵に適した場所がなかったので、馬の扱いに長けた兵を選んで、騎乗して待つ。

用意が整うと、シュルガチは歩兵をひきいて猛然と攻めかかった。

「押しつぶせ」

咆哮《ほうこう》しながら、斧《おの》を回して駆け出す。ぱらぱらと矢が飛んでくるのにかまわず、丘を勢いよく上り、柵を粉砕して敵陣に躍りこんだ。まるで雄牛の突進である。配下の兵もつられるように勇猛に戦う。

敵軍の抵抗は弱々しかった。最初の激突でかなわないと見るや、ナムジャンを先頭にして逃亡にかかる。

「逃がすな、追え」

シュルガチは咆《ほ》えたが、敵は用意していた馬に乗って逃げている。逃げ遅れた兵を捕らえるのが精一杯だ。シュルガチは斧を放り出し、背負っていた弓を取り出した。遠ざかっていく騎影に向かって一矢を放つ。

矢は明後日《あさって》の方向に飛んでいった。シュルガチはふてくされてその場にすわりこんだ。

「まあよい。後は兄貴の仕事だ」

ナムジャンはヌルハチらが待ち受けているのに気づいて、方向転換していた。ヌルハチらも当然、後を追う。追う者と追われる者、双方が巧《たく》みに馬を御して、淡い緑の平原を疾駆する。

追跡行は長くつづくかに思われたが、しばらくすると彼我の距離が縮まってきた。馬の質も人の技倆も、ヌルハチらが上回っていたのだろう。

ナムジャンが振り向いた。顔がひきつっている。

「罪を償う気はあるか」

ヌルハチは大声で訊ねた。返答はない。蹄音が響くだけである。ならば、容赦はしない。ヌルハチは弓をとろうと、背中に手を回した。

そのときである。敵兵のひとりが振り向いて矢を放った。

一瞬だけ、気づくのが遅れた。矢はヌルハチの顔めがけてまっすぐに飛んでくる。

「危ない」

叫んだ兵士が馬を寄せてきたが、間に合わない。

ヌルハチは馬の首に抱きつくように伏せた。金属音が響いて、目の奥に星が散る。

ヌルハチは全身から力が抜けていくのを感じた。悪霊に魂を吸い取られたかのようだった。気づくと、身体が宙に浮いていた。ついで、背中と腰に衝撃が走った。馬から落ちたのだ、と認識すると同時に、ヌルハチは気を失っていた。


目をさますと、寝台の上だった。妻子が周りを囲んでいた。自分は死んだのか、とヌルハチは思った。仲間たちに悪いことをしたな、と思った。再び意識は闇に包まれた。

次に気づいたときは、手が少し動いた。エイドゥとシュルガチが顔をのぞきこんできた。エイドゥは泣いており、シュルガチは笑っていた。自分は生きているのだ、とヌルハチは悟った。

頭が熱くて、ずきずきと痛む。腰から下は力が入らない。

「どうやらしくじったらしいな。すまん」

ヌルハチは敵の放った矢を頭に受けて落馬したのである。矢はかぶとを貫通して頭に刺さっていた。血が止まらず、意識も戻らず、周りの者は最悪の事態を覚悟したらしい。だが、ヌルハチは悪運強く、死の淵《ふち》からよみがえった。

エイドゥは泣きじゃくっていて会話にならない。ヌルハチはシュルガチに訊ねた。

「ナムジャンはどうなったか」

「逃げられた。兄貴を助けるので、みんな精一杯だったから、仕方がない」

むろん、ヌルハチに責めるつもりはなかった。ナムジャンはまた討ちに行けばよい。もっとも、満足に動けるようになるには、まだ時間がかかるだろう。

「兵を鍛《きた》えておいてくれ」

言いおいて、ヌルハチは目を閉じた。

八

ヌルハチは迷惑な患者であった。

まだ寝台から起き上がれないうちから、看病する妻たちに文句を言う。

「粥《かゆ》では力が出ない。肉が食べたい」

「寝台を窓の近くに移動させてくれ」

「眠れない。歌でも歌ってくれ」

日頃は本心を隠すことが多いヌルハチだが、大怪我で箍《たが》が外れたようである。ただ、子供のような要求に、妻たちは喜んで応えていた。力仕事は、アン・フィヤングが請け負った。もともとヌルハチの家僕であった彼にとっては、なじんだ仕事である。エイドゥは狩りに出て、兎や鳥を獲ってきた。自分でさばき、柔らかく煮て、ヌルハチの屋敷に届けている。

一ヵ月も経つと、ヌルハチは早くも活動をはじめた。頭の傷は治ったが、下半身の痛みが残っていて、そろそろとしか動けない。周囲はまだ寝ているよう勧めたが、そうもいかなかった。「ヌルハチはもう死んでいる」「生きてはいるが二度と歩けない」「跡目をめぐって内紛が起こっている」などと、不愉快な噂が飛びかっているのだ。ロンドンの仕業にまちがいない。

したがって、ヌルハチは兵士たちの前に顔を出さねばならなかった。馬には乗れるので、馬上から訓練を監督する。

兵士たちが太鼓や鉦《かね》の音にしたがって、移動を繰り返す。騎兵も歩兵も動きは迅速で、ヌルハチを喜ばせた。指揮をするエイドゥとアン・フィヤングも堂々としていて、迷いやためらいがない。

密偵からの報告によると、ナムジャンは縁故を頼ってジャイフィヤン城という城に逃げこんでいるという。ジャイフィヤン城には反ヌルハチの勢力が集まっているようだ。こちらもロンドンが暗躍しているとの情報があった。

「年明けくらいには、ジャイフィヤン城に向けて兵を出したいものです」

エイドゥが張りきって準備を進めている。情報を集め、武器や兵糧をそろえ、味方を増やす。前二者は順調だったが、兵の増加は止まっていた。スクスフ部の半ば以上はヌルハチを首長として認めているが、ひとつにまとめるには、ロンドンを排除する必要があろう。

ヌルハチ軍が再び動き出したのは、年が明けて二月であった。ヌルハチ自身がエイドゥとともに約百人の兵をひきいてジャイフィヤン城をめざす。

ところが、ヌルハチはジャイフィヤン城に着いても、攻撃をしかけようとしなかった。ナムジャンは近隣の味方をかき集めて、四百人もの兵を動員していたのである。しかも、城にこもってこちらの出方を待っている。迂闊《うかつ》には近づけない。

なお悪いことに、天候が崩れはじめていた。吹き荒れる寒風に雪が混じっている。重く沈んだ灰色の野を、地吹雪が走る。細かい雪が地に落ちて溶ける間もなく、風に翻弄《ほんろう》されているのだ。太陽は厚い雲に隠れており、気配すら感じられない。これからますます冷えてくるだろう。

城内では、ナムジャンが呵々《かか》と笑っていた。背格好はガハシャン・ハスフに似ているが、瞳に躍る悪意が、弟とかけはなれた印象を与えている。

「ははは、ヌルハチめ、状況を見誤ったな。それしきの兵で落とせるはずがない」

先年は逃げるだけだったナムジャンだが、部下がヌルハチに重傷を負わせたことで、すっかり自信をつけていた。そう仕向けたのは、隣で含み笑いしているロンドンだ。今度はナムジャンを焚きつけ、反ヌルハチの勢力を糾合しようと動いている。

「ヌルハチはまんまと偽情報に踊らされた。ガハシャン・ハスフが健在なら、こんなことはなかっただろう」

つぶやいたロンドンに、ナムジャンが針のように険悪な視線を向ける。先ほどまでの笑みは一瞬で消え去っていた。

「あの男は、自分をよく見せる術を心得ていただけだ。ひと皮むけば、凡人そのものよ。だから、二度とその名を口にしないでくれ」

「実の弟に対して、ずいぶんと辛辣《しんらつ》だな」

発散された悪意を浴びて、ロンドンは心地よさげにうなずいた。

「だが、それならそれでかまわない」

ナムジャンは居心地が悪そうに首を振ると、唐突に話題を変えた。

「イェへから援軍は呼べないのか」

ロンドンはわざとらしく眉をひそめた。

「ヌルハチを倒すくらいの実力を示せば、イェへも協力する気になるだろう。やつらは明と違って、無能者に肩入れするつもりはない」

「同盟者にふさわしい力を見せろということか」

「そのとおり。絶好の機会を用意してやったのだから、期待に応えてほしいな」

ナムジャンはヌルハチの陣をにらみつけた。配下の兵に命令する。

「出陣の準備だ。早くせよ」

ナムジャン配下の兵士たちが、あわただしく動き出す。

城内が騒がしくなると、ヌルハチ軍の兵士たちがざわつきはじめた。敵の数が多いのはすでにわかっている。不安を感じているのだ。震えているのは、寒さのせいだけでない。

だが、ヌルハチは馬上から城を眺めつつ超然としていた。

「予想どおりだ。心配はいらん」

ヌルハチはエイドゥに作戦を指示した。エイドゥが目をみはりながらうなずき、伝達に駆けていく。

しばらくして、ヌルハチ軍は後退をはじめた。ヌルハチが最後尾につき、列を組んで整然と退却していく。このまま戦っても勝ち目はないから、出直すべきだ。そう判断したものと、城からは見えた。

ナムジャンが咆える。

「追うぞ。ついてこい」

外套《がいとう》を翻《ひるがえ》したナムジャンが、ふと足を止めてロンドンを振り返った。

「来ないのか」

「剣や弓は苦手でね。もっぱら頭を使うことにしている」

おまえが使うのは人ではないか。ナムジャンはそう言いかけたが、飲みこんで駆け出した。

ヌルハチは北の方角、つまり風上へと退却していった。ナムジャンは吹雪を正面から受けながら、追撃するかたちになる。しかし、ナムジャンはひるまなかった。ヌルハチを討ち、イェへの後援を得てマンジュを統一する。その野望に燃えていて、寒さは感じない。

問題は敵が見えにくいことだった。かすかに視界に残る最後衛を見失わないよう、馬に気合いを入れて駆ける。

そろそろ川にさしかかるはずだ。そこで追いつける。ナムジャンが思ったとき、敵が左へ曲がった。さして大きな川でもないが、渡河を避けたい意図はわかる。向かい風でなくなったことに勇気づけられて、ナムジャンは大声で兵士たちをはげました。

「敵はすぐそこだ。もうひと息だぞ」

ふいに、雪が激しくなった。そう感じたのは錯覚であった。飛んでくるのは無数の矢だ。馬が激しくいなないて竿立《さおだ》ちになる。ナムジャンは落馬しそうになって、必死に馬首にしがみついた。

「伏兵だ。応戦しろ」

叫んだのは上出来であったろう。ナムジャンは何とか馬の体勢を立て直した。周囲を見まわすと、馬が矢を受けて倒れ、何人もの兵士たちが落馬している。そこへ、風雪をものともしない勢いで、敵軍が襲いかかってきた。

「くっ、狡猾《こうかつ》な」

不意を衝《つ》かれたナムジャン軍は数の利を生かせなかった。視界が悪いせいで統制がとれず、組織的な応戦をする前に討たれてしまう。もともと寄せ集めだけに、奇襲されたとわかった段階で逃げてしまう兵も多かった。寒さが士気を奪った面もあるだろう。

気がつくと、ナムジャンはひとりで戦っていた。ふたりの敵兵を斬ったが、それ以降は防戦一方である。

「今日は逃がさぬぞ、ナムジャン。ガハシャン・ハスフの仇、とらせてもらう」

声をかけられて、振り返った。ヌルハチだ。認識すると同時に斬りかかる。だが、あっさりとかわされてしまった。馬を返して再び向き合う。

ナムジャンは尊大をよそおって告げた。

「降伏しろ、ヌルハチ。まもなくイェへの援軍が来る。おまえはマンジュどころかスクスフ部の支持も得られぬではないか。刃向かっても無駄だぞ」

「言いたいことはそれだけか」

ヌルハチの鬼神のような表情に、ナムジャンは舌を凍《こお》りつかせた。馬がいやいやをするように前肢を浮かせる。

ヌルハチが刀をぎらつかせて、ゆっくりと馬を寄せてくる。ナムジャンは逃げ出したくなる気持ちを抑えようと、雄叫《おたけ》びをあげた。ヌルハチの刀がひらめく。一度は防いだが、それが限界だった。

ナムジャンは肩から胸まで斬りおろされ、上半身を紅く染めて馬から落ちた。そのまま動かなくなる。

ヌルハチはしばし仇敵を見おろしていたが、やがて無言で馬を返した。

ヌルハチはサムジャンとナムジャンを倒してガハシャン・ハスフの仇を討ったが、戦いは終わりではない。まだ黒幕が残っている。

「次こそはロンドンを討ちましょう」

エイドゥが弾むような口調で言う。ジャイフィヤン城で敗れた後、ロンドンは残っている兵をまとめて、ジェチェン部の支配地域に逃れた。ジェチェン部はマンジュ五部のひとつで、明との国境に近い地域を領している。

「ああ、あの男は倒さなければならない。でないと、みなが枕を高くして眠れないだろう。ジェチェン部がかばうのであれば、まとめて討つのみだ」

ヌルハチが応じると、エイドゥが嬉しそうに笑った。

四月、ヌルハチは五百人近い兵をひきいてジェチェン部の領域に入った。まずはジェチェン部の出方を見ようという意図がある。ジェチェン部はいくつかの城に分かれていて、兵力はあわせて約八百と推定されている。はたして、迎撃に出てくるか。それとも和議の道を探ってくるか。

しかし、このとき、ヌルハチの目論見ははずれた。

「これはひどいな」

先頭で行軍して丘を越えたシュルガチが、前方に広がる光景を恨めしげに眺めた。渾河が荒れ狂っていた。泥を含んだ大量の水が凄《すさ》まじい勢いで流れている。大地が揺さぶられるほどの音が響きわたって、兵士たちの驚きの声も聞こえない。川幅は二倍、いや三倍になっているだろうか。本来の小さな川は黄竜に飲みこまれてしまったようだった。

上流の山で多量の雨が降ったらしい。この濁流を渡るのはとても無理だ。ヌルハチも川を見て、あっさりとあきらめた。

「無理をする必要はない。引き返そう」

だが、シュルガチはすなおに首肯《しゅこう》しなかった。轟音《ごうおん》に負けまいと大声で提案する。

「せっかく来たんだ。本隊を返すのはいいが、おれたちはここらを偵察してみないか」

「それもいいだろう」

ヌルハチも同意し、八十人の精鋭を残して付近の城や地形を調べることにした。

ところが、この動きは対岸にいたロンドンの斥候に監視されていたのである。ヌルハチたちは、広くなった川幅と水の流れる音のせいで、まったく気づかなかった。

その日の調査が終わって、野営の準備にかかったときである。アン・フィヤングが緊迫した様子でヌルハチに報告した。

「南の丘に多数の兵がいる」

同時に、エイドゥも告げる。

「東の川沿いに敵兵を発見」

ヌルハチはかすかに眉をひそめた。敵領内に長居しすぎたか。西は、と訊ねると、見張りの姿が見えないという。

「すぐに戦闘態勢をとれ。囲まれているかもしれぬぞ」

命じたとき、四方から鬨《とき》の声があがった。明らかに大軍であった。百や二百ではない。蹄音と喊声が少数の味方を包みこむように迫ってくる。ヌルハチが連れてきていたのは、経験を積んだ兵士たちだったが、それだけに状況を把握して行動に移すのが早かった。すでに鎧を脱ぎ、剣を捨てて降伏の意思を示している。大軍に包囲されて、生きて帰れるはずがないのだ。

「何と情けない。ヌルハチ様をお守りしようと思わぬのか」

エイドゥが歎《なげ》きながら槍をとった。アン・フィヤングは無言で鉄棒をかまえている。

「やる気なのか……」

シュルガチはため息をついて斧をひと振りした。ヌルハチが命じる。

「騎乗しろ。突破するぞ」

短い命令に、強い意志がこめられていた。命じられた三人は顔を見あわせ、それぞれの顔に希望を読みとった。ヌルハチが本気になれば、不可能も可能になる。

「まず、あそこをとる」

ヌルハチが指さしたのは、夕闇《ゆうやみ》に黒々とわだかまる丘だった。なだらかだが、周辺ではもっとも高さがある。すぐに全員が意図を察した。

「行くぞ」

言うなり、ヌルハチは馬腹を蹴った。馬が矢のように駆け出す。三人がつづき、さらに数十人の兵士がしたがった。飛んでくる矢を弾きとばし、立ちはだかる敵兵を斬り倒して疾駆する。ヌルハチの刀が血しぶきをまとってひらめき、夕日に照らされて妖《あや》しい光を放った。エイドゥの槍は敵兵の喉をつらぬき、アン・フィヤングの鉄棒は敵兵を鞍上《あんじょう》から吹っ飛ばし、シュルガチの斧は敵兵の首を狩る。四人は壮絶な流血の道を突き進んだ。

敵軍は包囲した時点で楽勝だと考えていただけに、ひるんで足を止めた。誰しも、勝ち戦で不運な死は避けたい。

丘を駆けのぼったヌルハチは、高みから戦場を観察した。

敵兵が持つ松明の光の輪が、十重《とえ》二十重《はたえ》にヌルハチたちを囲んでいる。

「壮観だな」

「千人はいそうですね」

エイドゥが麦の粒でも数えるような調子で言った。

「ひとりが二本三本と持って、数を多く見せかけているんだな」

シュルガチが指摘したが、その声はかすかに震えている。アン・フィヤングは無言で鉄棒の素振りをしていた。途中で傷を負ったようで、右頬に血がにじんでいる。

「八百といったところだな。突破するだけなら、さして困難ではない」

ヌルハチは包囲網の一点を指さした。数が少ないというより、足並みが乱れている箇所だ。ついてきた配下の兵に告げる。

「突破したらひたすら南東に走れ。はぐれてもいいから生き残って再会しよう」

一団はヌルハチを先頭にして、蹄音高らかに丘を駆けおりた。

「来たぞ、迎え撃て」

「絶対に通すな」

敵兵が叫びながら、進行方向に群がってくる。ヌルハチの馬が跳躍した。敵のただなかに下りて、ヌルハチは刀を左右にふるう。敵兵の腕が二本、深紅の血を撒《ま》きながら宙に踊った。渦巻く悲鳴のなかを、ヌルハチは馳驅《ちく》する。

ヌルハチ、シュルガチ、エイドゥ、アン・フィヤング、四人の武勇は敵を絶望と恐怖の淵に突き落とした。敵兵をひとりまたひとりと血泥に沈めながら、馬を巧みに操って駆け抜ける。少々の傷にはかまわず、ひたすら敵を倒して突き進む。血のにおいで嗅覚《きゆうかく》が麻痺《まひ》する頃には、四人の前に立ちふさがる者はいなくなっていた。

前方に明かりがなくなると、ヌルハチは後方を確認した。エイドゥとアン・フィヤングがついてきている。その後に兵士たち。名前を呼ぶと、八割方は返事があった。

「シュルガチはどこだ」

すぐに返事はなかった。ヌルハチは不安にかられながら、馬を走らせる。しばらくして、伝言が先頭に届いた。

「シュルガチ様はご無事です。馬が遅いため、最後方を走っています」

ヌルハチがかすかに頬をゆるめる。

「体が重いからですね」

エイドゥの笑みは返り血にまみれていた。

九

ヌルハチたちは傷つきながらも本拠地に帰りついた。ほとんど四人だけで戦って、八百人の包囲網を脱したのである。その前のジャイフィヤン城の戦いと合わせて、ヌルハチの武名は高まった。スクスフ部はもちろん、ジェチェン部に支持が広がり、ヌルハチを首長に仰ぐべきだという声が高まっている。

逆に、ロンドンの影響力がおとろえていた。みずからは矢面に立たず、他人を利用する手法も、その結果として敗れていることも、ロンドンの名声を損ねていた。さらに、彼が力の源としているイェへからの援軍が来た例《ため》しはない。ロンドンは嘘つきだ、との声が広がっている。

ある夜、ヌルハチはまたしても刺客に襲われた。不寝番をしていたエイドゥがすぐに気づいて取り押さえ、ヌルハチの前に突き出した。まだ二十歳になっていないと思われる若造だ。目はぎらぎらしているが、顔つきが幼い。

「こいつは牛泥棒ではありませんぞ」

ヌルハチは苦笑して応じた。

「ああ、ロンドンの手の者だな」

エイドゥが短剣を突きつけると、刺客はあっさりと白状した。ロンドンに金で雇われたのだという。刺客の質も下がっているのだ。ロンドンの居場所も訊ねたが、そこまではわからないらしい。

ヌルハチは刺客を放してやると、エイドゥに向き直った。

「言いたいことがあるなら言ってくれ」

エイドゥは唾を飲みこんで、敬愛する主君を見つめた。

「ヌルハチ様はお父上の仇討ちを掲げて旗揚げして以来、勝ちつづけています。スクスフ部はもちろん、マンジュの統一も見えてきました。このあたりで目標を明確に示してもよいと思います」

「しかしなあ……」

ヌルハチはとぼけて頭をかいた。大事を成すには、目の前の一事を着実に片付けることからである。マンジュ統一を口にするのは、せめてロンドンを討ち、スクスフ部を束ねてからではないか。ヌルハチはそう考えている。

「しかしなあ、ではありません。上に立つ者がしっかりと道を示してこそ、下の者は安心して働けるのです。仇討ちはヌルハチ様一族の問題ですが、マンジュ統一となれば、より多くの者が目標を共有できます。たくさんの仲間が集まってくるでしょう」

「反感を買うかもしれんぞ」

「そういう態度が反感を買うのです」

エイドゥは挑発するように鼻で笑った。

「おれは知ってます。ヌルハチ様の器量はマンジュには収まりません。女真統一だってめざせる。その野心も持っている。爪を隠すのはもう終わりにしませんか。敵が増えるかもしれませんが、味方はもっと増えます。そして、強くなりますよ」

「そういうものかな」

ヌルハチはエイドゥの熱意にほだされかけていた。

「そういうものでしょう」

アン・フィヤングが重々しく告げたので、ヌルハチもエイドゥも驚いた。この無口な巨漢は、めったに意見を表さない。エイドゥがまじまじと見つめると、アン・フィヤングはうつむいてしまった。

ヌルハチは苦笑しつつ、考えをめぐらせる。エイドゥの言うとおり、そろそろ目標をはっきりさせるべきだろう。自信のない指揮官に、兵はついてこない。過度の謙遜《けんそん》は期待してくれる者たちを失望させてしまう。エイドゥたちの期待に応えるため、亡きガハシャン・ハスフに報いるために、大きな旗を掲げよう。

「まあ、やるだけやってみるか」

軽い口調と裏腹に、ヌルハチの双眸《そうぼう》は鋭く光っていた。

翌朝、ヌルハチは配下の者を一堂に集めて宣言した。ロンドンを討つ、と。

「一族の中でいがみあうのはもう終わりだ。我が旗のもとへ集え」

ヌルハチがスクスフ部をまとめる意思を鮮明に示すと、態度を決めかねていた者も、相次いで馳せ参じた。

「ついに強力な指導者が現れた。この日を待っていたのだ」

「ヌルハチのことはよく知らなかったが、評判を聞くかぎり、ギオチャンガよりは信頼できそうだ」

集まってきた者たちの顔つきを見て、エイドゥは満足げである。このとき、ヌルハチはマンジュ統一までは口にしていないが、エイドゥら側近たちとはその意思を共有していた。公言すれば、スクスフ部以外の集団に対する宣戦になってしまうから、まだみなの心に秘めているのだ。さらに勝利を重ねれば、野心と夢を共有する者も増えていくだろう。

ただ、目端《めはし》の利くロンドンはすでに行方をくらましていた。どこかに隠れて、ヌルハチの失脚を待っているにちがいない。

ヌルハチはそれからしばらく、戦よりも味方を増やすことに努《つと》めた。エイドゥとアン・フィヤングが使者となって交渉した。エイドゥは熱弁をふるって、アン・フィヤングは短い言葉で、信頼を勝ちとった。そうして、ヌルハチはスクスフ部のほとんどをまとめ、ジェチエン部の集団も翼下に収めた。

ジェチエン部が味方についたことで、思わぬ効果がもたらされた。オルホン城への道が拓《ひら》けたのである。オルホン城は、あの卑怯なニカン・ワイランが逃げこんだ城だ。そもそも、ヌルハチの挙兵はニカン・ワイラン打倒をめざすものだった。道が拓けたならば、討つのみである。

次の標的を問われて、ヌルハチは即答した。

「オルホンへ」

ヌルハチは約八百人の兵をひきいてオルホンをめざしていた。そのうちの六百は騎兵である。騎兵はヌルハチとエイドゥ、そしてアン・フィヤングが、歩兵はシュルガチが指揮する。

そして、ニカン・ワイランの陣営にはロンドンが加わっているとの情報が入ってきた。これは偶然ではない。ロンドンを受け入れる勢力がなくなっているからだ。ロンドンとしては、イェへに逃れる前に最後の戦いを挑むつもりなのだろう。

オルホン城の兵力は約六百。兵糧の蓄《たくわ》えがないため、野戦に出てくるにちがいない。城が見えてくると、エイドゥの指示で一団は足を止めた。

「ヌルハチ様、兵士たちにひと言願います」

やれやれといった様子で、ヌルハチは馬を進めた。兵士たちの視線を受けて、表情を引き締める。

「この戦いは、おれたちが自分の足で立つ、そのための戦いだ。ニカン・ワイランもロンドンも強い者を頼ったせいで利用され、滅びようとしている。明は強い。イェへも強い。だが、おれはやつらを頼って利用されるのは御免だ。むしろ、やつらを利用してのしあがってやる。自分の足で立って、歩いて、高みへ上がるのだ。そのために、おまえたちの力を貸してくれ」

ヌルハチが口を閉ざすと、一瞬の沈黙の後、天地をどよもす大歓声があがった。兵士たちがこぶしを突きあげて、ヌルハチの名前を叫んでいる。エイドゥは涙をぬぐい、アン・フィヤングは天に向かって目を閉じている。

「さあ、行くぞ」

ヌルハチが城を指さすと、兵士たちの士気は最高潮に高まった。歓声はオルホン城にも届いていた。

「あれは虚勢だ。恐るるに足りぬ」

断言するロンドンに、ニカン・ワイランが疑いのまなざしを向ける。

「そう思うのなら、おまえが指揮をとれ」

「望むところだ。おれの力を見せてやる」

ロンドンは威勢よく言ったが、それ以外の選択はないのだ。もはや、口先で人を動かす力はなく、自分の実力で勝負するしかない。ロンドンは城内の全兵力をひきいて城を出た。ニカン・ワイランもしぶしぶながら参戦している。

明の暦で万暦十四年（西暦一五八六年）七月、両軍はオルホン城の南郊で対峙した。秋晴れの高い空の下、全軍の先頭に出たヌルハチの顔は、まばゆいばかりの陽光に照らされている。

「ニカン・ワイラン、そしてロンドンよ。積年の争いは今日で終わりだ。逃げずに決着をつけようぞ」

ロンドンも進み出た。

「憎きギオチャンガの孫よ。おまえの祖父のせいで、我が一族がどれほどの辛酸をなめたか。この恨み、晴らさせてもらう」

ヌルハチは高くかかげた右手を前に向けて勢いよく倒した。

「敵を蹴散らせ」

両軍は同時に動き出したが、出足の鋭さはヌルハチ軍が勝った。騎兵が矢を放ちながら前進し、敵陣に迫る。敵の矢で落馬する者もいるが、決してひるまない。途中で弓を刀や槍に持ちかえて、すでに乱れた敵陣に突入する。エイドゥの部隊が、最初のくさびを敵陣に打ちこんだ。

エイドゥの槍に導かれて、ヌルハチ軍は奮闘した。勢いに任せて敵をはねとばし、鮮血をまき散らしながら、奥へ奥へと侵入していく。

刀槍が激しく打ちかわされ、怒号と喊声、悲鳴と馬のいななきが天地を揺らす。土埃が立ちこめ、血と汗のにおいを覆いかくす。倒れて転がる人の体を馬が踏みつけ、体勢を崩した乗り手が落馬する。そこへ次の人馬が戦いながら乗り入れ、さらなる混乱と叫喚を巻き起こした。

戦況はヌルハチ軍有利である。それを圧倒的有利に昇華させるべく、アン・フィヤングが鉄棒をふるう。雄偉な体格を支えるにふさわしい巨大な馬にまたがって、敵の密集に突っこむと、三頭の馬がまたたくまに乗り手を失った。的も大きなアン・フィヤングは、鎧の肩や背中に何本もの矢を生やしているが、まったく気にすることなく敵を粉砕しつづける。

その頃、シュルガチひきいる歩兵隊は、がら空きになったオルホン城にとりついていた。兵士たちが柵を乗り越えて城内に侵入し、城門を開く。城内に残っていた女子供を捕虜にして、城にヌルハチの黄色い旗を掲げた。

「城はおれたちが奪ったぞ」

シュルガチが声を張りあげる。その声は戦場まで届かなかったが、旗は見えた。絶望のうめき声が、引き波のように敵軍を駆け抜ける。

敵軍の半分は散り散りになって逃げ出した。もう半分は武器を捨てて馬を下りている。

「ニカン・ワイランとロンドンを逃がすな」

ヌルハチは鋭く命じたが、これは困難な指令であった。逃げ走る騎兵のどれがニカン・ワイランで、どれがロンドンか、兵士たちにはわからない。さらに、降伏した敵兵が邪魔になって、追いかける速度があがらない。

ヌルハチは隷下の兵を十人ずつの小集団に分けて敵を追わせた。明領に逃げこまれると面倒なので、西や南に多く派遣する。自身も撫順《ぶじゅん》方面に馬を走らせた。馬市が開かれる明の国境の城市だ。

逃げ疲れた敵が荒野にすわりこんでいる。その隣で、馬が草を食む。それらを無視して、ヌルハチは馬を走らせる。

「む、あれは妙だな」

ヌルハチは怪しい一団を発見した。女の格好をした者と、黒い布を頭にかぶった者が、数十人の集団の先頭で駆けている。ニカン・ワイランが変装しているのではないか。

「あの集団を追え」

命じたヌルハチは弓をとると、すばやく矢を放って、集団のひとりを射落とした。馬を馳せながら、さらにひとりを落馬させる。その間に、部下たちが追いついた。短い戦闘で敵集団を潰滅《かいめつ》させ、女の格好をした者と、黒い布の者を捕らえる。

ふたりの顔を確認して、ヌルハチはがくりと肩を落とした。ニカン・ワイランでもロンドンでもなかったのだ。

「謀られたか」

ニカン・ワイランの策にまんまと引っかかってしまったようだ。結局、ふたりを捕らえることはできなかったが、ニカン・ワイランは明領に逃げたとの証言があった。ロンドンはおそらくイェヘに逃れたのだろう。

ヌルハチはニカン・ワイランが逃げこんだ国境の砦に使者を送って、引き渡しを求めた。明側はすでにニカン・ワイランと関係を断っていたものの、すぐには応じない。

「皇帝陛下に降伏してきた者を引き渡す道理はない。だが、この男を助ける義理もない。ヌルハチがこちらに来て殺すがよい」

「信用できない。のこのこ出かけて殺されてはたまらん」

ヌルハチの返答は皮肉である。父と祖父を殺された恨みは晴れていない。明側が折れた。

「よろしい。ならば部下を送るがよい。ニカン・ワイランを砦の外に放り出す」

ヌルハチは承知し、エイドゥに四十人の兵をつけて派遣した。

エイドゥが砦の近くまでやってくると、ニカン・ワイランは軟禁されていた房から引き出された。三人の兵が取り囲んで腕をつかむ。

「何をするのだ。私は明の忠臣だぞ。それを敵に引き渡すなどありえない。お願いだから、総兵官様に取り次いでくれ。私の味方をしてくださるはずだ」

哀願《あいがん》するニカン・ワイランに、明の兵士は冷たく告げた。

「閣下はおまえなど知らん、と仰せだ」

「そんな……。あれだけ貢いできたのに、ひどいじゃないか。おまえたちには人の心がないのか。それでも儒教の徒か」

ニカン・ワイランは半狂乱で喚きちらした。兵士たちがあきれた隙をついて、腕を振りほどき、逃走を図る。

ニカン・ワイランはしばらく逃げ回っていたが、城壁上に追いつめられてしまった。下でこれを見つけたエイドゥが、引き渡すよう叫ぶ。明の兵士たちは顔を見あわせて、うなずきあった。

「そら、受け取れ」

明の兵はニカン・ワイランを城壁から突き落とした。ニカン・ワイランの悲鳴が尾を引いて、やがて途絶える。

「おいおい、何てことを」

駆け寄ったエイドゥは、血だまりに横たわるニカン・ワイランの息を確認した。かろうじて生きているが、じきに絶命しそうである。すでに意識もないようだ。

「この男はヌルハチ様が裁くべきなのだが……」

エイドゥは少し逡巡《しゅんじゅん》してから、腰の短刀を抜いた。

「ヌルハチ様に代わって、仇をとらせてもらう」

ニカン・ワイランの首を持って、エイドゥは帰還した。ヌルハチに事情を説明して謝罪する。

最後まで言い終わらぬうちに、ヌルハチは破顔した。

「よくやってくれた。正直なところ、顔も見たくないし、声も聞きたくなかったのだ」

ヌルハチは一同に向かって宣言した。

「ようやくニカン・ワイランを討ち果たしたぞ。今日は宴会だ」

シュルガチやアン・フィヤングをはじめとする一族や配下の者たちが、地鳴りのような歓声をあげた。

挙兵から三年、ついに祖父と父の仇を討ったのである。ヌルハチはしばし、目を閉じて感慨にふけった。もちろん、これはただの一歩だ。ロンドンは取り逃がしたままである。スクスフ部はほぼまとめたが、マンジュの統一という目標にはまだ遠い。まずは祖父を超えるため、やるべきことは多いのだ。にもかかわらず、油断するとどこまでも夢が広がっていく。エイドゥの言う女真統一、さらにはその先へ。誰にも伝えていないが、ヌルハチは大きな野心と夢を抱いている。自分ははたして、どこまでのしあがれるのか。楽しみでならない。

女真人は華北を支配した金王朝が滅ぼされた後、大きな国をつくっていない。ひとつの集団が拡大しようとすると、他の集団から攻撃されたり、明につぶされたり、内紛で崩壊したりしてきた。だから、野心は明かさない。大きな夢は口にしない。仲間とともに、目の前の敵を倒していくだけだ。

ヌルハチはこの年、二十八歳。朔北の地に、新たな星が生まれようとしていた。

二章　九ヵ国連合軍

一

小気味よい槌《つち》音と威勢のいいかけ声が、フェアラの地に響いている。材木や石を積んだ荷車がひっきりなしに行き交い、深い轍《わだち》を刻んでいる。忙しげに立ち働く男たちは二百人を超える。刀や弓を持つ手に槌やのこぎりを持って、作業に勤《いそ》しんでいるのである。辮髪を結った頭に、汗の玉が浮かんでいる。

ヌルハチは部下たちの働きぶりを眺めながら、みずからも槌を握っている。

「刀よりも手にしっくりくるな。前に住んでいた小屋と馬小屋は、おれが自分で建てたんだ」

ヌルハチの近くでは、エイドゥが材木をのこぎりで切っている。こちらは手つきが少し危なっかしい。アン・フィヤングとシュルガチは膂力《りょりょく》を生かして石を運んだり積んだりしていた。男がふたりがかりで運ぶ岩も、アン・フィヤングならひとりで運べるのだ。

明の暦で万暦十五年（西暦一五八七年）、ヌルハチはフェアラに新しい城を建設した。フェアラは三方を山に囲まれた要害で、北側に平地が開けている。ここに三重の城壁を築いて、内城と外城《がいじょう》を整えた。城壁は丸太と石を交互に積みあげ、泥で覆って固めたものだ。

　内城にはヌルハチの家族と親族が屋敷をかまえ、二層に分かれた外城には部下たちが住む。部下たちは近くに自分の城があったり、村に畑を持っていたりしても、フェアラに集まって住むことと定めた。ヌルハチは領内の村から人口に応じて兵を出させて、多くをフェアラに配置し、一部を周辺の守りに送っている。

　フェアラ城の建設は、周辺の地域を自分の旗のもとにまとめあげようという、ヌルハチの意思表示であった。盗みや人殺し、詐欺《さぎ》などを厳しく罰する法もつくって、民に周知している。

　ヌルハチの当面の目標はマンジュ統一だ。

「二、三年のうちに成し遂げたいものです」

　エイドゥは畑の雑草を引き抜くような調子で言うが、事は簡単ではなかろう。ヌルハチは甘く考えてはいなかった。明の、直接的には李成梁の顔色をうかがいながら、勢力を拡大していかねばならない。李成梁は強欲で賄賂《わいろ》を好むとの評判から、接し方しだいでうまく利用することもできよう。ヌルハチは商売の得意な部下を選んで、李成梁への工作を指示した。

秋になってフェアラ城がほぼできあがると、ヌルハチはエイドゥに命じた。

「バルダ城を落としてこい」

ヌルハチの軍がヌルハチなしで軍事行動を起こすのは稀《まれ》で、これは信頼の証《あかし》である。エイドゥは勇躍して出立した。

バルダ城はジェチェン部のうち、ヌルハチにしたがっていない集団がこもっている。エイドゥは三百の兵をひきいて北に向かい、渾河を渡ろうとしたが、水かさが多く、川幅も広くなっている。以前も渾河の大水で行く手をはばまれたことがあり、敵に包囲されて危機におちいった。川の深さは大人の腰くらいで、あのときほどの水量ではないが、渡河には危険がともないそうだ。

エイドゥは不安そうな兵士たちに目をやって、ヌルハチならどうするだろう、と考えた。部下思いのヌルハチなら、あっさりとあきらめるかもしれない。だが、エイドゥはヌルハチの信頼に応えなければならない立場だ。引き返せば、ヌルハチは評価してくれるだろう。だが、自分自身が納得できない。あいつは臆病だ、と同輩や部下たちに思われるのも嫌だった。

「渡るぞ」

エイドゥは決意した。兵士たちひとりひとりを縄でつなぎ、たとえ流されても、みなの力で支えられるようにする。そのうえで、まずはエイドゥ自身がひとりで渡り、敵がいないことを確認した。

「よし、来い」

渡河がはじまった。縄で数珠《じゅず》つなぎになった兵士たちが、ゆっくりと川を歩いて渡る。流れに押されて位置がずれたが、何とか無事に渡りきることができた。

エイドゥは兵士たちに休息をとらせ、身体を乾かしてから、行軍を再開する。

バルダ城の近郊には、真夜中に到着した。エイドゥは兵士たちに仮眠をとらせ、夜明け前に攻撃を開始した。

「敵の兵は百人ほどだ。力攻めで粉砕するぞ」

エイドゥは先頭に立って突撃する。敵の見張りが気づいて大声をあげたが、多くの兵はまだ夢の中だ。すぐに防衛の準備は調わない。ヌルハチ軍は城壁に梯子をかけて乗り越え、次々と城内に侵入する。

エイドゥは立ち向かってきた敵兵の胸に槍を突きこんだ。槍は背中に抜け、敵兵は血の泡《あわ》を吐いて倒れる。エイドゥは槍を強引に振りまわして引き抜いた。

そこで、はっと気づく。

「指揮官たるもの、戦況をしっかりつかんでいなければ」

エイドゥは矢倉でもないかときょろきょろしたが、見当たらない。もともと、防衛設備は乏しいとの情報があったから、力攻めを試みたのである。

「一番高いのはあそこか」

エイドゥは大きな家の屋根によじのぼった。天辺《てっぺん》に腰を下ろし、弓をかまえて戦況を観察する。

味方の兵士たちは各処で敵を押しまくっていた。鎧も着けずに出てきた敵を斬り伏せ、突き倒して、屍体を重ねていく。敵の多くは戦意を失っており、逃げ出している者が多い。

「降伏すれば命まではとらぬぞ」

エイドゥは大声で伝えた。近くの部下にも同じ内容を叫ばせる。

剣戟《けんげき》の響きが小さくなってきた。敵の抵抗はほぼ終わり、掃討戦に移っている。

「逃げるやつは無理に追うな」

エイドゥは命じて、戦闘を終わらせた。バルダ城を落として、ヌルハチ軍の強さを見せつければ、それで遠征の目的は達せられる。ジェチエン部の残りの集団も、ヌルハチに帰順するだろう。

エイドゥは任務を果たして、意気揚々とフェアラに帰還したのであった。

フェアラ築城の翌年、ヌルハチはフルン四部のひとつ、ハダ部の首長と婚姻関係を結んだ。フルン四部は、マンジュ五部の北に位置する。ハダはかつて、明の後援を受けて強大になっていたが、この頃はイェヘに押されていた。イェヘを警戒する明は、ヌルハチとハダを結びつけて対抗させようとしているらしい。

ヌルハチはその思惑に乗りつつ、イェヘとも友好関係を築こうとしていた。女真の地で最大の勢力を誇るイェヘとはまだ対立したくない。イェヘの首長ナリムブルも、明の攻撃を受けたことをきっかけに、ヌルハチと誼《よしみ》を通じる必要性を感じたようだ。かねてからのヌルハチの要求にしたがって、妹を妻に送ってきた。女真人の有力者たちは、政略結婚で複雑に結びついている。

一方で、ヌルハチのマンジュの統一は順調に進んでいた。この年、ヌルハチのもとに、三つの集団が帰順している。これはヌルハチの武勇と知略と器量が認められた結果であり、マンジュ統一の戦いに大きな影響を与えることになる。

ヌルハチはそれぞれの集団から若い有力者を選んで、自分の側近に抜擢《ばってき》した。ホホリ、フィオンドン、フルガンの三人だ。

ホホリはヌルハチの二歳下で、マンジュ五部のひとつドンゴ部をひきいている。明に生まれていたら科挙に受かっていただろう、と噂される才人で、中国の兵法や政治にも通じているという。女真人にしては穏《おだ》やかな顔つきが特徴だ。

フィオンドンは二十五歳、ヌルハチの五歳下だ。細身の長身で、マンジュ一の騎射の名手として知られる。

フルガンはさらに若く、まだ十三歳である。ヌルハチの姉の息子にあたり、ヌルハチは養子として引き取った。端整な顔立ちで、年齢のわりに落ちついている。かわいげがないとも言えるかもしれない。

陣容を強化したヌルハチは、明くる年、マンジュ統一に向けた最後の障害、ジョーギヤ城攻略に着手した。

ジョーギヤ城は、ニングチンという男の本拠だ。ニングチンは商才に長けていて、明や朝鮮との交易で財を蓄え、多くの兵士を養っている。ジョーギヤ城には千人を超える兵が集まっており、武具も大量に蓄えられているという。

ヌルハチは千二百の兵をひきいて遠征に出かけた。エイドゥ、ホホリ、フィオンドンがしたがう。

ジョーギヤ城はマンジュの領域の南の端にある。朝鮮や明に近い場所だ。距離があるため、全員を引きつれての遠征とはいかない。道中、新たに傘下に入ったドンゴ部などの集団の居住地を通る。ヌルハチは馬を下りて村々の長に挨拶し、絆《きずな》を深めながら行軍した。これはホホリの助言によるものだ。

「上に立つ者は、なるべく姿を見せておくべきです。顔も知らぬ者のために、命を懸《か》けて戦う気にはなかなかなりませんが、親しく言葉をかわせば、忠誠心は増すでしょう」

「忠誠ねえ。おれはむしろ、上に立つ者がどれだけ利益を与えられるか、だと思う」

「それも重要な考え方です。勝ちつづけて豊かになれば、みながヌルハチ様を支持することでしょう」

ホホリは目を細めて微笑し、仏のように穏やかな表情で進言する。実際に何を考えているかが読みとれず、エイドゥなどは落ちつかない。当を得た内容であっても、ヌルハチの害になるのではないか、と、つい身がまえてしまう。

寄り道が多くて遅れ気味になると、フィオンドンが提案した。

「私が先行して、ジョーギヤ城の周囲を偵察してきます」

罠などがないか、敵の様子はどうか、確認しておくという。

「偵察ならおれが行きます」

エイドゥが競うように言ったが、ヌルハチはフィオンドンに任せた。

「エイドゥはおれの傍にいてくれないと困る」

不満そうだったエイドゥは、そのひと言で機嫌を直した。

「そういうことなら仕方ないですね」

張りきるエイドゥにつられるように、ヌルハチ軍は進軍速度をあげた。川沿いの丘に立つジョーギヤ城を眺める場所にたどりつき、陣屋を建てる。

フィオンドンが報告した。

「敵軍は城にこもるかまえです。私が来てから、動きはありません」

ホホリが思慮深げに考えを述べる。

「すると、援軍の当てがあるのでしょうか。マンジュには彼らの味方はおりませんから、フルン四部のイェへやハダ、あるいはモンゴルになりますが、いまのところ、ニングチンに味方がいるという情報は入っておりません。もしくは……」

ホホリは言いかけて、口をつぐんだ。かすかな後悔が、穏やかな表情を横切る。

「かまわん、言ってくれ」

ヌルハチがうながすと、ためらいがちに口を開く。

「我が軍の分裂を待つか、です」

ヌルハチ軍は同じ旗のもとに集まったばかりで、強固な一枚岩とは言えない。絶対の忠誠を誓っているのはエイドゥとアン・フィヤングくらいで、多くの兵は不利な状況になれば自己の利益を第一に考えるだろう。

「もちろん、その怖れは少ないと思われます」

ホホリは恐縮したが、ヌルハチは笑い飛ばした。

「気を遣うな。その点は承知している。なるべく早く片付けよう」

ジョーギヤ城はなだらかな丘にたっており、城壁も高くない。ヌルハチ軍はさっそく盾車や梯子を組み立てて、力攻めの準備に入った。

二

初夏の太陽が、川沿いの荒野に明るい光を投げかけた。

だが、光は土埃にはばまれて、地表までは届かない。ヌルハチ軍は猛烈な勢いでジョーギヤ城めがけて吶喊《とっかん》していた。左にエイドゥ、右にフィオンドン、中央はホホリ、三人のひきいる部隊が盾車を先頭にして城に襲いかかる。

城からはいっせいに矢が放たれ、天空にきらめく橋を架けた。対岸に立つ者を殺傷する、危険な橋だ。

無数の矢を受けて、盾車がずしりと重くなった。盾に守られていた兵士たちが思わず首をすくめる。すかさず、エイドゥがはげましの声をかけた。

「誰も傷ついてないぞ。ひるまず進め」

ヌルハチ軍は両翼の足が速く、中央が取り残される形になっている。積極果敢なエイドゥにフィオンドンはついていけるが、慎重なホホリはどうしても遅れてしまうのだ。後方にひかえるヌルハチは、馬上からその様子を見てうなずいた。

「うむ。本人が言うように、ホホリは戦場の勇士ではなさそうだ」

もっとも、それは計算のうえである。ホホリは堅実に戦ってくれればいい。力が足りないようなら、ヌルハチの本隊が助ければいいのだ。

両翼が城に接近していく。ヌルハチの位置からでは土塵《どじん》に包まれてはっきりとは見えないが、すでに梯子がかかっているかもしれない。喊声が地鳴りのようにとどろいている。大地の揺れが伝わってくる。

ふいにヌルハチの馬が身じろぎした。耳をそばだてて警戒している。ヌルハチは眉をひそめて、風のにおいを嗅《か》いだ。

何かが来る。察すると同時に鋭く命じる。

「戦闘態勢をとれ」

刀を鞘走《さやばし》らせたとき、後方で鬨の声が響いた。

「背後から敵襲」

悲鳴のような報告が届く。それより先に、ヌルハチは最初の敵を斬って捨てていた。

敵が何者かはわからない。だが、奇襲を受けたことはわかる。本隊には百人ほどしか残していない。まずい状況だ。しかし、ヌルハチは逆に胸を躍らせていた。来るなら来い。返り討ちにしてやる。その思いに応えるように、敵兵が叫んだ。

「雑兵にかまうな。ヌルハチを討て」

「我が軍に雑兵などおらぬ。だが……」

ヌルハチは馬上で背筋を伸ばした。

「おれはここだ。かかってこい」

挑発に乗って、三人の敵兵が突っこんできた。ヌルハチはそのうちのひとりに馬を寄せ、すれ違いざまに斬って落とした。ふたりめが横合いから槍を突き出してくる。ヌルハチは返す刀で弾きながら、手綱をあやつって馬を体当たりさせる。敵は体勢を崩して落馬した。それを確認する間もなく、三人目と刀を合わせる。鋭い金属音が二度鳴り響き、三度目は悲鳴に変わった。

ヌルハチは刀をひと振りして、血のしずくを飛ばした。

「怖《お》じ気《け》づくな。ヌルハチを殺した者には勅書が下されるぞ」

敵の指揮官が声をからして叫ぶ。ヌルハチは背中の弓をとろうとしたが、その暇は与えられなかった。数人の敵兵が殺気も露《あら》わに迫ってくる。もっとも、槍や刀の持ち方が不自然で、足は震えており、戦慣れしていないのは明らかだ。ヌルハチは槍をかわし、刀をかいくぐって、逆襲に転じた。ヌルハチの刀がひらめき、敵の首が宙を飛ぶ。鮮血の雨が大地に降りそそいだ。

ヌルハチは九人の敵を冥土《めいど》に送った。九人目は敵の指揮官である。味方の兵士と挟み討ちにして、背後から斬り殺したのだ。ヌルハチは兵士の功を賞して、その場で銀を与えた。

奇襲を受けたヌルハチ軍だったが、ヌルハチの奮戦に勇気づけられた部下たちが敢闘し、ほぼ同数の敵を撃退してのけた。捕虜によると、十日も前から城を出て付近に潜んでいたらしい。地の利を生かして巧妙に隠れていたため、フィオンドンの偵察では発見されなかったのだ。

「ヌルハチ様、ご無事ですか」

エイドゥが辮髪を振り乱して駆けてきた。どこかでかぶとを落としたようだ。ヌルハチの危機を知り、あわてて反転してきたのである。

その際に敵が追撃してきたら、惨敗していたかもしれない。だが、ホホリとフィオンドンが反転せずに攻撃を継続したため、敵は城を出ることができなかった。今も城攻めはつづけられており、フィオンドンの部隊はすでに城内に侵入している。

「おれのことはいい。役目を果たせ」

「はっ、ただちに」

エイドゥは休む間もなく前線に取って返した。

本陣を奇襲されたのは失態であったが、敵はその策に懸けていたのだろう。撃退されたことで城の守備兵は意気消沈したようだった。ヌルハチ軍はここが勝負どころと見て攻勢を強めた。

フィオンドンは兵士を鼓舞しつつ、自身も城内に乗りこんだ。ヌルハチの無事はすでに確認している。奇襲を許したのは自分の責任だと考え、汚名返上を誓って刀をふるう。敵兵がひとり、奇声をあげて槍を投げてきた。フィオンドンは余裕をもってかわし、鋭く斬りつける。三度のすばやい斬撃をすべて受けて、敵兵は倒れ伏した。

フィオンドンは次の敵を探して、一歩踏み出そうとする。その秀麗な横顔を、敵の矢がかすめた。

「フィオンドン殿、前に出過ぎですぞ」

声をかけられて、フィオンドンは振り返った。ホホリが城外から注意をうながしている。

「指揮官が突出してはなりません」

フィオンドンは目を細めて左右を見た。はじめての遠征で失策を犯したために焦ってしまったが、本来は沈着冷静な為人《ひととなり》である。落ちつきを取り戻して、ホホリの言葉にしたがった。城壁に腰掛け、全体の戦況を把握しながら、得意の弓で味方を援護する。

エイドゥの部隊が前線に戻ってきた。

「新参者に負けるな。突撃せよ」

すでに城壁を守る兵はいない。エイドゥは先頭に立って城内に突入した。わずかに残る敵兵の抵抗を撃砕し、屋敷が建ち並ぶ奥へと突き進む。

ヌルハチは城壁の前まで馬を進めていた。城内になだれこむ味方の勢いを目にし、熱狂的な歓声を耳にして、顔をしかめる。

「ちとまずいな」

傍らにひかえていた部下が、怪訝な表情をした。圧倒的な勝利が目前なのだから、いぶかしむのも当然であろう。

ヌルハチが命じる。

「前線に行って、掠奪《りゃくだつ》を禁じるよう伝えろ。名代のしるしとして、おれのかぶとをかぶっていけ」

「御意にございます」

部下がかぶとを片手に走っていく。

ジョーギヤ城にはニングチンが貯《た》めこんだ財貨が山になっているという噂があった。兵士たちがそれを信じて掠奪に走れば、大混乱になろう。すでにその徴候は現れていた。兵士たちは敵ではなく、宝を探して歓声をあげているのだ。

ホホリが戻ってきて、ニングチンの首を差し出した。

「蔵の前で死んでいたそうです。誰の手柄かはわかりません。あるいは仲間割れかもしれません。蔵はすでにからっぽでした」

勝利の報告ではあったが、完全な吉報とは言えない。ヌルハチは苦笑して訊ねた。

「秩序は保たれているか」

「申し訳ございません。力及ばず……」

一部の兵士たちは戦利品をめぐって争いはじめているという。エイドゥとフィオンドンが抑えようとしているが、いまだ騒ぎは収まっていない。

「困ったものだ」

ヌルハチは開かれた門から城に入った。

威儀を正して、馬上から呼びかける。

「ただちに掠奪をやめ、それぞれの部隊の命令に服せ。戦利品は公平に分けることを約束する」

ヌルハチの声が耳に触れると、兵士たちは我に返ったように顔をあげた。仲間たちと気まずそうに視線をかわし、手にしていた品を地に落とす。ヌルハチが移動しながら命令して回ると、しだいに混乱は収まった。

エイドゥとフィオンドンが駆けてきて、ヌルハチの馬前にひざまずいた。

「ひとつも功をあげられませんでした。申し訳ございません」

「不甲斐《ふがい》ない結果に終わり、お恥ずかしいばかりです」

代わる代わる罪を謝すふたりに、ヌルハチは笑いかけた。

「勝ったのだから、よいではないか」

ヌルハチは馬を下りて、ふたりを立たせた。

「さあ、旗を掲げ、勝ちどきをあげよう」

気を取り直したエイドゥが、満面の笑みで応じる。

「そうです。これでヌルハチ様はマンジュを統一したのです」

「言葉にすると簡単だがなあ」

ヌルハチは頭をかいた。そういえば、貸したかぶとが戻ってきていない。

この勝利で、マンジュの中にヌルハチに敵対する勢力はなくなった。ただ、それはすべての集団がヌルハチを支持している、というだけである。明のように確固たる政治体制がしかれて、領土の境界がはっきりしているわけではない。盤石《ばんじゃく》な国とは言えず、単に人をまとめているだけであろう。

「ヌルハチ様がわかっておいでのようで安心しました」

ホホリが口をはさんだ。大変なのはこれからだという。極端に言えば、一度の敗戦でヌルハチのマンジュ支配は崩壊してしまう。さらに勝利を重ね、体制を固めていかねばならない。明への警戒も必要になる。

「頭を使うのは任せるぞ」

ヌルハチはホホリの肩を叩いて笑った。

やがて、黄色い旗が風になびき、雄々しい勝ちどきが天に向かって立ちのぼった。

ヌルハチが事実上のマンジュ統一を成し遂げたのは、明の暦で万暦十七年（西暦一五八九年）のことであった。

三

ホホリは、明の遼東総兵官・李成梁の前で、頭を垂れていた。李成梁はきらびやかで凝《こ》ったつくりの椅子《いす》に腰を沈めている。それは言わば遼東の玉座である。

「あのギオチャンガの孫がな」

李成梁はつぶやいて、口ひげをつまんだ。尊大な態度だが、反感を示す者は塞外《さいがい》の地にはいない。李成梁は手元に届けられた表と、ホホリの顔とを見比べて、しばし無言であった。頭のなかで、打算をめぐらせている。

ホホリはヌルハチの命で、李成梁に貢ぎ物を運んできた。マンジュ統一を報告し、官職を得るのが目的だ。

李成梁はもったいぶって口を開いた。

「大きくなった勢力は叩くのが、我が朝《くに》の方針である。それは理解しておろうな」

「御意にございます。なれど、我が主のこれまでの貢献をご考慮いただければ幸いです。これからももちろん、閣下に尽くす所存です」

明はヌルハチの父と祖父を殺している。その件について明側は謝罪しており、ヌルハチには借りがあった。それゆえでもないが、ヌルハチは明に従順ではない。李成梁への贈り物は欠かしていないが、明が後援する勢力を滅ぼしており、時としてその威を無視している。常ならば、軍事的な圧力をかけているところだ。

しかし、李成梁はヌルハチの勢力拡大を咎《とが》めなかった。ひとつには貢物が物を言ったのだが、もうひとつ、李成梁にはありがたくない理由があった。遼東総兵官にとって、最大の敵は女真人ではなく、モンゴルの遊牧騎馬民族である。モンゴル高原で遊牧しつつ、遼東地方にも侵入してくる彼らに対して、李成梁は押され気味だった。北京《ペキン》には戦勝の報告をつづけているが、実際の戦況は厳しいのだ。こちらの損害が大きかったときは、味方の死体を使ったり、難民を殺したりして、戦功を偽装している。したがって、女真人の対策にあまり労力をかけたくない。以前から反抗的なイェへに比べれば、ヌルハチはまだ話がわかる。そう考えていた。

「モンゴルとの戦に際しても、お役に立てることがあろうかと存じます」

李成梁の心を見すかしたように、ホホリが告げた。李成梁は眉をひそめる。

「そなたがそれほど交渉上手とは知らなかったな」

李成梁は痛む膝をさすりながら立ちあがった。

「ふーむ」

「ヌルハチには、都督僉事《ととくせんじ》の職を授けよう」

ホホリは深々と礼をほどこした。狙いどおり、女真人に与えられる官職として最高級のものである。ヌルハチはマンジュ支配にお墨付きを得たことになる。

「恩寵《おんちょう》に感謝いたします」

「ついてまいれ」

李成梁はホホリをともなって、別室に移動した。人払いをして、あらためて訊ねる。

「実際のところ、ヌルハチという男をどう見ているのだ」

「いまだつかみきれておりませぬ」

ホホリは謹厳な表情を崩していなかったが、身にまとう雰囲気が変わっていた。頭を下げる所作《しょさ》は、使者ではなく、家臣のようである。

「マンジュを統一できたのは、部下に恵まれたからか、それともヌルハチ自身の手腕か」

「運、でございましょうか」

自信なさげに、ホホリは答えた。

「ヌルハチや部下たちよりも強い者は、女真にはいくらでもおりました。過去の指導者に比して、ヌルハチの器量がすぐれているとは思えませぬ」

「そうかな」

李成梁は首をかしげた。

「運ならば長くはつづかぬ。だが、人の世には、部下が増えるにつれて、自己の器を広げていく勇者もおる。せいぜい十人の長と見えた男が、天下を獲った例もあろう」

「将来、ヌルハチが女真全体を束ねることもあるとお考えですか」

訊ねるホホリの声が、かすかに震えた。

「いや、それはない。そうなる前に防ぐのがわしの仕事だ。そして、そなたを飼っているのはそのためだ」

「心得ております」

ホホリは目を伏せた。李成梁はその周りを歩きながら話す。

「わしはヌルハチに従順さは求めぬ。ただ、分をわきまえておればよい。マンジュの首長で満足し、礼を欠かさぬのであれば、その地位は保証しよう」

李成梁の足が止まった。

「ヌルハチに告げる必要はないぞ。反したときはただちに報告せよ」

「かしこまりました」

李成梁は卓の上に置いてあった小袋を手に取った。重さを確かめて、ホホリに放《ほう》る。

「用は終わりだ」

ホホリは小袋を受け取って、地に着かんばかりに頭を下げた。李成梁が歩み去るのを待ってから、顔をあげる。

その土気色《つちけいろ》の顔に、任を果たした満足感はなかった。


万暦十七年（西暦一五八九年）九月、ヌルハチは正式に都督僉事に任命された。これは李成梁が推薦してくれたおかげであったから、ヌルハチはホホリの助言にしたがって、李成梁に御礼の品を贈った。北方《ほっぽう》のアムール川流域で買い入れた最高級の黒貂《くろてん》の毛皮に、明の商人から買った絹や宝石も加えた。李成梁は欲深い男なので、高価で換金しやすいものを贈ればよい。はたして、使者からは、李成梁がことのほか喜んでいたとの報告があった。ヌルハチはひとまず明の公認を得て、名実ともにマンジュの首長となった。

「しばらくは国造りに専念しましょう」

ホホリが進言する。

「国ねえ」

ヌルハチはうまく想像できなかった。簡単な法は定めたが、明のような行政組織はとてもつくれない。また、その必要もないだろう。

ホホリは今までどおり、軍を編制するための組織でよいという。ヌルハチの下に、エイドゥ、アン・フィヤング、フィオンドンら有力な臣《しん》がつく。彼らはフェアラ城に住むが、領地と領民を持っていて、平時、有事それぞれに必要な兵を出す。マンジュの地に割拠していた各部の有力者たちを、このような家臣団に組み入れることが重要だ。

「ヌルハチ様に仕える臣は、みなフェアラ城に住まわせます」

ホホリは多くを語らないが、これは叛逆や独立を防ぐための方策である。いざ戦となれば、本拠地から兵士を呼び寄せることになる。

動員する兵士は普段は農耕をおこなっている。ゆえに、農繁期に大規模な遠征は起こしにくいし、長期間にわたって戦いつづけるのは難しい。兵糧の問題もある。土地の貧しい朔北の地では、充分な兵糧を集められない。勢力をさらに拡大するには、これらの課題を解決する必要があるだろう。

「次はどこを攻めるんだ」

ヌルハチの弟、シュルガチが無邪気に訊ねた。

「兄貴が忙しいなら、おれが一軍をひきいて出かけてもいいぞ」

「今は動くべきときではありません。明ににらまれないよう、おとなしくしておくのです」

ホホリが主張を繰り返した。シュルガチが不満そうに反論する。

「明、明とうるさいな。たとえば、イェへと結んだら、明にも勝てるのではないか」

ホホリは諭《さと》すように言う。

「女真人すべての人口をあわせても、明の一地方にも及びません。遼東の駐屯軍となら戦えるかもしれませんが、明にはその何十倍、何百倍の兵がいるのですよ」

エイドゥが口をはさむ。

「だが、北から攻めこんで、中華の地を征服した国があるだろう。おれたちの祖先は、金という王朝を建てて、中華の半分を支配していたと聞くぞ」

「そのときは中華の地も乱れていました。今は違います」

「やけに明の肩を持つんだな」

シュルガチがにらむと、ホホリははっとして口をつぐんだ。ヌルハチがなだめる。

「それくらいにしておけ。おれも今は、無理に領土を拡《ひろ》げようとは思わない。下手に拡げると、守るのが大変だからな。それより人を増やしたいが、何か策はないか」

「戦に勝って、人を連れてくればいいでしょう」

フィオンドンの発言に、エイドゥやシュルガチがうなずく。人を増やせば、その集団は強くなる。強制的な移住は、塞外の地ではよくおこなわれる方策である。ヌルハチも何度かおこなっている。

「その前に、治安を維持し、耕地を増やして、国を豊かにするほうが先です。まずは土壌を整え、そのうえで種を蒔《ま》くのです」

血の気の多い武臣たちに対して、ホホリは一歩も退かない。シュルガチがこぶしに力を入れているのを見て、ヌルハチはため息をついた。弟の肩に手をおいて、軽く揺らす。

「近道はないということだな。おまえの部下にも怪我人が多いだろう。戦は少し休んで、回復に努めよう」

シュルガチは兄の手を振り払った。

「兄貴は立派な地位を得たし、勅書もまたもらったからいいよな」

今度はヌルハチも目つきを険しくする。

「勅書は分けたはずだがな。分配に不満があるなら聞こうか」

低い声がずしりと響いた。エイドゥやフィオンドンも、主君にならってシュルガチをにらみつける。シュルガチは視線を落として、太めの身体を縮めた。

「そういうわけじゃない。おれはおれたちの国を大きくしたくて……」

消え入りそうな声で弁解する弟を見やって、ヌルハチは表情をやわらげた。

「国を大きくするのは戦だけではない。とりあえず朝貢でひと儲《もう》けしようじゃないか」

シュルガチはうなずいたが、本心から納得しているようには見えなかった。

四

フェアラ城外の野に、気合いの声が響いている。収穫が終わって、まもなく冬になろうという時季だが、兵士たちは汗まみれになっていた。集団で動きながら、刀槍を扱う訓練の最中である。兵士たちの繰り出す槍が、藁《わら》を束ねた人形を次々とつらぬいていく。灰色の空には鷹が舞っていて、人間の営みを不思議そうに見おろしている。

ヌルハチはエイドゥら側近たちと一対一で戦っていた。馬にまたがり、木の棒で打ち合っている。訓練というより、身体を動かす遊びのようなものだが、みな真剣であった。

とくにエイドゥとアン・フィヤングは、相手がヌルハチであっても、容赦をしない。

「脇《わき》が甘いですよ」

エイドゥがヌルハチの棒を弾きとばして、脇腹を打った。鎧の上からでも、あざができるほどの強さだ。

「それくらいにしておいたほうが……」

フィオンドンが遠慮がちに声をかけた。エイドゥは大きく頭を振る。

「いや、手加減はいらないんですよ。ねえ、ヌルハチ様」

「もちろんだ。次は負けん」

ヌルハチは今度はアン・フィヤングに挑み、太ももをしたたかに打たれた。

「むう、かなわんか」

ヌルハチは顔をしかめて馬を下りた。従僕が持ってきた水を口に含んでから、鎧を外し、打たれた箇所をさする。

「いいかげんにわかってくださいよ」

エイドゥが馬から飛びおりて、ヌルハチの隣に坐った。

「ヌルハチ様はそこそこ刀を扱えますが、自分で思っているほど強くはないんです。敵将と一騎打ちなんて、絶対にしないでくださいね。後方で命令を出していれば、それで勝てるのですから」

ヌルハチは真顔で反論する。

「いや、おまえたちが強いだけだろう。フィオンドンとは互角だったぞ」

「それはフィオンドン殿が手を抜いていたからです」

ヌルハチの視線を受けて、フィオンドンはうつむいた。騎射の得意なフィオンドンだが、刀をとってもかなりの腕前である。

「だいたいヌルハチ様は軍をひきいるときは慎重なのに、自分が戦うときはどうして向こう見ずになるんですか」

「それで失敗したことはないぞ」

「失敗したら死ぬんですから、当たり前でしょう」

エイドゥはぴしゃりと言って、主君を黙らせた。自分でも言い過ぎだと思う。ヌルハチは訓練より実戦に強く、いざというときは、人が変わるほどの冴えを見せる。だが、前線に出れば何が起こるかわからない。心配だから、なるべく後方にいてほしいのである。

少し休んで、エイドゥは立ちあがった。

「さあ、次は騎射ですよ。騎射はやっておいて損はないですからね」

ヌルハチがにやりと笑ってつづく。

「騎射はまちがいなく、おれのほうが上だからな」

たしかに、エイドゥは騎射が苦手だ。止まって射るのはうまいほうなのに、馬を走らせながらだと、まったく当たらなくなるのである。フィオンドンは、馬の速度を考慮して狙いを前に……などと助言してくれるのだが、まるで生かせない。

「負けませんからね。おれはこっそり努力しているんです」

「その努力は身になっていないようだな」

笑いながら言い合うふたりの間に、フィオンドンが割って入った。

「それくらいにして始めましょう。日が暮れてしまいます」

そろって頭をかくふたりの背後で、アン・フィヤングが重々しくうなずいていた。

都督僉事に任命されてから一年半あまり、ヌルハチは軍を出さなかった。そのおかげで、マンジュの地では賊が減り、耕地が増え、食糧の余裕もできて、民心が安定した。ヌルハチの指導力を讃《たた》える声が村々であがっている。

だが、エイドゥをはじめとする臣には不満もあった。

「ヌルハチ様が内政好きとは知りませんでした」

「おれは何もしてないけどな」

たしかに、ヌルハチは目立った活動をしていない。裁きでもめた際には裁定を下すが、仕事といえばそれくらいである。訓練をする以外はたいてい、ぼうっとして過ごしていた。屋敷の近くに建てた高楼に上って、ただフェアラの町を眺めているのである。

「どこかに戦をしかけましょうよ」

エイドゥがそそのかしても、ヌルハチは生返事をするだけだ。却下の理由を訊ねても、はっきりとは答えない。ホホリの進言を受け入れているのではないという。

「何となくだが、時期が悪いと思うのだ。今、下手に戦うと、取り返しのつかない失敗をしそうで怖い」

「情けないことを言わないでください。もっと自信を持たないと、女真統一なんて、夢のまた夢ですよ」

「それはおまえの夢だろうが」

ヌルハチはいなしておいて、真顔になった。自信がないのはたしかである。まだ家臣たちをまとめきれていない。自分でそう思っていた。仲間と運に恵まれて、あれよあれよという間にマンジュ統一を果たしたが、この成功はひとつのきっかけで崩れてしまう。そういう雰囲気を痛いほどに感じている。

裏切りや叛逆、独立が日常茶飯事の時代である。政略結婚が多いが、それとて抑止力にはならない。エイドゥやアン・フィヤングのように、絶対的に信頼できる部下がもう少しほしい。

「ようするに、おれたちのマンジュはまだ国になっていないんだ」

ヌルハチがぼんやりした思いを吐露すると、エイドゥは首をかしげた。

「敵をつくって、勝利してまとめるってやり方もあると思いますよ」

「いずれそうしたいな。とにかく、今は弓を引き絞る時期だ。おまえも力を溜《た》めておいてくれ」

「仕方ないですねえ」

エイドゥは不満を抑え、ヌルハチの方針にしたがっていた。兵を鍛え、刀を研《と》いで、来たるべき時を待っていたのである。

万暦十九年（西暦一五九一年）になって、ヌルハチは兵を集めるよう命じた。兵力が回復し、食糧も確保できて、軍事遠征とその勝利、そして戦利品の獲得を求める声が大きくなってきたのである。標的は東南の鴨緑江《おうりょくこう》流域と定めた。朝鮮との国境に近い地方で、白山部と呼ばれる女真人が住んでいるが、大きい集団ではない。

エイドゥなどは喜び勇んで準備をはじめたが、ホホリは例のごとく反対した。

「危険です。マンジュの外に勢力を広げようとしたら、明が何と言うか……」

ヌルハチはホホリの言をさえぎった。李成梁の動向を探って、黙認される、と判断したのである。

「李成梁に賄賂を贈ればよい。何だったら、偽の手柄づくりに協力する。そう言ってやるのだ」

「では、イェへは……」

「イェへ対策は考えてある」

ヌルハチには計算があった。イェへは明と仲が悪いから、もしイェへと戦うことになって、こちらが不利になれば、明の力を借りることができよう。最初から他者の力をあてにはしないが、いざというときの備えにはなる。ただ、その意図をホホリに説明する気にはなぜかならなかった。

「わかりました」

ホホリは嘆息した。

「しかし、大規模な遠征にはしないほうがよろしいかと。周囲の反応を見ながら進めるべきです」

「その点は心得ている」

ヌルハチはエイドゥとアン・フィヤングに兵をあずけて白山部へ派遣した。ふたりは安定した戦いを繰り広げて勝利をあげた。いくつかの集団を服属させ、マンジュの地に移住させる。

領土を獲得するというより、人を増やすのがヌルハチの戦略であった。マンジュにはまだ土地が余っている。人を増やして耕作《こうさく》させれば生産量が増えるし、動員できる兵力も増えるのだ。

この挙に対して、反応を示したのはフルン四部の最大勢力イェへであった。イェへの首長ナリムブルは、ヌルハチに使者を送って告げた。

「最近、ずいぶんと調子がよいようだな、妹婿殿。マンジュの人口は多く、我らは少ない。女真全体の発展のため、領土を譲ってくれ」

ナリムブルが指定したのは、白山部に近く、交通の要衝となる地域である。イェへもまた、白山部に野心を抱いているのだ。もっとも、地域がどこであっても、ヌルハチにはとうてい受け入れることはできない。

「マンジュが大きいから土地を寄こせだと。牛や馬を分けるのとは訳が違う。そのような要求が通る道理はない」

部下たちの意見を聞くまでもなく、ヌルハチは使者を追い返した。この判断に異を唱える者はいなかったが、ホホリがひかえめに苦言を呈した。

「結論はそれでよろしいでしょうが、もう少し時を稼いでもよかったのではありませんか」

ヌルハチは首を横に振った。

「いや、わずかでも弱みを見せたらつけこまれる。こちらを大きく見せるべきだ。やつらはもう一度言ってくるだろうが、そこでも引くつもりはない」

ヌルハチの予想は当たった。ナリムブルは、フルン四部のうち、ハダ、ホイファと語らって使者を送ってきた。ハダは明の仲介でヌルハチと和を結んでいたが、イェへとの連帯を選んだようだ。

ヌルハチは使者の来意を知りながら、宴席を設けてもてなした。大量に酒を勧められた使者は、ほろ酔い加減でナリムブルの言葉を伝える。

「領土割譲の要求にしたがわないのなら、我らにも考えがある。ヌルハチ殿は妹の婿ゆえ、なるべくなら穏便にすませたいが、フルン全体の問題となれば、そうもいかないのだ。もし戦となったら、マンジュはフルンに勝てるかな」

聞くなり、ヌルハチは刀を抜いた。目の前の卓を一刀両断に切り捨てる。木の割れる音が響いて、使者は震えあがった。

ヌルハチが声を張る。

「ナリムブルに伝えよ。マンジュは決して怖れぬ、決して屈せぬ、とな。もしおまえたちが我々を侮るなら、報いを身体に受けることになろう」

「マンジュは怖れぬ」

エイドゥがこぶしを突きあげた。他の将たちが唱和する。使者は腰を抜かしてすわりこんでしまった。その背後に、アン・フィヤングが無言のまま、腕組みして立っている。

「去れ」

ヌルハチが命じると、使者はよつんばいで手足を動かし、その場を逃れた。歓声と嘲笑《ちょうしょう》が宴席を包む。覇気を前面に出したヌルハチの迫力は、使者が抗し得るものではなかった。

「見事なものですな」

フィオンドンがつぶやいた。ホホリは複雑な表情で、場を見まわしている。

イエへの勢力はマンジュよりも強大である。ゆえに脅迫してきたのだが、ヌルハチはそれをはねつけた。したがう者が求める君主像を、体現してみせたのである。これで実際にイエへを破れば、誰もが納得するであろう。ヌルハチこそ、女真を統一し、明や朝鮮に対抗できる英雄である、と。

「この人の器は、空のように大きくなるのかもしれない」

ホホリは期待と同時に、恐怖も感じていた。ヌルハチの器が大きければ大きいほど、早くに明とぶつかる。それまでに、充分な兵力が集まるとは思えない。自分はどう振る舞えばよいのか。考えても、すぐに答えが出そうにはなかった。


一方、ヌルハチの苛烈《かれつ》な返答を受け取ったイエへのナリムブルは、疑心暗鬼におちいっていた。マンジュ側は領土割譲には応じないとしても、贈り物やさらなる婚姻など、何らかの譲歩を申し出てくると考えていたのである。これほど強硬に出てきたのは、戦になれば明が援軍を送るという確約があるからではないか。そこまで考えて、にわかには動けなくなった。

イエへとマンジュの緊張が高まるなか、双方にとって思いもよらぬ報せが舞い込んできた。李成梁が遼東総兵官を解任されたという。モンゴル相手の戦功は捏造《ねつぞう》されたものである、との密告が繰り返されたためであった。
「わしでなければ、遼東は治まらぬというのに。愚かなことだ」
李成梁は傲然《ごうぜん》と言いおいて、蓄えた財とともに遼東を去った。
今後の明の遼東政策がどうなるか、ヌルハチもナリムブルも情報収集に追われた。
もし後任者が女真人に対して強気に出てくるとなると、連合も視野に入れて対抗しなければならない。
　しかし、この時期、明は女真人を眼中に入れていなかった。東方の島国、日本の王
が明への侵攻を企《たくら》んでいるという情報がもたらされて、真偽の確認に追われていたの
である。豊臣秀吉《とよとみひでよし》という王は、李氏《りし》朝鮮を案内役として、明に攻めこむつもりらし
い。明の属国である李朝《りちょう》が、そのような裏切りをするはずがない。李朝は侵攻はあり
えないと主張したが、秀吉が兵を九州に集めているという噂もある。
「日本ねえ。そいつらは強いのか」
　ヌルハチははじめて聞く国名に首をかしげた。ホホリでさえ、聞いたことがある程
度で、どんな国か、知識はないという。明に対抗するだけの国力があるのだろうか。
　もし、日本が朝鮮半島から陸路を通って明へ進軍するつもりなら、遼東は前線にな
る。海路をとるとしても、戦と無縁にはならないだろう。勢力伸張の機会が訪れるか
もしれない。あるいは、状況に踊らされず、静観すべきだろうか。どちらにしても、

イェへの出方をうかがいながらになるだろう。

万暦二十年（西暦一五九二年）、日本軍が朝鮮半島に出兵した。噂は事実だったのだ。李朝は協力しなかったので、日本軍はまず朝鮮の征服をめざして戦っているという。明は援軍を派遣したが、李朝は苦戦しているらしい。

情報を得たヌルハチは、李朝に使者を送った。

「異国の侵略を受けているそうだな。よかったら援軍を送ろうか。むろん、礼はいらない。困ったときはお互い様だ」

申し出を受けた李朝の側はとまどった。李朝と女真人は、交易は盛んにおこなっているが、国境付近で特産品の人参《にんじん》をめぐるいざこざなどがあって、あまり関係がよくない。にもかかわらず、同盟者のような顔をして近づいてくるのはなぜか。李朝は宗主国の明に指示を仰いだうえで、これを断った。

ヌルハチはさして残念そうでもなくつぶやいた。

「まあ、そうだろうな。おもしろそうだったが、仕方ないか」

翌年、明軍は日本軍に奪われていた平壌《へいじょう》を奪還したが、このときの指揮官は李成梁の長男・李如松《りじょしょう》であった。この年、和議が結ばれて、日本軍は撤退するが、戦場となった朝鮮は荒れ、明の遼東地方も混乱した。

女真人たちは、明の存在を気にすることなく、争える状況にあったのである。先にしかけたのはナリムブルであった。

五

明の暦で万暦二十一年（西暦一五九三年）六月、マンジュの辺境の地が襲撃にあったとの報が、フェアラ城に届いた。

ヌルハチは交代制で辺境警備の軍を配備していたのだが、敵の数が多くて守りきれなかったという。敵はイェへ、ハダ、ホイファ、ウラすなわちフルン四部すべてが連合した軍であった。

「敵は城に火を放ち、付近の集落から食糧を掠奪して帰りました」

「ただちに触れを出せ。ありったけの兵を動員するのだ」

命じながら、ヌルハチは兵が集まるのを待たなかった。フェアラに詰めていた兵をひきいて出陣したのだ。このようなとき、ヌルハチは即断即決である。

「すぐに報復して、こちらの意志を見せつける」

ヌルハチは五百の騎兵をひきいて先行し、アン・フィヤングが五百の歩兵をひきいて後を追う。

ヌルハチひきいる騎兵はマンジュ領に近いハダの砦を襲った。連合軍に兵を派遣したためか、守備兵は少なく、マンジュ軍の姿を見ただけで逃げ出してしまった。マンジュ軍は遺棄された物資を奪い、砦を焼き払って引きあげた。

その帰路である。

「ヌルハチ様、追いかけてくる部隊があります」

後衛の兵から報告を受けて、ヌルハチは眉をひそめた。ハダの軍が遠征から戻ってきたのだろう。数は千を超えるという。報復の目的はすでに達しているから、逃げきれるものなら逃げてもいい。だが、追いつかれて戦闘になれば不利であるし、逃げた、という印象は与えたくない。敵にも、味方にも。

ヌルハチは歩兵部隊をひきいるアン・フィヤングに伝令を送った。

「兵を伏せて敵を迎え撃て」

出番のなかった歩兵部隊は、フェアラ城へ引き返しており、ヌルハチらの前方にいる。彼らが伏せる場所に敵を誘導するべく、ヌルハチは配下の騎兵に指示を送った。自身は最後尾について、敵の様子をうかがう。

エイドゥやホホリが近くにいたら、血相を変えて止めただろう。だが、ヌルハチはみずからの身を危険にさらすことをいとわなかった。安全な場所から指示を出して、勝利の果実だけを味わう指導者に、女真人はしたがわない。マンジュ統一を口にしたときから、ヌルハチには指導者の自覚が芽生《めば》えていた。戦場に立つのは以前からだが、その意味が少し異なってきている。

「すまんな、エイドゥ」

訓練でのいつものやりとりを思い出して、ヌルハチはつぶやいた。

ハダの兵が迫ってきた。ヌルハチは馬を走らせながら、後方に矢を放つ。立てつづけに三矢、いずれも外れた。

「ううむ、まだまだ修業が足りぬか」

ヌルハチは苦笑した。まだ余裕があるのだ。

蹄音が大きくなってきた。敵が徐々に距離をつめてくる。

「ヌルハチ様、お守りしますぞ」

前を行く二騎が速度を緩《ゆる》めて並んだ。

「この……」

間抜けが。ヌルハチは思わず口にしそうになった。案の定、敵が色めきたった。

「ヌルハチだと。討ち取って手柄にせよ」

「もう少しで追いつけるぞ」

敵が口々に叫びながら、馬に気合いを入れて迫ってくる。

ヌルハチの右側を走る部下がふいに消えた。矢を受けて落馬したのだ。もうひとりの部下は、追いついてきた敵と激しく刀を撃ち合わせている。

敵の騎兵が速度をあげて前にまわろうとしている。退路をふさごうと、後ろからも右からも敵が近づいてくる。ヌルハチはすばやく矢を放った。前にまわった敵の馬に命中する。正面の大きい的を狙ったのが功を奏した。

ヌルハチは暴れる馬の脇をすり抜け、少し距離をとった。体勢を低くし、小刻みに馬をあやつって、矢を警戒しながら走る。弓を捨てて刀を抜く。

二騎の敵が追いついてきた。左右から同時に斬りかかってくる。ヌルハチは右からの斬撃を左にかわすと同時に、左の敵に斬りつけた。刀を打ち合う澄んだ音が響く。

「まずい」

ヌルハチのつぶやきは声にならなかった。右足があぶみから抜け、体勢が崩れる。左側に転げ落ちそうになったが、右足がかろうじて残った。横にかたむいたまま、ヌルハチは刀をふるって、敵を落馬させた。右足で鞍をおさえて身体を戻そうとするが、うまくいかない。次の敵が肉薄してくる。

馬が左によれながら速度を緩めた。もう地面は目の前だ。ヌルハチは身体を丸めるようにして受け身をとった。一回転して起き上がる。刀を落としたようで、右手がからっぽだ。

そのとき、鬨の声がとどろいた。敵の馬が驚いて竿立ちになる。無数の矢が宙を駆ける。

ちょうど伏兵の場所までたどりついたのだ。マンジュ軍は左右からの斉射《せいしゃ》で敵軍の動きを止めると、槍をつかんで襲いかかった。

「かかれ」

歓喜の色を帯びた号令が響きわたる。マンジュ歩兵はようやく戦える喜びを発散させた。

アン・フィヤングが鉄棒を振りまわしながら、敵の陣列に突っこんでいる。棒にひっかけられた不運な敵兵が宙を舞う。首を打たれた馬が横転する。幾本もの剣や槍がからめとられ、地に落ちて音を立てる。

「そのまま突き崩せ」

ヌルハチはつぶやいた。戦場をやや離れて、息を整えているところだ。命令は届かないが、命じる必要はなかった。

奇襲に成功したマンジュ軍は、一方的に押しまくった。アン・フィヤングを先頭に、敵兵を落馬させてはとどめをさしていく。ハダ軍は恐慌をきたして、まともに応戦することもできない。運良く落馬せずにすんだ敵兵は、四方に逃げ散った。

ヌルハチは身体のあちこちに打撲傷を負っていたが、いずれも軽いものだった。敵の馬を奪い、悠々として帰途につく。

その頃、フェアラ城では、留守をまもるホホリとフィオンドンが主君の行動を酒の肴《さかな》にしていた。

フィオンドンが言う。

「ヌルハチ様はまさに将たる器の人だ。どう振る舞えば、配下の兵が勇気をもって戦えるか、おわかりのようだな。臣下として頼もしく、誇らしいかぎりだ。そう思わぬか」

この場にエイドゥがいたら、熱心に賛同しただろうが、ヌルハチ第一の忠臣は鴨緑江方面の視察に出かけていて不在であった。

フィオンドンとホホリは同じ時期にヌルハチの麾下に加わったため、話をする機会が多い。フィオンドンが武一辺倒ではなく、思慮深い性格であるところも、ホホリと気が合う理由だろう。

だが、ホホリはすぐにはうなずかなかった。

「たしかに、果断の人だ。普段は慎重だが、戦うべきときを知っている」

ホホリの表情を見て、フィオンドンは首をかしげた。

「不満があるのか」

「不満はないが、不安はある」

ホホリは酒杯をかたむけた。

「ヌルハチ様は危ういのだ。うまくまわっていれば、決断が好結果につながれば、おぬしの言うように評価されるだろう。だが、いつもうまくまわるとはかぎらない。もう少し、熟慮すべきだ」

「いささか厳しすぎないか」

フィオンドンは眉をひそめた。秀麗な横顔が翳《かげ》りを帯びる。

「たとえ危うかろうが、勝負に出ないことには勝利はない。黙って強いものに巻かれるより、一か八かの勝負を選んで勝利する。それが英雄ではないか」

「英雄……そこまで評価するか」

ホホリは嘆息して、杯を置いた。

「私がまちがっているのかもしれんな」

そこへ伝令が到着して、ヌルハチの勝利を告げた。フィオンドンが頬をゆるめると、ホホリは二度、三度と頭《かぶり》を振った。

「私も心を決めなければならぬな」

ホホリのつぶやきは小さすぎて、フィオンドンの耳には届かなかった。物問いたげな同僚の視線を無視して、ホホリは立ちあがった。

「また戦になるだろうな」

「ああ、今度はより大きな戦になる。それも危ういか」

フィオンドンが訊ねると、ホホリは無言で首を横に振った。

この夏、互いに敵領内へ侵入した事件から、イェへをはじめとするフルン四部と、ヌルハチが統一したマンジュとの間の緊張は頂点に達していた。いつ決戦となってもおかしくない。商人の往来も途絶え、国境の村は恐怖と不安に身をすくめている。

ヌルハチは戦時態勢をとってフェアラ城に兵を集めるとともに、偵察を強化して、敵の様子をうかがわせていた。すると、イェへのナリムブルが、モンゴルから援軍を呼んでマンジュ侵攻を企んでいるという噂が流れてきた。マンジュの民にも動揺が生じている。

九月のある日、フェアラ城の北方、渾河の流域を偵察していたウリカンという兵が、不思議な光景を目にした。雲の多い空に、四方から烏《からす》が集まってきたのである。

「何だ、あれは」

隣の部下に問う声が、鳴き声にかき消された。ウリカンは背筋が寒くなってきた。

烏は群れとなって、北へ向かうようである。雲の合間にのぞく太陽はすでに紅い。気味が悪いから帰るか。ウリカンは踵を返しかけて、思いとどまった。異変があるからには確かめるのが偵察兵の役割ではないか。

「追うぞ」

ウリカンと部下は辺りをうかがいつつ、歩き出した。しばらく群れを追いかけて、ウリカンは気づいた。烏たちのめざす先、暮れ行く空に煙が立ちのぼっている。

ウリカンたちは灌木の繁《しげ》みに隠れて眼をこらした。それは、見たこともない大軍の陣であった。炊事の火が無数にちらついていて、満天の星のようだ。ウリカンは再び悪寒を感じた。今度の恐怖の対象は、はっきりと目に見えるものだった。

「す、すごい数ですよ」

隣で部下が震えている。ウリカンは部下の頭を軽くはたいた。落ちつけ、とささやく。兵の数と目的を調べなければならない。

「五万はいますかね」

「せいぜい二万だろ」

ふたりの見積もりは大きく離れた。これほど多くの人間を見るのははじめてだから、無理もない。ウリカンは部下をフェアラ城へ報告に走らせ、自分は残って敵軍の動きを探った。

敵軍は食事を終えると、片付けをはじめた。野営するのではなく、夜を徹して行軍するようだ。ウリカンは敵の進軍路を確認してから、フェアラに急ぎ帰還した。

フェアラでは深夜にもかかわらず、すでに全軍が出立の準備を整えていた。ウリカンの報告を聞いたヌルハチはその功を賞し、褒美をとらせた。ウリカンが下がると、エイドゥがすかさず声をあげる。

「では、さっそく出発を」

だが、ヌルハチは首を横に振った。

「いったん兵を休ませる。出発は朝だ」

「え」

エイドゥは怪訝な顔で、振りあげたこぶしを下ろした。

「夜中に軍が出ていけば、民が心配するだろう。兵士たちの体調を考えても、朝出発で間に合うなら、そのほうがいい。おれもひと眠りする」

「ちょ、ちょっと待ってください。それでいいんですか」

「いい。心配するな」

ヌルハチはそう言うと、自分の屋敷に帰ってしまった。迎えた妻があきれて訊ねる。

「大軍が攻めてくるという噂で、フェアラの民は不安に思っていますのに、あなたはどうしてそんなに余裕をもっているのですか」

「敵がどこから来るかわかったからだ。いつどこから攻めてくるかわからないときはおれも不安だったが、わかってしまえば怖くない」

笑って答えると、ヌルハチは悠然と床についたのだった。

六

出陣の朝、ヌルハチは祭壇の前でひざまずき、天に祈りを捧げた。

「我々マンジュの民は、イェへに対して罪を犯してはおりません。にもかかわらず、彼らは我々を殺そうと攻めてきました。非がいずれにあるかは明らかです。どうか正しき裁きが与えられんことを」

祈りを終えたヌルハチは、城下で整列する兵士の前に進み出た。一万人に達する兵たちは、どこか落ちつかない様子である。大軍への怖れが、戦意を上回っているようだ。

「天のご加護は我々の上にある」

ヌルハチは天を仰いで両手を広げた。

「これは、暴虐で傲慢なイェへの侵略からマンジュを守る戦いだ。おまえたちの家族を、土地を守るための戦いなのだ。大義は我々にある。怖れることなく、ひるむことなく戦えば、きっと天が助けてくれる。いざ、行こう」

「ヌルハチ様、万歳《ばんざい》」

エイドゥが率先して叫ぶと、兵士たちもつづいて声を張りあげた。大声を出すと、気分が昂揚《こうよう》してくる。二度、三度と繰り返すたびに、不安が消え、緊張がほぐれ、さらに声が大きくなっていく。二万の瞳に闘志がみなぎり、熱気がフェアラの地に満ちた。

マンジュ軍は足どりも軽く、国境近くの戦場へと向かう。道中で、ヌルハチのもとに情報がもたらされた。敵はマンジュの砦を囲んだが、守りが堅いと見て移動し、今はヘジゲという城を囲んでいるという。

「思ったとおりだ。敵の士気は高くない。砦ひとつ、城ひとつ落とせないのだ」

ヌルハチは自信たっぷりに微笑すると、敵軍の反応を探るよう指示した。マンジュの進軍に恐れをなして撤退するようなら追撃する。宿営を築いて戦うかまえなら、こちらも今日は休み、明朝、決戦する。

すぐに、敵軍は宿営を築きはじめた、との報告があった。ヌルハチも野営の準備を命じる。

「念のため、夜襲への備えをするべきでしょう」

フィオンドンの進言により、歩哨とかがり火が増やされた。敵陣を監視する偵察隊も派遣される。

夕刻、偵察隊が敵の兵士を捕らえた。脱走して故国へ逃げ帰るつもりだったという。この脱走兵を尋問した結果、敵軍の陣容が判明した。

敵軍はイェへの一万を中心として、総兵力は三万、フルン四部の他に、モンゴルの一部族からの援軍、シベ部、グワルチャ部というモンゴルに近い女真人の集団、白山部など朝鮮に近い女真人の集団など、九ヵ国の軍で構成されるという。

「九ヵ国連合軍……」

さすがにエイドゥも息を飲んだ。フィオンドンも言葉を失っている。アン・フィヤングはもともと口数が少ないが、髯《ひげ》に覆われた顔が青ざめているようだ。

ただ、ヌルハチだけが悠然とかまえていた。

「怖れることはない。三倍の兵力はたしかに脅威だが、九ヵ国もいるなら、戦いはかえって楽になる」

部下たちはヌルハチの言葉に平常心を取り戻したが、兵たちの間には噂が広まって、動揺が走った。九ヵ国連合軍、三万人という数字を聞いて、冷静でいられる者は少ない。ヌルハチは各隊の隊長を集めた。

「大工《だいく》が多いとゆがんだ家が建つ、と言うだろう」

隊長たちが顔を見あわせる。うなずいている者はまだ少数だ。ヌルハチがつづける。

「たとえば、イェへの兵が三万いるなら、かなわないかもしれない。だが、敵は九ヵ国だ。足並みがそろうはずはない。瞬時の判断は下せず、統一した動きもとれないだろう。危険な役目は押しつけ合うだろうし、逆に手柄争いもある。さらに、見たところ兵たちの士気は低い。将軍たちが前に出て戦わざるをえないから、そのひとりふたりを討てば、いっせいに逃げ出すにちがいない」

草の海を風がわたるように、理解と納得が広がった。隊長たちは口々にヌルハチの慧眼《けいがん》を讃え、戦闘での活躍を誓った。

「ヌルハチ様、明日はおれを先鋒《せんぽう》にしてください」

エイドゥが訴えると、その指揮下の隊長たちが歓声をあげた。ヌルハチは苦笑しつつ答える。

「考えておこう。決めるのは敵の布陣を見てからだ」

「必勝の策があるようですな」

フィオンドンが訊ねると、ヌルハチは照れたようにあごをなでた。

「まあ、頭にはある」

フィオンドンは、フェアラに残っているホホリに対して、自分の読みの正しさを誇りたい気分だった。最初の印象も悪くなかったが、ヌルハチはますます頼れる主君になってきている。信仰に近い忠誠を抱いているエイドゥやアン・フィヤングを別にしても、ヌルハチは明らかに将兵の心をつかんでいた。普段は覇気を隠しているが、いざというときには人が変わる。そこが魅力的なのだろう。また、刀や弓を扱う戦闘では、自分で思っているほど強くないという評判だが、戦術眼があるのはまちがいなかった。そして、兵の士気と偵察を重要だととらえていることも、フィオンドンの考えと一致していた。

「念のため、周囲に伏兵や援軍の気配がないか、調べておきました。敵は見えているやつらがすべてです」

フィオンドンが報告すると、ヌルハチはにやりと笑った。

「これで安心して戦えるな」

その夜、マンジュ軍は交代で休息をとり、決戦の日を迎えた。

天は青く澄んで晴れわたっていた。まるでマンジュの願いを聞き届けたかのようである。風は冷たいが、マンジュ軍の兵士たちは寒さを感じていなかった。沸騰する戦意が冷気を遠ざけている。

マンジュ軍はグレ山という小高い山に陣取った。九ヵ国連合軍が囲むヘジゲ城を見おろす位置で、さらに風上にある。まず地の利を確保したことになる。

連合軍はマンジュ軍が布陣したのを見て、ヘジゲ城の包囲を解いた。マンジュ軍の正面に展開する。三万のうち、騎兵は五千ほどだ。歩兵と騎兵が混ざり合っているのは、国ごとに分かれて布陣しているからだろう。三万という大軍だけあって、幅も厚みもある陣だが、機動力はなさそうだ。

マンジュ軍は一万のうち、三千が騎兵である。ヌルハチはこれを半分ずつに分け、エイドゥとフィオンドンにあずけて、左右両翼に配置した。機を見計らって、敵陣の弱点に突撃させるつもりである。

マンジュ軍の兵士たちは、三万の大軍を実見してもひるまなかった。高所から敵を見おろしていることが、心に余裕を与えている。

ヌルハチは馬上で大きなあくびをした。この状況なら楽に勝てるだろうと考えて、気が抜けてしまったのだ。目の縁に涙がにじんだ。尻が鞍からずれそうになる。護衛の兵士が笑いを噛み殺した。

敵軍が動きはじめたのはそのときである。全軍が雄叫びをあげて、なだらかな斜面を駆けのぼってくる。

ヌルハチははっとして、体勢を整えた。地の利を生かして、こちらが先にしかけるつもりだったが、機先を制されてしまった。すぐに前進を命じようとして、思いとどまる。敵軍に斜面を長く走らせ、攻撃を受け止めたほうがいい。弓矢で応戦すれば、陣形も乱れるだろう。

「弓をかまえろ。まずは敵の勢いを止めてから、反撃に移る」

マンジュ軍で弓を持っている兵は全体の半分ほどだ。大軍を動員すると、個々の武装の質や技倆が落ちるのは仕方ない。いずれ常備軍にして武具をそろえ、訓練を課したい、と思うが、今は目の前の戦である。

マンジュ軍は指示にしたがって、次々と矢を放った。高所から射下ろす矢は威力がある。鳥の羽ばたきのような弦音《つるおと》も、常より大きく聞こえたことだろう。矢を受けた敵兵が倒れてのたうちまわる。うめき声が各処であがった。敵軍は勢いがやや鈍《にぶ》ったが、太鼓の音に押されるようにして前進をつづける。

ヌルハチは敵軍の旗をじっと観察していた。士気の低い国の部隊を狙って集中的に攻撃するつもりだったが、敵もそれが弱点だと気づいているようだ。イェへの一万と、ハダ、ホイファ、ウラの三部があわせて一万、このフルン四部の兵が前線に出ている。他の部隊は後方からついてくるだけに見えた。ただ、彼らは自軍有利と見たら、勇んで戦闘に参加するだろう。とくに、モンゴルの騎兵は厄介だ。遊牧民の剽悍《ひょうかん》な騎兵が後方や側面を狙ってくると思うと、こちらは迂闊に動けない。

両軍は激しくぶつかり合った。刀や槍が打ちかわされ、怒声が響く。

「ひるむな。押し返せ」

ヌルハチは刀を掲げて味方を鼓舞した。

先頭で戦うアン・フィヤングの雄偉な姿が見えた。鉄棒を回転させ、敵兵をはねとばして寄せつけない。その圧倒的な膂力に、敵兵は恐怖を禁じ得ず、彼の前にはぽっかりと空間ができる。

だが、数歩離れた場所では、敵軍は数に物を言わせて攻めたててくる。フルン四部の兵だけでも、こちらの倍はいるのだ。とくに、敵右翼に位置するイェへの部隊の士気が高かった。犠牲をいとわず前へ前へと攻める勢いに押され、マンジュ軍はじりじりと下がっている。

「あれは何者だ」

ヌルハチは思わず口にしていた。イェへの将が馬上で大剣をふるって、マンジュの兵を薙《な》ぎ倒している。こちらは三人が一度に突きかかったが、大剣が二度ひらめくと、三人とも地に伏せってしまった。体格はアン・フィヤングほどではないが、武器の扱いでは上回っているだろう。女真で一、二を争う戦士かもしれない。

「イェへのブジャイです。明兵百人をひとりで全滅させたという噂です」

兵のひとりが答えた。イェへのブジャイはナリムブルの従兄弟で、すぐれた将だとの評判であった。

「ほう。あれが猛将と名高いブジャイか。敵ながら、なかなかの武勇だな」

ヌルハチは表情を変えなかったが、内心では肝を冷やしている。ブジャイに連動して、モンゴル騎兵が襲いかかってきたら、対応できるかどうか。そうでなくても、このままでは敵の攻勢に呑みこまれてしまう。少数の側が崩れたら、挽回は難しい。

だが、つけいる隙はある。ヌルハチは逡巡を振り払った。左翼のエイドゥに伝令を送って、ブジャイの背後を衝くように命じる。ブジャイの前進に、後方の部隊が遅れがちで、隙が生まれそうなのだ。同時に、右翼のフィオンドンにも、突入して敵軍を攪乱するよう命じる。

そして、直属の部隊でブジャイの前をふさいだ。

「ヌルハチ様、危険です。お下がりください」

護衛の兵士たちが止めたが、ヌルハチは肯《がえ》んじなかった。

「一騎打ちしようというのではない。みなで戦って時間を稼ぐのだ」

言いながら、エイドゥに怒られるだろうな、と思う。だが、今回は決して自分の力を過信しているわけではない。勝つにはこれが最上の策なのだ。自分が囮《おとり》になれば、ブジャイは我を失って突っこんでくるだろう。味方の有利が確実になるまで、ブジャイを引きつけていればよい。

「おまえがヌルハチだな」

ブジャイが歓喜の声をあげた。

「そこを動くなよ。切り刻んで、狼《おおかみ》の餌《えさ》にしてくれる」

ブジャイは哄笑すると、マンジュ兵の壁をものともせず、大剣をかざして突っこんできた。ヌルハチは馬首をめぐらせて逃げる。ブジャイは兵を指揮する立場を忘れ、ひとりで闇雲《やみくも》に大剣をふるい、ヌルハチに近づこうとする。

「無理するな。攻撃するなら馬を狙え」

ヌルハチは指示を飛ばしつつ、円を描いたり、急角度で方向転換したりと、自在に馬を操る。ブジャイは乗馬も巧みであったが、突き出される槍をかわしながらなので、ヌルハチに追いつけない。

だがそのとき、同時に向きを変えたふたりの動きが、偶然重なった。ブジャイの進行方向に、ヌルハチも馬を向けてしまったのだ。


「ふはは、覚悟しろ」

ブジャイが喜び勇んで馬を馳せる。大剣の長大な刃がぎらりと光った。

ヌルハチは馬に気合いを入れた。速度をあげ、微妙に位置をずらして、相手の左手側をすり抜けようとする。

「むむっ」

ブジャイに迷いが生じた。ヌルハチが逃げるものと思っていたのだ。このままでは右手の大剣が届かない。ブジャイは強引に馬をぶつけにいった。ふたりの馬が正面から激突して、大きくいななく。

ヌルハチの馬は踏ん張ったが、ブジャイの馬は足をすべらせた。大剣を振りあげようとしていたブジャイは、体勢を立て直せずに落馬してしまう。激しい音がして、土煙が立ちこめた。

「今だ、かかれ」

ヌルハチの声より早く、マンジュの兵たちがブジャイに群がっていた。土煙の中心に向かって槍を突き出す。獣じみた咆哮がとどろき、やがて静かになった。猛将ブジャイが立ちあがることはついになかった。

「敵将ブジャイを討ち取ったぞ」

マンジュ兵のひとりが、ブジャイの首を槍に突き刺して、高く掲げた。イェへ兵たちが愕然《がくぜん》として足を止める。

その頃、エイドゥはヌルハチを心配しながらも、自分の役割を果たしていた。かつての失敗は繰り返さない。エイドゥひきいる騎兵隊は、ブジャイ隊の後方に突入した。ヌルハチが予想したとおり、そこには大きな空間が生じていた。

「存分に暴れまわれ。勝利は目前だぞ」

部下をはげますと、エイドゥは槍を突き出して、敵兵の喉をつらぬいた。返り血を避けようともせず、次の敵を突き倒す。斬りかかってくる敵をかわし、槍の石突きで脇腹を突いて落馬させる。騎兵も歩兵も、エイドゥの槍さばきの前には無力だった。

エイドゥに導かれた配下の兵も奮戦し、敵軍に混乱をもたらした。そこへ、ブジャイ戦死の報が駆けめぐったのである。

「あのブジャイが死んだ……」

イエへの軍はふたつに割れた。猛将の仇を討とうと進む部隊と、怖れをなしてずるずると後退する部隊に、である。軍列が乱れ、進んだ部隊は孤立した。

マンジュ軍はすかさず攻勢に転じた。

「進め、進め、進め。今こそ力を発揮するときだ」

ヌルハチの下知にしたがって、歩兵隊が前進を始める。アン・フィヤングが棒を回しながら、雄牛のように突き進む。

連合軍の後衛、フルン四部以外の兵たちは、早々に逃走に移っていた。イエへのナリムブルの口車に乗って、あるいは脅迫されて参加した者たちである。ヌルハチに恨みがあるわけでもなく、イエへが負けそうなら、命を懸けて戦う利はない。

ハダ、ホイファ、ウラの兵は、戦う意思を捨てていなかった。マンジュへの対抗意識もあるし、大敗すれば存亡の危機だと考えている。イエへの戦線が突破されてなお、奮戦していたが、フィオンドンの騎兵隊にかき回されて、指揮系統が崩壊してしまった。個々が応戦しているものの、マンジュ軍に圧倒され、後退から潰走《かいそう》に移っていく。

「地の果てまで追撃せよ」

ヌルハチの命令が全軍に伝達された。太鼓が鳴り響いて、兵士たちをあおり立てる。容赦はいらない。二度と侵攻する気にならないよう、マンジュの力を見せつけるのだ。

フィオンドンは馬で敵を追走しながら、矢を放って騎兵を射落としていた。すでに十本の矢で、十人の敵を落馬させている。

「一時はどうなることかと思ったが、何とか勝てそうだ」

独語したとき、ある集団が目に入った。十五人ほどの騎馬の集団だが、ひとりのかぶとに立派な羽根飾りがついている。首もとには黒い毛皮を巻いており、鎧もきらびやかだった。名のある将であろう。

「あれを追うぞ」

麾下の兵に指示すると、フィオンドンは長身を折り曲げるようにして馬を疾駆させた。みるみるうちに集団との距離をつめ、弓を手に取る。

「貴人ならば、捕虜にすべきか」

フィオンドンは揺れる馬上で慎重に狙いを定めた。放たれた矢はまっすぐに飛んで、貴人の左ふくらはぎに命中する。貴人は落馬しそうになって、あわてて馬にしがみついた。そこへ第二射が放たれ、今度は馬の尻に命中する。馬は大きくはねて、乗り手を振り落とした。

貴人の護衛のうち、三人が踏みとどまった。主人を守ろうと刀や槍をかまえる。フイオンドンがひとりを射殺し、残りのふたりを麾下の兵が取り囲んで討ち果たした。

貴人は這って逃れようとしていたが、味方がいなくなると、あきらめて両手をあげた。

「殺さないでくれ。おれはウラのブジャンタイ。国へ帰してくれれば、身代金《みのしろきん》を払う」

「それを決めるのは、私ではないな」

フィオンドンは捕虜を縛ってヌルハチのもとへ連行した。ブジャンタイは、フルン四部のひとつウラの首長の弟である。その身柄《みがら》には政治的な価値があろう。

「ふむ。ウラの者か」

ヌルハチはブジャンタイに顔をあげるよう命じた。ブジャンタイはふてくされたような表情で、ヌルハチを見あげる。年の頃は三十前後、中背ながら堂々とした体格で、黒い瞳には知性が感じられる。一筋縄ではいかない人物と思われた。

「なぜ、我らの地を侵した」

「おれが望んだのではない。間抜けな兄がナリムブルにそそのかされたのだ」

「間抜けな兄か……」

ヌルハチは思案をめぐらせた。単純に身代金と引き替えに解放するのではおもしろくない。この男をウラの首長に立てて、ウラを間接的に支配する、などという策もあろう。ただ、そうした謀略に類するような企てを考えるのは得意ではなかった。とりあえず手中に収めておいて、どう使うかは後の課題としよう。

「当分の間、客人としてフェアラに滞在してもらおうか」

「牢《ろう》に入れるのか」

ヌルハチは首を横に振った。

「フェアラを出ることは許さないが、貴人としての待遇は約束しよう」

ブジャンタイはしばらく無言で考えていたが、やがて口を開いた。

「感謝する」

ブジャンタイはフェアラに小屋を与えられ、監視付きながら、不自由のない生活を送ることになる。

マンジュ軍と九ヵ国連合軍が激突したグレの戦いは、マンジュ軍の圧勝に終わった。連合軍の戦死者は四千を超えたという。とくにイェへの戦死者が多く、何よりナリムブルとともに集団をひきいていたブジャイを失ったのは、痛恨であった。グレの戦いの結果、ヌルハチの声望は高まり、逆にイェへの権威は失墜した。グレの戦いは、女真人の未来を占ううえで、きわめて重要な戦いになったのである。

戦後処理を終えたヌルハチは、イェへに味方した白山部の集団に対して派兵した。マンジュとイェへの間で揺れ動いていた集団を、この機会に傘下に収めようという意図である。エイドゥとアン・フィヤングが指揮する遠征軍は勝利を収め、白山部の住民の一部をマンジュに移住させた。

ヌルハチはマンジュ統一で満足せず、女真統一をめざしているのではないか。とくにフルン四部で、そうした噂がささやかれるようになった。

しかし、当のヌルハチは、マンジュの支配を安定させるだけで満足しているようだった。そう見せかけておかなければ、明の介入を招いてしまうのだ。ヌルハチは耐えることを知っていた。すべては大きな夢を実現させるためだ。

「何年もつづけて戦をしたら、兵も大変だろう。しばらくはみんなで畑仕事に精を出そう」

ヌルハチはそう言って、日がな一日のんびりとしているのだった。

三章　統一の旗

一

ホホリの悩みは深かった。

マンジュで一番の知恵者とされ、ヌルハチを支える有力な臣のなかで、もっとも政治に通じているホホリは、李成梁の情報提供者である。最初は馬市で見こまれて、女真の情勢を伝えるようになった。かれこれ十年以上は関係がつづいている。李成梁は遼東総兵官を解任されてからも、情報を欲しがった。明のためではなく、個人的な利益のためであろう。返り咲きを狙っているのかもしれない。

「ヌルハチにさらなる勢力拡大の野心はないようです。明に対しては強気の言動もありますが、それは虚勢です。実は臆病な性格で、現状に満足しているため、本気で明に逆らうことはないでしょう」

ホホリは李成梁にそう書き送っている。

圧勝したグレの戦いはマンジュにとっては防衛戦であった。ヌルハチはその後、フルン四部に侵攻しようとはしなかった。白山部の小集団を傘下に入れただけだ。ゆえに、ホホリの報告は李成梁を納得させた。

しかし、後半は真っ赤な嘘だ。今のヌルハチには野心もあれば、それを実現させるだけの器量もある。ホホリはそう考えるようになっていた。ヌルハチは勢いに乗って軍を進めるのではなく、時間をかけて国を富ませる途《みち》を選んだ。それは明の追及をかわしながら、女真を統一するためではないか。

ホホリにとって、ヌルハチを高く評価するのは、怖ろしくもあった。明の強さは、自分が一番よく知っている。ヌルハチが李成梁に報告したような小物であれば、ホホリは今までどおり明に味方する。悩む必要はない。だが、ヌルハチが英雄の器であれば、彼にしたがいたい。女真を統一し、かつての金国のような強大な国をつくりたい。だが、そうなると、やがて明とぶつかるだろう。明は北方の脅威を未然に防ぐため、女真の統一など許さないはずだから。明が本気でヌルハチをつぶしにくれば、生き残るのは至難の業だ。女真の基準でどれだけ強国になっても、明に勝てるとは思えない。それでも、ホホリはヌルハチの臣でありたかった。

ゆえに、ホホリは李成梁に虚偽の報告を送っている。明との対決を先延ばしにしたい。マンジュの勢力を、明に警戒されずに伸張させたい。

ヌルハチはホホリの活動に気づいているのだろうか。気づいたうえで、好きにさせてくれているのかもしれない。ホホリの報告は、ヌルハチの意図に沿っているはずだからだ。ヌルハチは平時はぼうっとしているが、部下のことはよく観察しているように思われる。ホホリがヌルハチを完全に裏切って、明に密告していたら、処断されていたのではないか。

フィオンドンは、ホホリに秘密があると察しているようだった。ときおり、訊かれることがある。

「明の様子はどうだ」

「どうだ、と言われてもな。そういえば、最近は財政が厳しい……つまり朝廷に金がなくて困っているらしい」

「ああ、朝鮮に援軍を送ったのが響いているのか。しかし、金がなくなって朝貢や馬市が縮小されると困るな」

明への朝貢や馬市での交易は女真人にとって、重要な収入源である。明が苦しくなれば、女真も苦しくなる。それが現状だ。明と戦うのは、明への依存を脱してからでなければならない。

「困ることばかりではない。金がないせいで、明が兵を出せなくなれば、我らにとってありがたい」

「なるほど、そういう面もあるな」

フィオンドンはうなずいて、意味ありげにホホリを見やる。

「明が兵を出しそうな雰囲気があるのか」

「あったら、こんなに落ちついてはいられない」

そこまでのようなやりとりは何度かあったが、あるとき、ホホリはついに明かしてしまった。

「そういう事態にならないよう、私がどれだけ尽力しているか」

うっかりと口走ったのではない。黙っているのに耐えられなくなって、フィオンドンなら、と発作的に思ったのだ。

「尽力とは、どういうことかな」

説明を求めるフィオンドンに、ホホリは事情を語った。最初は厳しい表情だったフィオンドンだが、語り終える頃には眉を開いていた。

「おぬしを斬らねばならぬ、と考えていたが、刀は使わずにすみそうだ」

ホホリはさらに、苦しい心中を吐露した。

「秘密を抱えているのはつらい。本当は李成梁との関係を絶ちたいのだ。しかし、李成梁はいまだに影響力を保持しているようだ。こちらに都合の良《い》い情報を流せば、ヌルハチ様の利になる。だから、つづけているのだ」

「それは感心なことだが、おぬしに危険もあろう」

「私の危険など、取るに足らぬ。明に攻められることに比べれば、な」

フィオンドンはしばし、同僚の血色の悪い顔を眺めていたが、やがて言った。

「私がおぬしの立場でも、同じように行動するかもしれぬな。誰かと話したいときは私が聞こう」

ホホリはほっとして、深い息をついた。自分は話を聞いてほしかったのだ、と気づいた。

その後、ホホリとフィオンドンはふたりで相談して、李成梁への報告書をつくるようになった。ヌルハチは、ふたりを見てにやりと笑うこともあったが、口に出しては何も言わなかった。

グレの戦いから二年後の万暦二十三年（西暦一五九五年）、ヌルハチは久々に出兵を計画して、大臣たちに相談した。集められたのは、エイドゥ、アン・フィヤング、ホホリ、フィオンドンである。

「フルンのやつらがまた侵攻を企んでいるそうだな」

「ええ、イエへの動きが活発になっています」

フィオンドンが答えると、ヌルハチは目を鋭く光らせた。

「今回は先手を打つ」

ヌルハチは、みずから軍をひきいてホイファの一城を奪うつもりだ、と語った。ホイファはフルン四部のなかで、もっとも弱小とされる勢力である。イェへには仕方なくしたがっているが、マンジュとの敵対は望んでいない。これを軽く叩いて、イェへの反応を見る。おそらく救援には来ないであろう。そうやってフルン四部に亀裂《きれつ》を生じさせる。

「救援に来たらどうなさるのですか」

ホホリの問いに、ヌルハチは即答した。

「叩きつぶすだけだ」

「それはわかりますが、そのままなし崩しにイェへと全面対決になる、そこまでの覚悟はおありでしょうか」

主君に対して敬意を欠く言いようかもしれなかったが、ここはマンジュであって、明の朝廷ではない。にらんだ者はいたが、咎める言葉は発せられなかった。

「こちらにあっても、向こうにはないだろう。だから、来ないと読んでいる」

イェへはまだ、グレの敗北から立ち直っていない。侵攻を企むにも単独では難しいから、方々に声をかけているらしい。

「ホホリが心配しているのは、やはり明の動向か」

逆に訊ねられて、ホホリは慎重に答えた。

「いまのところ、明は我らにあまり関心を持っていないようです。多少なら勢力を広げてもかまわないでしょう」

「ほう」

ヌルハチが眉をあげて、興味を示した。フィオンドンが代わって答える。

「私も調べてみましたが、明は朝鮮やモンゴルの情勢に気を配っており、我ら女真はそこまで脅威だとは考えていないようです」

李成梁は対女真政策にも熱心だったが、後任はそうではない。日本の出兵で乱れた朝鮮、古くから中国に侵攻を繰り返しているモンゴル高原の遊牧民、それらを注視するのは、むしろ当然であろう。ヌルハチが目立った行動をとらなければ、そして李成梁を懐柔しておけば、まだしばらくは、こっそりと爪を研いでいられよう。

話が一段落したと見て、エイドゥが手をあげた。

「明はともかく、ホイファ相手にヌルハチ様が出張る必要はありません。ここはおれにお任せを」

ヌルハチは忠臣に笑みを向けたが、肯定はしなかった。

「いや、今回はおれが行く。チュエンに戦を経験させたいのでな」

チュエンはヌルハチの長男である。この年、十六歳で、堂々とした体格の立派な若者に成長していた。ヌルハチは幾人もの妻を抱えていて、子供も多いが、長男のチュエンと次男で十三歳のダイシャンという、最初の妻が産んだふたりの男子をとくに大事にしている。剣の稽古《けいこ》はみずからつけていた。

「フィオンドンに補佐してもらおう」

ヌルハチの指名を、フィオンドンは謹んで受けた。フィオンドンはチュエンに騎射を教えている。

「エイドゥは留守を頼む」

文句を言おうとしていたエイドゥは、先回りされてしぶしぶ承知した。もしイェへが援軍を出してきたら、こちらもすぐに増援部隊を出せるよう用意しておかなければならない。

ヌルハチは二千の兵をひきいて出陣した。標的の城は守備兵が多くても二百人、城壁も低く、守りは堅くない。

ヌルハチは偵察兵からの報告を聞くと、馬を並べるチュエンに言った。

「全体の指揮はおれがとる。おまえはよく見ておくのだ。合図があったら、部隊を動かせ」

「どうせなら、先鋒を任せてくれよ」

生意気そのものといった口調で、チュエンは要求した。これが初陣になるが、瞳に緊張や怖れの色はない。

「ならん。段階を追って学んでいくのだ」

チュエンは、フィオンドンをお目付役にして、遊撃の一隊をひきいている。ヌルハチは勝利が決まってから、この部隊を突入させるつもりだ。

「フィオンドンよ、こやつが勝手に兵を動かそうとしたら、斬ってよいからな」

「そんな大げさな」

チュエンは手を広げて茶化《ちゃか》したが、ヌルハチの眼は笑っていない。

「わかったよ」

チュエンがふてくされたようにうなずく。ヌルハチはフィオンドンと目を合わせてから、城へと馬を馳せた。

敵が降伏勧告を拒否すると、ヌルハチはただちに総攻撃を命じた。斜面に立つ城に対し、三方から攻め寄せる。後方から弓矢で援護しつつ、先鋒隊が城壁を乗り越えにかかると、数の少ない守備隊は抵抗できなかった。

「よし、そろそろよかろう」

ヌルハチは旗を振らせて、チュエンに合図を送った。

「ようやく出番か」

チュエンが勇んで動き出す。百人ほどの配下の兵の先頭に立って、馬を走らせる。

マンジュ軍は三方から城内に殺到していた。チュエンが柵を跳び越えて城内に入ったときには、すでに敵はほぼ一掃されていた。それでもチュエンは、ひとりの敵兵を馬蹄《ばてい》にかけ、槍で突き殺した。

「つまらん。追撃していいか」

問われたフィオンドンは冷静に告げた。

「逃げている敵はいませんね。戦いは終わりです。部隊をまとめて指示を待ちましょう」

チュエンは不満を露わにしつつも、指示にしたがった。ヌルハチの言葉を思い出したのである。

予想どおり、イェへからの援軍は現れなかった。もっとも、速攻で城を奪ったので、援軍が来たとしても、できることはなかっただろう。マンジュ軍は意気揚々とフエアラに帰還した。

ヌルハチは道中、フィオンドンからチュエンの様子を聞きとった。

「初陣でありながら、臆《おく》するところがないのは立派です。経験を積めば、名将となる素質はあるでしょう」

「うむ。そうなってほしいものだな」

これまで女真を統一するような勢力が出てこなかった理由のひとつ。それは、有力な指導者が現れても、次代がつづかなかったことだ。ヌルハチは、まだ三十代の働き盛りだが、後継者の育成についても考えはじめていた。

二

ホイファへの攻撃に対して、フルン四部からの報復はなかった。イェへのナリムブルはフルン四部をまとめきれておらず、フルンとマンジュの勢いの差が表れてきている。もっとも、フルン四部を征服するには、さらなる富国強兵が必要となるだろう。

この頃、ヌルハチは朝鮮半島に関心を持っていた。朝鮮及び明と日本との戦争について、噂を集めたところ、日本は鉄砲という新しい武器を使っていたことがわかった。火薬を用いており、弓矢よりも射程が長く、威力の大きい飛び道具だという。朝鮮の李朝も鉄砲を持っていると聞いて、欲しくなった。

そうしたところ、李朝と女真の国境付近で事件が起こった。李朝の領内に侵入して野生の人参を採っていた多数の女真人が、朝鮮人に殺されたのである。野生の人参は漢方薬の原料となる貴重な品で、遼東から朝鮮にかけての地域でよく採れる。明の商人に高く売れるので、争いの種となることがしばしばだった。

フェアラに知らせがもたらされると、報復を求める声があがった。現地の女真人からも、マンジュの大臣たちからも、だ。しかし、朝鮮半島まで遠征するのは現実的ではないし、事件の原因は女真人の越境にある。

「兵を出すのは無理だろう」

ヌルハチはあっさりと否定した。

「それより、朝鮮とは仲良くしておきたい」

「しかし、やつらは我々を軽く見ることはなはだしく……」

エイドゥが異論を述べた。李朝は明に服従する一方で、文明国を自任して、女真人を蛮族と蔑《さげす》んでいる。そのような者たちと親交を深めようとしても、馬鹿にされるだけではないか。

「馬鹿にされてもかまわない。実《じつ》をとればいいんだ」

ヌルハチはまず、交易の利を得たいと考えていた。さらに、李朝と友誼《ゆうぎ》を結べば、その背後にいる明との関係もよりよくなるだろう。ただし、外交交渉において、最初から下手に出ることはない。

「もちろん、最初は喧嘩《けんか》腰でいく。非を認めないなら、武力に訴える。そう主張して、戦の準備だけはしておこう。ただ、長期的な利益のために、譲るところは譲るつもりだ」

「それならば、我らの誇りも守られます」

この方針には、エイドゥらも納得した。

こうしてヌルハチが強気に出ると、李朝側は驚いた。

「マンジュはそこまで軍事力に自信を持っているのか。そういえば、先年は援軍を出すと言ってきたな」

李朝側も関係者を処罰して、友好的な姿勢を見せたので、交渉は円滑に進んだ。そして、李朝が明とともに、使節団をマンジュに送ってくることとなった。それに先立ち、李朝の武官が視察のためにフェアラを訪れるという。

これにも反対意見が多くあがった。

「城の中を見せるのですか」

エイドゥに加えて、ホホリも懸念を表する。

「こちらの実態を明らかにするのはいかがなものでしょうか。フェアラの城内に滞在させれば、兵力から動員態勢、城の防御力まですべて筒抜けになりますが」

だが、ヌルハチはあっさりと言った。

「いいじゃないか。別に減るものではない」

フィオンドンも眉をひそめる。

「敵の内情を知れば、攻めるのが楽になります。だから、偵察が重要なのです。それは逆の立場でも同じこと。こちらの状況を隠せれば、戦に有利になります。見せれば兵力は減る、と考えてください」

ヌルハチは大臣たちの顔を順繰りに見やった。

「おまえたちの言いたいことはわかる。だが、当面の方針は友好関係を保つことだ。両国は敵じゃない。五年後、十年後はわからないけどな」

「それなら……」

言いかけたエイドゥを、ヌルハチは制した。

「五年後、十年後に敵対するとき、おれたちは今のままか。違うだろう。朝鮮や明を相手にするときは、もっと力をつけたときだ。今の状況を見せたって、不利にはならんよ」

「なるほど、卓見です」

フィオンドンが感歎《かんたん》した。エイドゥは手を叩いている。ヌルハチは頭をかいてつづけた。

「そこまで考えなくても、拒否して警戒させるのはつまらない。せいぜい歓迎してやろう」

「おれは賛成できないな」

ヌルハチの弟のシュルガチがぼそりともらしたが、反応する者はいなかった。シュルガチはこのところ、ヌルハチに反発することが多くなっている。ヌルハチが息子たちを育てようとしていることが不満なのだ、と推測する向きもある。

ところが、実際に朝鮮から使者が来ると、シュルガチは大歓迎した。儀式も贈り物を贈るのも使者を歓待するのも、ヌルハチと同じようにやりたがる。

「ヌルハチ様が唯一の主君であるべきだ」

「ふたりが並び立つのは、秩序を守るためには適当ではありません」

エイドゥとホホリが声をそろえたが、ヌルハチにはまだ余裕があった。

「まあ、したいようにさせておけ。見るに堪《た》えなくなったら、おれも考える」

人参事件の後始末は、うまくまとまりそうである。そうなると、ヌルハチが気になるのは鉄砲のことだ。しかし、使者の反応は芳しくなかった。

「鉄砲を譲ってほしいとは……。それは難しい相談です。あれは大変に貴重なもので、我々も簡単に手に入れることはできません。また、鉄砲を他国に売るのは、明もいい顔をしないでしょう。あきらめていただきたいと思います」

「それなら仕方ないな」

執着しないヌルハチである。

使者は存分にフェアラを視察して帰っていった。そして数ヵ月後、明と李朝から二百人もの使節団が訪れる。泊まる場所を用意するのもひと苦労の人数だ。ヌルハチは使節団をみずから出迎え、大いに歓待した。

このときのために動員した兵に完全武装させ、列を整えて、使節団に観覧させると、感歎の声とともに、馬鹿にしたような笑い声も小さくあがった。人数と規律は驚かせるに足りるが、武器や防具はみすぼらしかったからかもしれない。もっとも、蛮族が背伸びしていると思わせれば、ヌルハチの勝ちである。

使節団は平和のうちに帰国した。彼らを受け入れ、もてなしたことは、マンジュとヌルハチの権威を高める効果をもたらしたのであった。


フルン四部のひとつ、ウラのブジャンタイは、グレの戦いで捕虜となってから三年以上、フェアラ城に軟禁されていた。彼の未来が開けたのは、ウラの首長たる兄が死んだからである。

ウラの有力者たちから求められて、ヌルハチはブジャンタイの解放を決断した。獄につながれていたわけではないので、ブジャンタイは健康である。ヌルハチは服や馬を与え、軍資金も渡して、ウラへ送り出そうとした。

このとき、フィオンドンが進言した。

「護衛をつけたほうがよろしいでしょう。彼の帰還を歓迎しない者もいるはずです」

「たしかに、無事にたどりつけるかわからんな」

ヌルハチはふたりの勇士をブジャンタイの護衛につけた。

「この恩には、必ず報いさせてもらう。おれが束ねるウラは、つねにマンジュの味方だと思ってくれ」

ブジャンタイは繰り返し礼を言って、フェアラを去っていった。

実はそのウラへの帰路、刺客がブジャンタイの命を狙っていたのだが、護衛が厳しく警戒していたため、目的を果たせなかった。無事にウラの首長となったブジャンタイは、マンジュへの感謝を示すため、姪《めい》をヌルハチに、妹をシュルガチに嫁がせた。ウラはフルン四部の連帯を脱し、マンジュと深く結びつくことになる。

このウラの離反もあって、イェへの首長ナリムブルはついに折れた。ヌルハチに対し、グレの戦いについて謝罪する使者を送ったのである。友好の証として、一族の娘をヌルハチとその息子ダイシャンに嫁がせるという。

「罪を認めて謝るというなら、受け入れよう」

ヌルハチは結納《ゆいのう》の品を贈り、使者を迎えて友好の儀式をおこなった。ここまでは礼儀正しく応対していたのだが、家臣たちからは不安を訴える声が多くあがった。

「イェへが本当に和平を望んでいるとは思えません。国境の警戒はつづけるべきです」

フィオンドンの主張に、ホホリも賛意を示した。

「イェへと我らは不倶戴天《ふぐたいてん》の敵です。ナリムブルは、今は戦いたくないと考えているのでしょうが、将来はどうなることか」

ナリムブルは以前に妹をヌルハチの妻に送ってきた。それから五年後に、グレの戦いが起こっている。政略結婚でもたらされる平和は長くはつづかない。

「そもそも、ちゃんと娘を送ってきますかねえ」

エイドゥが疑問を呈した。成長したら娘を送ると約束しながら、何年も送らない。そういう例もめずらしくない。

「おれも、イェへは信用できないとは思う」

ヌルハチも家臣たちに賛成であった。そこで、イェへに条件をつけた。

「三年のうちに約束を果たすように」

結局、ナリムブルがこの約束を守ることはなかった。ヌルハチの息子に嫁がせるはずの娘を、モンゴルに送ってしまったのである。マンジュとイェへは二年後、早くも矛《ほこ》を交えることになる。

その間、ヌルハチはワルカ部に派兵した。これは李朝との国境付近、豆満江《とまんこう》の流域に住む女真人で、いくつもの小さな集団に分かれている。マンジュの地からはやや距離があるため、すぐに領土に組み入れるのは現実的ではない。服従した民をマンジュの地に移住させ、人口を増やすのが目的である。

ヌルハチは千人の兵をそろえ、長男のチュエンとフィオンドンを指揮官に任命した。

「本拠から離れた地で戦うことになる。決して無理をしないように。チュエンは年長者の助言をよく聞くのだぞ」

チュエンが無茶をしないだろうか。若干の不安を抱きながらの派兵であったが、幸いにして遠征軍は無事に帰還した。二十にのぼる村や砦をしたがわせ、多くの民を引きつれて、マンジュに戻ってきたのである。

「よくやった。次はより多くの兵をひきいてもらおう」

ヌルハチは家臣たちの前でチュエンを讃えた。これは将来の世代交代に向けた布石である。チュエンは得意げに胸を張っていた。

三

明の暦で万暦二十七年（西暦一五九九年）五月のことである。ハダからの急使がフエアラにたどりついた。

「た、助けてくれ。イェへの軍に襲われているのだ」

ヌルハチと大臣たちは顔を見あわせて、驚きを共有した。ハダとイェへはフルン四部の覇権をかけて争っていたが、ここ十年はイェへが圧倒している状況であり、ハダはイェへにしたがっていた。それを攻撃するとは、イェへはハダを完全に滅ぼして吸収するつもりなのか。

ハダの首長はメンゲブルという。メンゲブルは息子三人を人質に差し出すという条件で、マンジュに救援を求めていた。

「おれが行きます」

エイドゥが宣言した。ヌルハチはまあまあ、と片手をあげて制する。

「せっかく頼ってくれたのだ。援軍は出すべきだと思うが、はたしてそれまで持ちこたえられるかな」

「厳しいかもしれません。最近のハダは明の助力も得られず、勢力は低下の一方です。イエヘが本気で併合しようとすれば、抵抗できないと考えられます」

ホホリが説明する。ハダはかつて、ワン・ハンという傑物のもとで、女真一の勢力を誇っていた。ワン・ハンは明の李成梁に従順であり、その後援を受けて多くの集団を傘下に収めたが、その後継者たちは実力不足で、しだいに勢いを失っていった。

「ならば、ハダにはすでにイエヘの大軍が待ち受けているかもしれぬ。とすると……」

ヌルハチは援軍の将にフィオンドンを指名した。臨機応変の判断が求められる場合、ついこの智将《ちしょう》に任せてしまう。

「エイドゥには、エイドゥに合った任務があるから。おれの背中を守るとか、な」

ヌルハチは腹心の将をなだめて、フィオンドンに言った。

「おまえの得意とするところだと思うが、慎重に偵察し、状況を見て行動するのだ。かなわぬと判断したら、戦わずに戻ってこい」

「かしこまりました」

「それから、フルガンを連れていけ。なかなか見所のあるやつだから、経験を積ませたいと思うのだ」

ヌルハチの傍にひかえていた若者が、はっとして目をあげた。端整な顔に緊張した様子はない。フルガンは二十四歳、ヌルハチの姉の子だ。フィオンドンやホホリと同じ時期に帰順し、ヌルハチに養子として引き取られた。以後、ヌルハチの側近くに仕えて、愛想《あいそう》はないが、よく気が利くので、重宝されていた。

これまで、護衛のひとりとして、戦に参加してきたが、ヌルハチの側を離れて出征するのははじめてになる。

「足を引っ張らないよう努めます」

フルガンは淡々と告げた。

ヌルハチの長男チュエンが、ちらりと視線を向けた。剣呑《けんのん》な目つきであった。フィオンドンはそれに気づいて、内心で顔をしかめた。嫡子を重要視するヌルハチだから、フルガンが有能でも、チュエンの地位が脅かされることはない。いや、若さですめばよいればいいものを、それができないのが、チュエンの若さだ。いや、若さですめばよいが。

フィオンドンは漠然とした不安を抱きつつ、ハダへ向かった。フルガンと二千の兵がしたがっている。

国境の河に近づいたところで、先行する偵察隊から報告が入った。イェへの軍はハダの本拠の前に布陣しているが、激しい戦闘はおこなわれていないという。イェへの兵は約五千、ハダの守備兵の数は不明だが、前哨戦《ぜんしょうせん》で大敗したらしいから、多くは残っていないだろう。なぜ、イェへは決着をつけようとしないのか。

「妙だな」

フィオンドンのつぶやきに、フルガンが応じる。

「和平交渉でもしているのでしょうか」

「ありえる。その場合、両軍が協力してこちらに向かってくるかもしれぬ」

フィオンドンはハダ領内に入ると、幕営を築いて待機するとともに、街道周辺に兵を送って命じた。

「怪しいやつがいたら、捕らえて連れてこい」

イェへもハダも、こちらの存在に気づいているはずである。だが、両者に動きはない。救援に来たのだから、ハダからの使者が来てもいいはずだ。何か企んでいるのかもしれない。フィオンドンは疑惑を深めた。

しばらくして、街道に派遣した部隊から報告が入った。挙動不審の男を捕らえたという。ハダから明の城市へ行って帰る途中だと主張しているらしい。

「尋問しろ」

フィオンドンは命じた。男は明の威光を盾に拒否しようとしたが、フィオンドンは厳しく追及して白状させた。

イエへのナリムブルはヌルハチが援軍を送ったと聞いて、ハダと停戦し、マンジュ軍を罠にかける策を立てたらしい。明に仕える通訳を仲介として交渉し、ハダのメンゲブルはそれに乗ったという。男が隠し持っていた密書を読んで、フィオンドンは眉をひそめた。

「卑劣な。これがイエへのやり口か」

マンジュ軍を城に導き入れて奇襲し、フィオンドンを捕らえて兵は皆殺しにする。フィオンドンは人質になっているメンゲブルの息子と交換する。そういう策らしい。

フィオンドンはフルガンにも密書を見せた。フルガンは目を走らせて、眉をひそめる。

「はたして本物でしょうか」

フィオンドンは内心の驚きを隠して、若者を見やった。

この密書は偽物で、マンジュとハダを引き裂くイエへの謀略、という可能性もある。そうフルガンは言っている。とっさにそこまで疑えるのが非凡なところだ。ヌルハチが将来を嘱望するのもわかるが、怖ろしくもある。

「本物と考えてよかろう。イエへにとってみれば、そのような策を弄《ろう》して援軍を撤退させるより、さっさと攻撃したほうが早い」

「私もそう思います」

フルガンはあっさりとうなずいた。

「イエへは狙いを我々に変えたのでしょう。ハダはイェへとの交渉を優先しているから、我々に使者を送ってこない。後回しにしても、途中で使者が捕まったようだ、と言い訳すればすみます」

「妥当な推測だ。で、私たちはどうすべきだと思うか」

フィオンドンが訊ねたのは、試すためであった。フルガンもそれは察していただろう。

「フェアラに戻って、ヌルハチ様の指示を仰ぎましょう」

「うむ。それしかないな」

意見が一致したことを喜んでいいのかわからないまま、フィオンドンは幕営を引き払うよう命じた。

フィオンドンは結局、戦わずしてフェアラに帰還した。報告を受けたヌルハチが即座に断を下す。

「ハダを滅ぼす。遠征の準備だ」

異論は出なかった。ヌルハチは弱小集団の長ではない。マンジュ五部を束ねる存在だ。後ろから斬られかけて黙っているようでは、誰もついてこないだろう。あるいは明の不興を買うかもしれないが、後で交渉すればよい。今はとにかく、つけられた傷を倍にして返すのみである。

ヌルハチは五千の兵をひきいて出立した。シュルガチ、エイドゥ、アン・フィヤング、フルガンらがしたがう。

「先鋒はおれに任せてくれ」

シュルガチが例になく張りきっていたので、ヌルハチは千の兵を与えて先頭に立たせた。マンジュ軍は国境を越え、ハダの本拠をめざす。

「すでに敵の領内だ。偵察しながら、慎重に進めよ」

ヌルハチの指示を、シュルガチはまともに聞いていなかった。いや、聞いてはいたが、理解していなかった。偵察隊は出したのだが、それが帰ってこなくても、気にとめなかったのである。

人の膝ほどの深さの川を渡ったときだった。

「それ、突撃だ」

ふいに、喊声がとどろいた。矢を乱射しながら、ハダの騎兵が迫ってくる。

「敵襲です」

悲鳴のような報告が届く。シュルガチは軍列の最後方にいて、馬の脚はまだ水につかっていた。

「おのれ、奇襲とは卑怯な。進め、戦え、敵を追い払うのだ」

叫んだとき、シュルガチの耳飾りを矢がかすめた。驚いたシュルガチは馬から転げ落ちてしまう。肥満した身体が水に落ちると、はでな飛沫《しぶき》があがった。

シュルガチ麾下の兵たちは、矢の雨を浴びて苦闘している。渡河を終えてほっとし、戦闘態勢をとっていないところに襲いかかられたのだ。陣も組めず、後退もできず、個別に戦おうとするが、矢にはばまれて前にも進めない。川岸の湿った土も厄介だった。騎兵も歩兵も、足をとられて動きが鈍っている。

不幸なマンジュ兵が何本もの矢を受けて倒れる。ぬかるみに赤い血が混じり、その上にまた別の兵が転がる。

矢が有効とみたハダ騎兵は、近づくのをやめた。川と平行に馬を走らせ、騎射でマンジュ兵を攻撃する。まるでモンゴル騎兵のような戦法である。

「散らばれ、まだ矢が来るぞ」

ようやく身を起こして、シュルガチが怒鳴る。小隊長たちは懸命に命令にしたがおうとしたが、混乱した兵たちは思いどおりには動かない。多くは倒れた味方や馬を盾にして矢を防ぐありさまである。シュルガチもまた、自身の馬に身を隠していた。

「何をやっているのだ」

報告を聞いて、ヌルハチは苦り切った。エイドゥに千騎をあずけて、救援に走らせる。

エイドゥは戦場に直行はせず、上流にまわりこんで川を渡った。あとは川に沿って駆け、暴れまわっていたハダ騎兵に襲いかかる。

「新手だ。作戦にしたがって退却せよ」

ハダ騎兵はすぐに逃走に転じた。

「あ、まだひとりも倒してないのに」

エイドゥは追おうとしたが、追撃はヌルハチに禁じられている。味方を救っただけで満足しなければならなかった。

シュルガチは全身から水をしたたらせながら、ヌルハチのもとへ戻った。

「いや、申し訳ない。まさか、伏兵をおいているとは。まんまとしてやられたわ」

形としては謝っているのだが、悪びれる様子はない。弟の態度に、ヌルハチは顔をしかめた。

「慎重に進むよう、警告したはずだ」

「ああ、そうだった。だから、兄貴の責任じゃない。敵が上回っただけのことだ。だが、次はこうはいかないぞ。城攻めはおれに任せてくれ。今度こそ勝つ」

エイドゥやアン・フィヤングがあきれかえるなか、ヌルハチは眼をつりあげていた。

「無為に兵を死なせたのは、おまえの罪だ。それがわかるまで、後方に下がっておれ」

「それは悪いと思ってるよ。だが、おれにはおれの考えがある」

ヌルハチはもはや口を開こうとしなかった。シュルガチはなおもぶつぶつと言い訳しながら、兄の前から下がった。

シュルガチの敗北は、ハダの兵に勇気を与えたようだった。城壁から放たれる矢は正確かつ迅速で、マンジュ兵は容易に近づけない。本拠だけあって、城壁は高く、守りが堅かった。ヌルハチは力攻めをあきらめ、いったん後退を命じた。

「仕方あるまい。拙速は避けるべきだな」

ヌルハチは持久戦に備え、フェアラから兵糧を運ばせた。秋の収穫を終えた時季なので、兵糧には不足しない。旗揚げ当初は、長期戦は難しかったが、富国強兵に努めたおかげで、食糧の備蓄も充分になり、常備兵も増えて、マンジュの継戦能力はあがっていた。数ヵ月であれば、城の包囲をつづけられる。

「時間をかけると、イェへから援軍が来るかもしれません」

フルガンが指摘した。兵数の問題で、水も洩《も》らさぬ包囲とはいかない。城から使者が抜け出すのは可能だろう。

「来るなら来るでかまわないが、いまのところ、その様子はないな」

兵糧と同時に援軍も呼んだため、マンジュ軍の兵数は七千に達している。イェへがハダを救おうとするなら、五千以上の兵が必要になろう。それだけの兵を、ナリムブルが他国のために派遣するだろうか。ヌルハチはイェへ領に密偵を放って様子を探らせているが、出征の用意をしている、という報告はなかった。

「なるほど。そういえば、あいつは人に要求するくせに、自分では出さないですからねえ」

エイドゥが笑った。

「では、明はどうでしょう」

フルガンがつづけて指摘する。自分がそう考えているというより、思考のきっかけを提供しているようだ。

「そうだな。ないとは言えぬが……」

ヌルハチはぐるりと首をまわして考えた。ハダがイェへに攻撃されたとき、明は援助しなかった。明の遼東経営は、李成梁の解任以降、責任者の交替が相次いで、円滑に進んでいない。兵を送ってくることはないだろう。ただ、口先での介入はあるかもしれず、早く決着をつけたいのはたしかだ。

ヌルハチは内心の思いをよそに、のんびりと持久戦のかまえをとった。音をあげたのは、ハダのほうだった。ハダの首長メンゲブルは、マンジュ軍の余裕の態度を見て自暴自棄になり、野戦を挑んできたのである。

深夜、そろりと門が開かれた。月明かりのもと、ハダ軍が足音を忍ばせて、城から出てくる。千五百の兵全員が出たところで、メンゲブルは命じた。

「かかれ」

マンジュ軍のかがり火を目標に、ハダの兵が駆ける。だが、ヌルハチはこの夜襲を予期していた。迎撃の策を調えたうえで、毎晩、見張りからの報告を待っていたのだ。

ハダ兵の集団が幕営に接近して、見えない線を超えた。その瞬間、弦音が響きわたる。先頭を走るハダ兵が、胸に矢を受けて倒れた。それを皮切りに、マンジュの矢が次々とハダ兵を捉える。

弓隊を指揮するフルガンの横顔が、かがり火に照らされていた。端整な口もとにかすかに笑みが浮かんでいる。戦果を喜ぶのではなく、弱敵を嘲笑するようだ。

ハダ兵の前進が止まった。夜空から矢が降ってくる恐怖に耐えられず、踵を返して逃げようとする。しかし、城への退路はすでにマンジュ軍が断っていた。

「包みこめ」

ヌルハチの命令は、エイドゥとアン・フィヤングによって、忠実に実行された。ハダ軍を完全に包囲すると、ヌルハチは呼びかけた。

「降伏せよ。命までは奪らない」

その言葉が伝わると、夜の底で刀や槍が落ちる音がつづいた。空が白みはじめる前に、戦闘は終結した。ヌルハチの前には、捕虜となったメンゲブルが膝をついている。

「先日の裏切りを思えば、ここで首を刎《は》ねてやりたいところだが……」

ヌルハチは怯《おび》えるメンゲブルを鋭い目で見すえた。メンゲブルは土に額をこすりつけて、助命を願った。

「あれはナリムブルに脅迫されて仕方なくしたがったものです。本気であなたさまの兵を害するつもりはありませんでした」

「まあよい。しばらくフェアラの牢で頭を冷やすがよい。心を入れ替えるなら、取り立ててやろう」

ヌルハチがメンゲブルを殺さなかったのは、ハダの民をマンジュに組みこむために、そのほうが都合がよいと考えたからだった。マンジュ軍はハダの領内をまわって、すべての城や村から兵や民を集め、マンジュの地に連れ帰った。ひとりも殺さず、財貨も奪わず、奴隷にもしなかったので、ハダの民は抵抗なくしたがった。フルン四部のひとつハダは、事実上、滅んだのである。

四

ハダを滅ぼしたヌルハチだが、ハダに属していた者たちを根絶やしにしたわけではない。メンゲブルの一族を臣として取り立て、メンゲブル自身には娘を嫁がせて、与党とするつもりだった。さらに、ハダの有力者の子弟は、みずからの近臣として仕えさせた。民は移住させたため、ハダの故地は無人となったが、いずれ勢力が大きくなれば、再進出することもあるだろう。

ところが、メンゲブルはフェアラで軟禁されている身でありながら、ヌルハチの後宮に仕える女と通じた。この事実を知ったヌルハチは、怒るより、あきれてしまった。

「何でまあ、そんな馬鹿なことをしたのか」

メンゲブルはヌルハチに取って代わる、と豪語していたという。

「仕方ない。罪を明らかにして処刑せよ」

ヌルハチの命でメンゲブルは処刑されたが、この情報が伝わると、明の朝廷から使者がやってきた。皇帝の名で文書が読みあげられる。

「ハダを滅ぼし、その民を連れ去り、その首長を殺したのはなにゆえか。ハダは天朝の臣であった。返答によっては、馬市を停止せざるをえぬが、よろしいか」

高圧的に問いただされて、ヌルハチは驚いた。明はかつて、ハダを後援して、女真人を間接的に支配しようとしていた。ただ、戦の後、とくに明の反応がなかったので、ヌルハチの行為は認められたものだと思っていたのである。しかも、今までは遼東の役所との折衝で問題を解決してきたのだが、中央から咎められてしまった。ヌルハチは使者を酒食でもてなしておいて、家臣たちの意見を聞いた。

「申し訳ございません。私の見立てが甘かったようです」

ホホリが陳謝して、状況を説明した。

現在、明の遼東地方は、礦税太監《こうぜいたいかん》の地位にある高淮《こうわい》という宦官《かんがん》が牛耳《ぎゅうじ》っている。礦税太監とは、礦税という鉱山に課す税を取り立てる役人である。さらに、鉱山の開発に携わるほか、様々な名目の商税を徴収する。各地方に派遣された礦税太監は、地方官を無視して非道不法に金品を奪っており、その実態は盗賊と変わらないという。なかでも、高淮の悪評は群を抜いていた。皇帝の威光と私兵の武力を笠に着て、金持ちからも貧乏人からも税を搾《しぼ》りとる。その一部を朝廷に納め、残りは着服する。その金で無頼の徒を雇い、兵力を増強する。そうやって、ますます肥え太るのだ。

高淮はさらに、李朝に対しても勝手に金品を要求していた。こうした不正を地方官が訴えても、皇帝のお気に入りである高淮は罰せられない。逆に、高淮と対立する地方官は職を逐《お》われてしまう。その結果、明の遼東統治は機能しなくなりつつある。

高淮の跳梁は、明の弱体化を意味するので、マンジュにとってはありがたい。商売で理不尽な対応をされることはあったが、ヌルハチはホホリを通じて高淮に金品を贈り、歓心を買うよう努めてきた。その策がうまくいっていたはずなのだが……。

今回の要求は、本当に朝廷からのものだろうか。それとも高淮がからんでいるのか。

「おそらく朝廷からでしょう。高淮なら金を要求してきます。それに、たとえ条件であっても、馬市を止めるとは言わないでしょう」

ホホリの言葉に、ヌルハチはうなずいた。高淮にとっての馬市は、絶好の狩り場であろう。そして、女真人にとってのそれは、畑と同じくらい重要な収入源だ。高淮を儲けさせてなお、利益が出る。これを失うわけにはいかない。

「私がもっと注意深くあれば、朝廷の動きを察知できたかもしれません。誠に申し訳ございません」

「おまえの眼がいくらよくても、明の都までは見通せまい。高淮への働きかけをつづけろ。資金は用意する」

ホホリに命じて、ヌルハチは他の者の意見を聞いた。いつもは威勢のいいエイドゥも、強硬策は主張しない。馬市の意義はそれだけ大きいのだ。ここは下手に出るほかない。へりくだっていれば、明は大度を見せるだろう。

ヌルハチはメンゲブルの息子ウルグダイに自分の娘を嫁がせ、ハダの地に民とともに帰す、と定めた。この処置で明側は納得し、馬市の停止は回避された。

しかし、ほどなくして、ウルグダイから悲鳴のような救援要請が届いた。

「イエへの軍が襲ってきました。村が掠奪にあっています」

故地に戻ったハダには充分な兵がいない。イエへのナリムブルはそれを知ると、モンゴルの一部族と同盟して、劫掠《ごうりゃく》に来たのだった。なけなしの食糧を奪い、女をさらって、風のように去っていったという。

「何て卑怯な」

「ナリムブルらしい、と言うか……」

エイドゥ、フィオンドンらが憤る。ヌルハチはただちに援軍を派遣した。

しかし、イエへ軍の襲撃は繰り返された。本拠から距離のある村が狙われ、急報を聞いて駆けつけると、すでにイェヘ軍は去っている。マンジュ軍はいつまでも留まっていられず、すべての村を守るのは難しい。

「こうなったのは、明の責任ではないか」

ヌルハチは明に使者を送り、イェへを諭して掠奪をやめさせるよう訴えた。しかし、明からは返事がない。中央政府も遼東の役所も、対応しようとしなかった。食糧を奪いつくされたハダの民は餓《う》えて、牛馬のみならず女子供まで売ってしまうありさまだ。

「ヌルハチ様、どうか我々を助けてください」

ハダのウルグダイが嘆願してきた。ヌルハチの目が、鋭い視線を放つ。

「わかった。ハダはおれたちが得た国だ。滅びるのを黙って見ていられるか」

決断を下してからの行動は迅速だった。ただちにハダに軍を送って、再び民を移住させる。

シュルガチが兄に食ってかかった。

「おい、馬市はどうするんだ。もし廃止されたら、おれたちみんな滅亡しかねんぞ」

「それはそのときのことだ。何としてでも、打開策を見つける。そんなことよりも今、助けを求めている者たちがいるのだ。全力で助けよう」

ヌルハチが思いを語ると、シュルガチは目を伏せた。

「さすがヌルハチ様、これぞまさに名君の仁行です」

エイドゥが大げさに讃えると、ホホリやフィオンドンもうなずいた。ヌルハチは照れたように辮髪をなでた。

命を救われたハダの民はヌルハチに感謝するとともに、イェへと明に対する憎しみを新たにした。ウルグダイは改めて誓った。

「生命を賭《と》して、ヌルハチ様にお仕えします」

「肩肘張らずともよい」

ヌルハチは微笑して応じた。

「ハダの民も我らの仲間だ。力を合わせて良い国をつくっていこう」

結局、馬市は停止されなかった。この頃、明は遼東総兵官に、老齢の李成梁を復帰させている。遼東を治められるのは、李成梁だけだ。そういう声が多くあがったからだという。ホホリが報告した。

「どうやら、李成梁の復帰は高淮の画策によるもののようです。高淮の権力はますます高まり、遼東の政治はさらに乱れるでしょう」

それはつまり、マンジュにとっては勢力拡大の好機である。ヌルハチは一瞬、真剣な表情を見せたが、すぐに頬をゆるめた。

「まあ、あせらず行こうや」

ヌルハチの言葉に反して、大臣たちは次の標的について話し合いをはじめていた。

明の暦で万暦三十一年（西暦一六〇三年）、ヌルハチは遷都《せんと》を宣言した。

「もう我慢ならん。人が増えて窮屈でかなわんのだ。もう引っ越すぞ」

「しかし、ようやく場所が決まったところです。城壁はおろか、ヌルハチ様の屋敷も完成しておりません」

ホホリがひかえめに異を唱えたが、ヌルハチは引かなかった。足音高く政庁を出て、内城から外城を見おろす。

「見よ、遊んでいる子供があふれて、道をふさいでいる。子供は大切だが、いざというとき、兵も通れないぞ。さっさと引っ越して、またみんなで城を造りあげようではないか」

マンジュの重臣はフェアラに集まって住んでいる。朝鮮との国境に近い地域やハダから移住させた民は、マンジュの領内に住まわせているが、村を束ねていた有力者はヌルハチの臣となってフェアラに住むのだ。勢力伸張にともなって、その数は増える一方で、それを目当てにして、近くに住む農民や商人も増える。

小高い山に築いたフェアラ城は、人口が限界に近づいていた。井戸水が足りなくなって、民は川との間を一日に何度も往復しているという。そこで、ヌルハチは遷都を計画し、完成を待たずに遷都を実行した。それでも、ホホリの懇願《こんがん》によって、内城の施設がほぼ使えるようになってからの引っ越しになった。

新しい居城は、フェアラの北方、ヘトゥアラの地にそびえたっている。かつて、ヌルハチの祖父ギオチャンガが本拠を置いていた場所だ。フェアラは守りの堅い城だったが、ヘトゥアラは防御よりも城市としての機能を重視していた。平地のなだらかな丘に建てられ、四方に開けていて、川が近い。土地が充分にあるので、多くの人口を抱えられる。

「明の城市のように、街並みを城壁で囲もう」

ヌルハチたちはそう計画していた。攻められることを想定した城ではないが、街の治安、そして商売の拠点にすることも考えると、外城はあったほうがいい。女真の地で一番大きな城になるだろう。

ヌルハチはしばらく、城市の建設に情熱を注いだ。遠征に出るつもりはなかったのだが、その年のうちに戦うべき理由ができた。

発端は、ヌルハチの妻のひとりが死病の床についたことにあった。彼女は宿敵イェへの出身でナリムブルの妹なのだが、ヌルハチはその聡明《そうめい》さを好んで、ことのほか寵《ちょう》愛《あい》していた。

「お願いがひとつございます」

床から起き上がれない妻が、かすれた声で告げた。

「どうした、何でもするから、言ってみろ」

ヌルハチは妻の手をとって、そのあまりの細さに衝撃を受けた。つかんだだけで折れてしまいそうだ。彼女は十四歳でイェへから嫁いできて、男子をひとり産んだ。まだ三十歳になっていない。

妻の声が聞こえなかったので、ヌルハチはその蒼白な唇に耳を近づけた。

「……母に会いとうございます」

「わかった。任せろ」

妻のためなら、宿敵にも頭を下げよう。

ヌルハチはナリムブルに使者を送った。最期にひと目、妻を母親に会わせてやりたい。安全は約束するので、ヘトゥアラまで寄こしてくれないか、と伝える。

「互いに大切な人の頼みである。積年の恨みを忘れ、協力しようではないか」

だが、ナリムブルは承知しなかった。見舞いの使者を送っただけである。ヌルハチの妻は、母に会うことなく世を去った。

「やはり、イェへはともに天を戴《いただ》くことのない仇敵だ。必ずや、おまえたちを討ち滅ぼし、恨みを晴らしてくれよう」

そう言って、ヌルハチは使者を追い返した。

そして年が明けると、みずから軍をひきいて、イェへ領内に侵攻したのである。怒りにかられて軍を動かしたように見えて、ヌルハチは冷静であった。

「此度《こたび》の遠征は、イェへにおれたちの意思を示すことが目的だ。適当な城を落とし、民を連れ帰れば、それでいい」

本拠から遠く、守りの薄い城が標的に選ばれた。ヌルハチは電光石火の攻城で一城を奪うと、フルガンに命じた。

「二千の兵をあずける。隣の城を落としてこい」

「御意にございます」

ヌルハチはその日のうちに捷報《しょうほう》を聞いた。フルガンは標的の城壁が低いと見るや、騎兵部隊を正面から突っこませ、ごく短い戦闘で城を制圧したのである。ヘトゥアラを出発してから三日で、マンジュ軍は作戦を成功させた。ナリムブルには、迎撃の軍を送るいとまもなかった。

マンジュではそれからしばらく、報復に備えて国境の警戒を強化したが、イェへは動かなかった。動けなかったとするほうが正しいかもしれない。単独での侵攻をナリムブルにためらわせるだけの勢いの差が、イェへとマンジュの間に生まれていた。

遷都から二年、ヘトゥアラ城の外城が完成した。ヌルハチは、築城に携わった者たちの労をねぎらうため、多数の牛や羊をつぶして、五度にわたる宴《うたげ》を開いた。

宴会のとき、酒の飲めないヌルハチは茶を飲むことが多い。以前は白湯を飲んでいたが、茶が買えるようになって習慣を改めた。白湯で乾杯すると、ガハシャン・ハスフを想《おも》い出してしまうのも理由のひとつかもしれない。

ヌルハチは酔うという感覚はわからないが、酔って楽しそうな家臣たちを見るのは好きだった。歌は聞くだけだが、踊るのは好きだ。

その日は、フィオンドンが吹く笛の音に合わせて、ホホリが歌った。女真人が古くから歌い継いできた、天の恵みに感謝する歌である。ホホリは意外に美声の持ち主で、つい聞き入ってしまう。フィオンドンは騎射の名人だが、笛だけでなく、琵琶《びわ》や太鼓も得意だ。手先が器用なのだろう。

「ヌルハチ様も踊りましょう」

エイドゥが誘ってくるので、仕方なく、といった態で、ヌルハチは踊り出した。アン・フィヤングが太い声で拍子《ひょうし》をとる。踊りに夢中になったヌルハチは、見守る家臣たちがくすくすと笑っているのに気づかない。ヌルハチの手足の動きは、他の者と微妙にずれているのである。

踊りの輪から少し離れて、フルガンがたたずんでいる。

「おまえもどうだ」

エイドゥが声をかけたが、フルガンは礼儀正しいだけの笑みを浮かべて断った。

「私はけっこうです」

フルガンは杯を手にしており、酒は飲んでいるが、誰とも話していない。秀麗な横顔はほんのりと紅く染まっている。

エイドゥは眉をひそめたが、無理に誘おうとはしなかった。

宴は夕方からはじまって、深夜までつづく。好きなときに帰ってよいが、多くの者は夜が更けても騒ぎつづけている。それでも、三度四度と宴がつづくと、さすがに落ちついて、飲む量も減ってきた。

四度目の宴席で話題になったのは、人参の取引における明側の理不尽なやり口であった。悪徳徴税吏の高淮は、大量の人参を注文しておきながら、約束の代金を払わないことがあって、それは論外なのだが、その他の明の商人たちは結託して買いたたくのである。

市場にいくら良質の人参を持ちこんでも、商人たちはすぐには買おうとしない。生の人参は日持ちがしないので、傷みそうになると、売り手は値を下げざるをえない。明の商人はぎりぎりまで待って、足もとをみて買うのだ。

「兵を連れて抗議に行きましょう」

憤るエイドゥに、ホホリが指摘する。

「それは代金を払わない場合の対応です」

「じゃあ、どうすればいいんだ。明のやつら、おれたちを野蛮だとか馬鹿にするくせに、商売はインチキばかり。儒教というのは、そんな教えなのか」

「こちらでうまい方法を考えて、やつらを出し抜きたいところです」

フィオンドンが言うと、フルガンがつづいた。

「ようするに、人参を日持ちさせる方法があればよいのでしょう」

フルガンはそこで言葉を切った。しばしの沈黙の後、ヌルハチが茶を見つめて、ぽつりと言った。

「人参を干せば、保存ができるな」

「それは名案ですな」

エイドゥがうなったが、彼とフルガン以外の反応は芳しくなかった。人参は重さで取引されている。干して軽くしたら、よけいに安くなってしまうのではないか。また、薬としての価値は変わらないのだろうか。

「ものは試しだ。とにかくやってみろ」

ヌルハチの命で、マンジュの商人たちの試行錯誤がはじまった。

やがて、人参を煮てから乾燥させる方法が確立され、日持ちがするようになった。明の商人たちの策略は通用しなくなり、人参の取引はマンジュ有利になったのである。

五

ウラの首長ブジャンタイは、かつてマンジュの虜囚であった。解放されてウラをひきいることになったため、マンジュとの関係は深かったが、忠実な同盟者ではなかった。イェへともつながりを保ち、両勢力を均衡させて生き残ろうとしている。

「マンジュは信用できない。ヌルハチに野心はなくても、周りのやつらは女真統一などという分をわきまえぬ望みを抱いているからな」

ブジャンタイはウラの独立を守り、栄えさせることを第一に考えていた。マンジュとウラが組んでイェへを攻めれば、南北から挟撃できる。だが、イェへを滅ぼしてしまえば、次はウラの番だ。マンジュをこれ以上、のさばらせてはならない。だからといって、正面から敵対するのは危険なので、ブジャンタイは面従腹背で臨んでいるのである。

さらにブジャンタイは、強者の顔色をうかがう立場を脱したいと考えていた。イェへやマンジュ、そしてモンゴルを避けて、ウラが勢力を伸ばすとなると、東方や東南方に目を向けるしかない。そこは豊かな土地ではないが、毛皮や人参といった交易品の産地である。

「まずはワルカ部、そして朝鮮への進出をめざす」

ウラはワルカ部を攻めて領土を拡げ、李朝へも圧力を強めた。遠征して李朝軍を破り、李朝から官職を得てもいる。ワルカへの進出はウラに大きな利益をもたらしたが、計算違いもあった。ワルカの一部集団が、マンジュに接近をはじめたのだ。マンジュはワルカに兵を送って民を連れ帰ったことはあるが、本拠から遠いため、本格的な侵攻にはいたっていない。

「ワルカはおれの獲物だ。マンジュはイェへと戦っていればいいのだ」

ブジャンタイはそう考え、さらにワルカへの攻勢を強めた。

明の暦で万暦三十四年（西暦一六〇六年）の末、ワルカのフィオ城からの使者がへトゥアラにたどりついた。

「ヌルハチ様、どうか我らに御慈悲を」

徹夜で馬を走らせていたという若い男は、そう言うなり膝をついた。足ががくがくと震えて、立っていられないようだ。鎧は泥だらけ、身体は傷だらけで、頬はげっそりとこけている。

ヌルハチは使者にすわるよう命じ、近侍の者に水を持ってこさせた。人心地がついてから、改めて話させる。

「我らはウラの横暴に苦しんでおります。この秋の収穫はほとんど奪われ、食べるものも蒔く種もありません。このままでは飢え死にするのみ。どうかお救いください」

使者は涙ながらに訴えた。豆満江流域のワルカは多くがウラに帰順しているが、フィオ城は最後まで抵抗していた。ゆえに、降伏してからも激しい収奪を受けて、苦しんでいるのだという。

「我らはマンジュの地へ移り住みたく思います。どうか軍を出して、我ら民を連れ出してください」

懇願されて、ためらうヌルハチではない。ただちに派兵を決断した。シュルガチ、チュエン、フィオンドン、フルガン、そして次男のダイシャンが指揮官として名を連ねる。

しかし、この対応にシュルガチは不満であった。

「ウラは我らの味方のはずだ。婿殿は話せばわかる御仁。軍を送るのではなく、交渉で解決すればよい」

シュルガチはウラのブジャンタイに娘を嫁がせている。娘の身が心配で、ブジャンタイとは戦いたくないのである。ヌルハチは答えた。

「ブジャンタイには使者を送る。だが、同時に軍も送らねば、交渉がまとまる前に、フィオ城の者たちは全滅してしまうかもしれぬ。まずは安全を確保するのが先だ。もし、ブジャンタイの軍がおまえたちを阻止しようとするなら、そこでおまえが交渉してもよい」

「それなら……」

シュルガチはしぶしぶ引き受けた。マンジュ軍三千は新しい年の正月にヘトゥアラを出立した。

灰色と白に染められた原野、吹《ふ》き荒《すさ》ぶ寒風に耐えての行軍である。固まった雪はすべりやすく、速度はあがらない。チュエンとダイシャンが先頭を進み、フィオンドンとフルガンは全軍の真ん中付近で馬を並べていた。

「ブジャンタイはどう出てくるかな」

フィオンドンの問いに、フルガンが冷静そのものといった口調で答える。

「わかりません。しかし、ヌルハチ様は戦になると考えておいでのようですね」

三千という兵力に、その予測が表れていた。ブジャンタイは簡単に屈する男ではない。ヌルハチは数年のつきあいと、その後のウラのふるまいからそう判断している。もしウラがワルカを併合し、本格的に朝鮮に進出するようなら、イェヘを超える大勢力となるだろう。ヌルハチが派兵するのは、人助けのためだけではない。

「もしウラが軍を送ってくるなら、まともに戦うのは避けたほうがいいかもしれぬ」

フィオンドンは手をかざして向かい風を防ぎながら言った。ふたりは鎧の上に毛皮をまとっているが、それでも身体の芯まで冷えている。

「ブジャンタイが名将であれば、そうすべきでしょう」

ウラが軍を送るなら、こちらの兵力を知ったうえで、勝てる数を用意してくるだろう。おまけに、こちらはフィオ城の民を守りながらの戦いになる。どれだけ被害を少なく撤退させられるか。そういう戦になるのではないか。

フィオンドンは横を向いてため息をついた。

「若様たちには、難しい戦だな」

チュエンもダイシャンも、血気盛んな戦士である。とくにダイシャンは、部隊をひきいて戦うのははじめてだ。この年二十五歳、大柄《おおがら》で馬の扱いに長けた若者で、狩りにおいてはつねに活躍するが、指揮官としては未知数である。

「フィオンドン殿はいつも大変ですね」

フルガンがめずらしく、笑みをもらした。

その夜である。フィオンドンの幕舎に、血相を変えたシュルガチがやってきた。

「凶兆だ。おれは帰る」

北の空に流れ星が走り、旗の先で消えたという。フィオンドンは眉をひそめた。

「それだけで凶兆とは判断できないでしょう。お考え直しください」

「いや、このまま進むのはまずい。おまえたちも引き返せ」

「ヌルハチ様に与えられた任務を放り出すことはできません」

フィオンドンが拒否すると、シュルガチは太い足で地面を蹴りつけた。

「ならば勝手にしろ。おれも勝手にさせてもらう」

凶兆は言い訳で、シュルガチはやはり戦いたくないのだ。フィオンドンはそう理解し、説得をあきらめた。シュルガチは麾下の兵五百とともに、姿を消した。

チュエンとダイシャンは、これを聞いて叔父をののしった。

「臆病者め、何と情けない」

「凶兆なんざ、おれがくつがえしてやる。だが、その前にあいつを追いかけて、連れ戻さないと」

「放っておけばいい。おれたちの手柄を立てる機会が増える」

チュエンの意見が通った。というより、去った者たちを追いかけている暇はない。

マンジュ軍はさらに行軍をつづけて、フィオ城にたどりついた。城の者たちがほっとした顔で迎える。

「ウラの動きはどうだ」

さっそくフィオンドンが訊ねたが、彼らにはつかめていないという。

「とにかく、早く出発しましょう」

フルガンが準備を急がした。五百人の民が荷物を背負って移動するので、どうしても足が遅くなる。訓練された兵士、まして騎兵隊なら、容易に追いつけるだろう。

街道の安全を確認してから、まず民の一団が出発した。フルガンが三百の兵でこれを護衛する。チュエン、ダイシャン、フィオンドンの部隊が後方を警戒しながらつづく。

厳しい寒さに見舞われながらも、道中は順調であった。歯を食いしばり、大人が子供を支えながら歩く民にも、脱落者はない。それでも、フルガンは楽観していなかった。警戒を緩めず、丹念に偵察をおこないながら進む。

前方に送った偵察隊から急報が入った。

「敵です。ものすごい数の敵軍が先回りして待ちかまえています。一万近くはいると思われます」

フルガンは表情こそ変えなかったが、信じられない気持ちであった。ウラの兵力を考えると、一万というのはほぼ全軍だ。国を空にしてきているようなものではないか。偵察兵の誤認かもしれないが、大軍にはちがいない。マンジュに敵対するなら、中途半端は避けて、確実に勝ちに行く。ブジャンタイの覚悟がうかがえる。

それより、敵軍に前方にまわられていたことが誤算だった。後方から追いかけてくるものと考えていたのである。どうやって民を守ればいいのか。フルガンは考えつつ、伝令を後方のフィオンドンのもとに走らせた。

急ぎ後退して味方と合流するしかないか。だが、気づかれて追いつかれたら終わりだ。首尾良く合流しても、四倍の敵を相手にどこまで戦えるか。

「一万はとうてい無理だ。五千であることを祈ろうか。それでも、我が隊だけで戦うとなると、鼠《ねずみ》が虎に挑むようなものだが」

フルガンは周囲の地形を観察して、小高い山に目をつけた。山腹より上は雪で白くなっている。後退するより高所に避難したほうが、生き残る目があるかもしれない。迷っている暇はなかった。フルガンは民を連れて山に登った。日が暮れるまでにできるだけ高く登り、たどりついたところで火を燃やすよう命じる。

「盛大に火を焚くのだ。ありったけの薪《まき》を燃やせ。薪だけではない。燃えるものはすべて燃やせ」

民の長がおずおずと言った。

「なけなしの服や道具を失ったら、これから生きていけませぬ」

「勝ったら敵兵の持ち物が手に入る。負けたらどうせ死ぬ。心配はいらん」

フルガンは雪よりも冷たく答えた。納得したかどうかはともかく、民の長はそれ以上は訊いてこなかった。

寒さをしのぐためには、火を焚かねばならぬ。身をひそめるのは無理だ。ならば、たくさんの焚き火をつくって、数を多く見せかける。それがフルガンの意図である。

敵が待ち伏せしているのは、こちらが少数で先行していることを知らないからだ。知れば、すぐに攻撃してくるだろう。

ウラ軍も近くで野営していた。フルガンはその灯《あか》りを見おろし、ついで空を見あげた。地には無数の光が瞬《またた》いており、空は闇に包まれている。北風は冷たいが、マンジュ軍らは南側の斜面に陣取っているため、多少は緩和されている。

「これで雪でも降ってくれれば、おもしろくなるのだがな」

フルガンの願いは、天に届いた。

夜明けは吹雪とともにもたらされ、明るくなった世界は白く染められていた。マンジュにとっては、希望に満ちた朝だった。心配していた夜襲もなく、身体を休めることもできた。フルガンは麾下の兵の顔を見て、わずかに頰をゆるめた。勝算がまったくないというわけでもなさそうだ。

フルガンは麾下の兵と民に戦闘態勢をとるよう命じた。雪で塁をつくり、民はそこに隠れる。女子供は石を入れた雪玉を丸め、男がそれを投げる。兵は弓矢をかまえて、敵を待ち受ける。

「敵は風雪に逆らって斜面を登ってくるのだ。雪玉でも当たればひるむ。おまえたちの力で地獄に突き落としてやれ」

フルガンは声を張りあげて、民を鼓舞した。味方が追いついてくるまで、何とか踏ん張りたい。敵を食い止めていれば、フィオンドンがきっと、最善の策をとってくれるはずだ。

降りしきる雪をすかして、敵の姿が見えた。フルガンの放った矢が、最初のひとりの喉を射抜いた。

「敵を近づけるな」

「マンジュを倒せ」

両軍の怒号が、積もった雪に吸いこまれる。矢と雪玉が、吹き下ろす風とともに飛んで、ウラ兵を襲う。すべりやすい斜面を登ってくるウラ兵は、少し体勢が崩れただけで転び、味方を巻きこんで落ちていく。いかに勇猛であっても、氷雪には勝てない。

それでも登りきる兵が出てくると、フルガンが刀を抜いて喉を切り裂いた。鮮血が散って、雪上に深紅の絵を描く。

第一波の攻撃をマンジュ軍は撃退した。

「気を抜くな。すぐ次が来る」

フルガンが注意をうながすと、民たちの威勢のいい声が応えた。策がはまって、士気は高い。だが、それがいつまで保つか。

吹雪が弱まるとともに、第二波がやってきた。一度目の様子見のような攻撃とは、兵の数が違う。矢を受けて味方が倒れても、それを乗り越え、殺気をみなぎらせて迫ってくる。視界が広くなったため、敵の圧力がいっそう感じられる。

「その調子だ。いいぞ。近づいたやつらはおれたちに任せろ」

フルガンは民をはげましながら、刀をふるっていた。顔や首など、防御の薄い急所を狙って正確な一撃を放つ。刀がひらめくつど、血煙が立ちのぼり、敵が倒れる。

だが、ウラ兵はひるまず、次々と登ってくる。矢と雪玉の減りが早い。フルガンは舌打ちをしながら、またひとりの敵を斬り伏せた。

「敵は少数だ。押し切るぞ」

ウラの指揮官が叫んだ。敵が勢いを増して駆け登ってくる。雪玉が飛び、矢が奔る。何人かの敵が倒れたが、勢いは止まらない。まるで上下が逆転したかのように、後から後から敵兵があふれてくる。

「もうだめだ」

民のひとりが悲鳴のような声をあげた。

「もうすぐ増援が来る。踏ん張れ」

フルガンの声はかすれ、むなしく雪に飲まれた。しかし、そのときである。

ふいに敵兵の列が崩れた。剣戟の音が横から響いてくる。

「新手だ。右から敵襲」

ウラの指揮官が声を裏返した。思わぬ方向から攻撃されて、敵軍はたちまち恐慌におちいった。あわてて向きを変えようとして転ぶ兵が続出する。そこに矢や槍が集中し、断末魔《だんまつま》の悲鳴が寒空に吸いこまれる。

「フィオンドン殿だな。ありがたい」

フルガンは次の行動に備えて息を整えた。援軍をあわせても、こちらは少数だ。勝機があるとしたら、敵が混乱している今しかない。疲労は溜まっているが、そうは言っていられなかった。

「攻勢に出るぞ」

「それはおれたちに任せな」

背後から声がかかった。フルガンが振り向くと、主君のふたりの息子が、胸を張っていた。

フィオンドンの部隊が右から奇襲をかけるとともに、チュエンとダイシャンの部隊は民の援護にまわっていたのである。いや、ふたりの狙いは、より高い位置から敵に攻撃をかけることにあった。

「父上はいなくとも、その息子たるチュエンがいるぞ。兵士たちよ、我にしたがえ。ウラの卑怯者どもを討ち果たそうぞ」

チュエンが名乗りをあげると、ダイシャンも競うように声をあげた。

「敵が多くとも、恐れることはない。我らには天の加護がある。恩知らずのブジャンタイに思い知らせてやれ」

雪がやんで、かすかに光が差した。

ふたりはそれぞれ五百の兵をひきいて、一気に攻めくだった。チュエンは槍を振りまわして転がるように斜面を走り降りる。馬の扱いに自信のあるダイシャンは、騎乗して駆けくだった。

チュエンの槍に首をひっかけられたウラ兵が、泡を噴いて倒れた。チュエンは雪に足をとられて尻もちをついたが、そのまま斜面をすべり降りていく。すべりながら槍をあやつり、敵兵を突き殺す。死体にぶつかって止まったのは、敵兵のただなかだった。チュエンは舌なめずりすると、敵が態勢を整えるまえに槍を振りまわした。たちまち叫喚が渦を巻く。チュエンは回転しながら槍をふるって、望まれぬ死を量産していく。

ダイシャンは敵兵を馬蹄にかけながら、ななめに馬を走らせていた。ときおり馬が脚をすべらせるが、巧みに重心を移して、落馬を回避している。手にした大剣は、すでに真っ赤に染まっていた。

ふたりにひきいられた兵は思う存分、敵を薙ぎ倒して、雪中の行軍でたまった鬱憤《うっぷん》を晴らしていた。雪解け水が川を下るように、その勢いはとどまることがない。

上から眺めるフルガンはあきれていた。

「あの勢いがつづけば、モンゴルにも明にも圧勝できるな」

もちろん、その狂奔ともいえる攻勢はいつまでもつづくものではないが、ウラ軍を一蹴《いっしゅう》するには充分なようだ。

山を駆けおりたダイシャンが、ウラの指揮官らしき男を視界にとらえた。馬を失ったのか、よろよろと歩いて逃げている。護衛の兵はふたりだけで、彼らも傷ついていた。手柄を立てる絶好の機会だ。

「ヌルハチの息子ダイシャン、参る」

ダイシャンは猛然と馬を走らせた。

立ちはだかる護衛の兵を蹴りとばし、背を向けて走る指揮官に左手を伸ばす。かぶとの飾り毛をつかむと、敵はうめき声をあげて抵抗した。ダイシャンはかまわず、かぶとを持って引きずり回す。敵が動かなくなったところで馬を止め、右手の剣でとどめをさした。

「敵将を討ち取ったぞ」

ダイシャンは叫んだ。

このときは気づいていなかったが、この者はウラの総司令官であった。首長のブジャンタイは戦に参加していなかったのだ。ウラは敗勢を立て直せず、総崩れとなって逃げ散った。戦死者は三千を超えたという。怪我をして動けなくなり、凍死する者が多かった。

「一時はどうなるかと思ったが、何とか任務を果たせそうだ。よくやってくれた」

フィオンドンは、疲れ切った様子のフルガンに声をかけた。

「敵が間抜けだっただけです」

フルガンは愛想なく応じた。眼下の山裾《やますそ》には、敵の死体がいくつも横たわっている。予想以上の戦利品が得られるにちがいない。民をだましたことにはならなそうだった。

六

ウラとの戦いの勝利はヌルハチを喜ばせたが、同時に怒りも生じさせていた。怒りはブジャンタイとシュルガチに対するものである。

「ウラはいずれ滅ぼす」

ヌルハチは天に誓った。マンジュとウラの間には、イェヘとホイファの地が広がっている。すぐにウラに軍を送るのは難しいが、捨てておくことはない。

問題はシュルガチの処遇であった。

「今回はおれが悪かった。それは認める。すまない」

謝る弟を、ヌルハチは眉をひそめて見おろした。厳密には、マンジュは二頭体制をとっており、シュルガチはヌルハチの臣下ではない。形式としては、独自に領地を有し、臣下を持ち、朝貢などの外交をおこなえる立場である。ヌルハチのほうが力ははるかに上なので、討ち滅ぼすのは簡単だが、それはためらわれた。情の面からも、理の面からも、である。

ゆえにヌルハチは、シュルガチと仲のよい臣をふたり、処断することと定めた。彼らはチュエンとダイシャンの部隊に属していながら、シュルガチと行動をともにしたので、命令違反の罪になる。

それを伝えられると、シュルガチは泣きわめいて慈悲を乞うた。

「お願いだ。いや、お願いです。赦《ゆる》してください。あいつらが死ぬなんて、自分が死ぬよりつらい」

涙と鼻水で汚れた弟の顔を見ると、ヌルハチは非情になりきれなかった。

「次はないぞ」

そう言って、下がらせたのである。

ウラに対しては、ヌルハチは容赦しなかった。ワルカはほとんどがマンジュにしたがうようになっており、一部は移住させたが、そのさらに北東、ウェジ部にはまだウラに服属する集団が残っていた。

この年の五月、ヌルハチはエイドゥ、フィオンドン、フルガンらに命じて、ウェジに遠征させた。彼らは三つの集団を降して、多くの住民を連れ帰った。マンジュの国力は日に日に高まっている。

次の標的はホイファであった。ホイファもまた、ハダやウラと同じように、マンジュとイェへとの間で、首鼠両端《しゅそりょうたん》の態度をとっていた。首長のバインダリは、双方に人質を出したり婚姻を約束したりと、必死に歓心を買おうとしている。しかし、その態度ゆえに、ヌルハチからもナリムブルからも信用されていなかった。

九月、度重なる不義理に怒ったヌルハチは、ホイファの打倒を宣言した。

「天よ、ご照覧あれ。女真の地に正道をもたらすべく、バインダリを討ち滅ぼします」

ヌルハチはみずから一万の兵をひきいてホイファに出征した。チュエンとダイシャン、それにアン・フィヤングが随従する。

バインダリはホイファ城に引っこんで守りを固めていた。マンジュやイェへがいつ攻めてくるかわからないので、城壁は三重にし、糧食を貯めこんでいる。ただ、守備兵は二千ほどしかいない。

「ああ、ついに攻められてしまった。ヌルハチはもう少し寛容だと思っていたが……。仕方ない。イエへに援軍を頼もう」

ナリムブルがすぐに援軍を出してくれるとは思えない。どうせなら逆のほうがよかったか。そう考えながら、バインダリは早馬を走らせた。

ヌルハチも、時間をかければイエへ軍が動くかもしれない、とは考えている。ホイファに着くと、ただちに命じた。

「城を取り囲め。幕舎を建てる必要はない。速攻で片をつける」

「そう来なくてはな」

「お任せを」

歓声をあげるふたりの息子に、ヌルハチは厳しい口調で言い聞かせた。

「武器を持たぬ者は絶対に殺すな。金品を奪うな。その点を兵士たちに守らせるのだ」

「かしこまりました」

ふたりは声をそろえて応じ、持ち場に駆けていく。

ヌルハチは城の正面に陣取ると、少数の護衛をしたがえて、城門まで馬を進めた。散発的に飛んでくる矢にかまわず、昂然《こうぜん》と顔をあげて呼びかける。

「ホイファの民よ、勇敢なる兵よ、暗愚な主に仕えて、その命を粗末にするな。家族を思い、親兄弟を思うのだ。我がもとへ、マンジュの旗のもとに集えば、安寧《あんねい》とさらなる繁栄を約束しよう。明にも負けぬ、モンゴルにも負けぬ、女真の国をともにつくろうぞ」

朗々とした声が風に乗って城内に届いた。その残響が消えると、ヌルハチは再び大声を発した。

「我にしたがう者は武器を捨て、門を開けよ」

城内が騒がしくなった。結果を待つことなく、ヌルハチは突撃を命じる。

マンジュ軍は四方からホイファ城に殺到した。城内から矢はほとんど飛んでこない。兵士たちが城壁に手をかけてよじのぼり、乗り越える。正面では、木製の城門がゆっくりと開いた。ヌルハチの本隊が堂々と入城する。

三層構造のもっとも外側にいる民は、棒や石といった武器を捨てて、ばらばらにすわりこんでいた。

「おれたちは抵抗しない。女と子供には手を出さないでくれ」

「バインダリは一番奥にいるぞ。勝手にやってくれ」

マンジュ軍にはヌルハチの威令が行きとどいており、兵士たちは民に指一本触れなかった。隊列を組んで素通りし、二番目の城壁に向かう。

ここでも抵抗はなかった。最下級の兵士たちが詰めていたのだが、弓矢を捨て、剣や槍を捨てて、降伏の意を示している。

「命を助けてくれるならマンジュにしたがう」

「部隊まるごと、ヌルハチ様に味方します」

ヌルハチは降伏した者たちを一ヵ所に集め、内城の攻略にとりかかった。バインダリやその一族、重臣たちがそろう内城は、さすがに門を閉じて、抗戦の構えである。すでに矢が飛んできて、マンジュ軍を寄せつけまいとしている。

ヌルハチは馬上から鋭い視線を内城に向けた。

「狙うはバインダリの首のみ。かかれ」

ヌルハチ隷下の本隊が、内城の門に襲いかかる。ほぼ同時に、チュエン、ダイシャン、アン・フィヤングの部隊も、最後の砦に攻めかかった。太鼓が激しく打ち鳴らされ、喊声がとどろく。それに合わせるかのように、城内からは矢の雨が降りそそぐ。ホイファの守備兵は懸命に矢を放ち、石を投げて抗《あらが》ったが、兵の数と勢いの差は、いかんともしがたい。

最初に内城に侵入したのは、アン・フィヤングの部隊であった。アン・フィヤング自身が奇襲部隊をひきい、矢倉の死角をついて突入したのである。アン・フィヤングは鉄棒を支えにして跳び、城壁を越えた。降りたところは刺《とげ》のある草の茂みである。むき出しの腕に刺が刺さったが、アン・フィヤングは意に介さない。無言のまま鉄棒を振りまわし、駆けつけてくる敵をにらむ。

甲高《かんだか》く命じる声が聞こえた。

「生かして帰すな」

五人の敵が刀を振りかざして、いっせいにかかってくる。

しかし、刃はアン・フィヤングのたくましい身体に届く前に砕け散っていた。鉄棒が起こす旋風が、近づくものをすべて破壊して移動する。骨が折れる音と悲鳴が響きわたり、逃げる足音がつづく。

アン・フィヤングは、奇襲部隊の精鋭とともに周囲の敵を一掃すると、城壁を内側から壊して、味方を引き入れた。

わずかに遅れてチュエンの部隊が、そしてダイシャンの部隊も城内への侵入を果たしている。ヌルハチの本隊が最後になったのは、それだけ大勢の守備兵を相手にしていたからだ。

「あいつらも成長しているな」

ヌルハチは父親の顔になって、満足げにうなずいた。

城内にヌルハチの黄色い旗がひるがえると、守備兵の戦意は地に落ちた。しかし、バインダリは降伏を潔《いさぎよ》しとしなかった。

「者ども、死ぬまで戦うのだ。誇り高きホイファは、決してマンジュには屈せぬ」

バインダリらしき声が聞こえてくると、チュエンが失笑した。

「どっちつかずの日和見野郎が誇りだってさ」

「それなら、誇り高く死なせてやろう」

ダイシャンが麾下の兵を首長の屋敷に突入させる。

激しいが短い戦闘の末、マンジュ軍の勝ちどきがあがった。バインダリは乱戦のなかで斃《たお》れ、ホイファ部の歴史は幕を閉じた。


ヘトゥアラに凱旋《がいせん》したヌルハチらを、ホホリをはじめとする大臣たちが出迎えた。

「おめでとうございます。これで、フルン四部も残り二部となりました。女真統一が見えてきましたね」

普段は慎重なホホリも興奮しているようだ。エイドゥは踊り出さんばかりである。

「この調子だと、来年には統一がなるでしょう。挙兵して二十五年……かな。思えば、長い年月でした」

「気が早すぎるわ」

ヌルハチは苦笑してたしなめた。現在、マンジュの国力はかつてないほど盛んになっている。兵力も糧食も武具も充分であり、半年くらいの長い遠征もやろうと思えばできる。残るイェへとウラは、単独ではマンジュに対抗できない。二国が同盟を結んでも、うまく連携しなければ、結果は変わらないだろう。

最大の障壁となるのは明のはずだが、遼東を牛耳る高淮と李成梁は、私腹を肥やすことのみに熱心で、まともに行政をおこなっていない。ヌルハチのような存在の台頭を未然に防ぐのが、明の女真政策であるはずだが、彼らはヌルハチの勢力拡大をむしろ助けていた。

明とマンジュが国境の扱いでもめたとき、明はマンジュの領内に自国の民が住む代償として銀を払うことに定めた。明の民が開拓した土地も、マンジュの領内にあれば、ヌルハチに引き渡された。

高淮と李成梁個人に便宜を図り、贈り物を捧げるかわりに、明から利益を得る。それがヌルハチの策であり、これまで功を奏していた。ヌルハチやシュルガチが朝貢の際に受け取る車代は、フルン四部のそれより高かったが、ヌルハチはさらなる増額を要求していた。明に対して、強気の交渉も可能になっていたのである。

ゆえに、高淮と李成梁が健在であれば、明の意向は気にしなくてもかまわない。むしろ、女真統一を援助してくれるかもしれない。

ヌルハチはまもなく五十歳になる。ときおり古傷が痛むくらいで、身体の調子はよいが、いつまで前線で戦えるか、心許《こころもと》なくはある。チュエンやダイシャンには期待しているが、ヌルハチの代わりはまだできない。目の黒いうちに、女真統一を果たしたい。その先の夢もある。だからこそ逆に、慎重に、とも思うのだ。

翌年、明の暦で万暦三十六年（西暦一六〇八年）三月、ヌルハチはチュエンとアン・フィヤングに五千の兵を授けて、ウラ遠征を命じた。ホイファの併合で、ウラへの道は開けている。狙いは、ウラの本拠に近いイハン城である。

ウラのブジャンタイは迎撃のために軍を送ったが、この援軍はマンジュ軍の強さに恐れをなして、イハン城の陥落を遠くから見守るだけであった。

ブジャンタイはあわてて、ヌルハチに使者を送ってきた。

「これまでの不義理を深くお詫びいたします。どうか寛大なる処遇を願います。攻撃をひかえ、我々が誠意を示す時間をください」

ヌルハチの側に、それを受け入れる理由はないはずだった。しかし、ヌルハチは考えておく、と告げて使者を帰した。突っぱねなかったのは、ホホリから気がかりな情報がもたらされたからであった。

「明の朝廷に不穏な気配があるようです」

マンジュの勢力拡大が官僚たちの警戒を呼んで、詳細を報告せよ、という命令が届いたという。それとともに、高淮と李成梁の悪行について調査が入るという噂も流れている。

「彼らが職を逐われる怖れもあるのか」

ヌルハチに問われたホホリは、蒼白な顔を縦に振った。

「高淮の手下が逃げ出しはじめています。今度ばかりは終わり、との声も大きくなってきました。もっとも、高淮は民にも下級の役人にもひどく憎まれていますから、彼らの希望があらわれているだけかもしれません」

「辞めさせられるものと考えておいたほうがよさそうだな」

明の遼東政策が改められれば、マンジュに対する派兵もありえる。今、明と戦って勝てるだろうか。難しい、とヌルハチは判断した。そのため、ウラ攻めを延期して、様子を見たのである。

しばらくすると、ホホリの懸念は現実となった。高淮と李成梁が更迭《こうてつ》されたのである。明の遼東統治にいかなる変化が生じるのか。ヌルハチとホホリは、それを確かめるため、あえて規定に反した交易をおこなってみた。これまでなら、なあなあですまされるものである。

すると、違反を厳しく追及され、以前のふるまいも咎められて、二年間の朝貢停止を言い渡されてしまった。ヌルハチは車代の増額を求めて自分から朝貢を止めていたこともあるが、先方から止められるのはこたえる。朝貢と交易はマンジュの財政を支える重要な収入源であるから、放置はできない。

「完全に方針が変わったようだな」

認めたうえで、ヌルハチはさばさばとして告げた。

「またしばらくは忍耐だ」

　明には腰を低くして対応し、軍事行動もひかえて機会を待つ。そう決めると、ヌルハチは明の役所にみずから出向いて、国境の扱いについて交渉した。李成梁の時代の取り決めを廃し、互いに国境を侵さないよう、侵した者は処断するよう定めた。

　ヌルハチが態度を改めたことで、明の役人たちも安堵したようだった。ただ、朝貢の再開は約束してもらえなかった。

「ここで足踏みは辛《つろ》うございますな」

　エイドゥは意気消沈していた。チュエンとダイシャンも、毎日のように不平を洩らしている。目前だと思っていた女真統一が遠のいた。それがやるせないのである。

　もっとも大きな声で不満を述べたのは、シュルガチであった。

「もう兄貴にはついていけない。おれは配下とともにヘトゥアラを出る」

　そう宣言して、側近と具体策を話し合っているという。つまり、独立を図っているのだ。

「許すわけにはいかぬ」

　報告を受けたヌルハチの眼が鋭く光った。強敵を前にした眼だ。

　ヌルハチは同母弟であるシュルガチを優遇して、領土や家臣、そして交易に使う勅書をおおむね三対一の割合で分け与えてきた。シュルガチは独自に明や朝鮮と交渉することも許されている。しかし、ヌルハチの影響下を離れて独立することまでは認めていない。

ヌルハチはシュルガチを呼んで通告した。

「出ていきたいなら、おれが与えたものを返上して、身ひとつで出ていけ」

シュルガチは太った身体を丸めた。そのまま転がっていきそうなくらいに小さくなる。

「そんなこと言わないでくれよ。兄貴とおれの仲だろ。おれは兄貴に強くあってほしいんだよ。だから、明の役人にぺこぺこするのが気に食わなかったんだ」

「そうかな。実入りが減ったのを歎《なげ》いているだけではないのか」

冷や汗が玉になって、シュルガチの額からしたたった。

「そ、そんなことはない。いや、そりゃ、少しは残念に思うけど、仕方のないことだろ。とにかく、今までどおり、な。ちゃんと兄貴を立てるから」

ヌルハチはこれまで、身内や功臣に甘かった。多少の罪なら許してきたし、揶揄《やゆ》したり、反抗したりするような言動にも寛容だ。だから、シュルガチは今回も大目に見てもらえると考えた。

「兄貴は結局、おれを頼りにしているんだ。独立しても、おれたちはうまくやっていける」

シュルガチは側近たちにそう言って、蠢動《しゅんどう》をつづけていた。独立してどこに城を構えるか、視察までおこなっている。

明の暦で万暦三十七年（西暦一六〇九年）三月、シュルガチの動向を探っていたフルガンが報告した。

「まもなくシュルガチ様はヘトゥアラを去ります。もはや一刻の猶予もありません。ご決断を」

フルガンはシュルガチに徴用された農民を証人として連れていた。新しい城を築くため、縄張りをしていたという。シュルガチは、ヘトゥアラより大きな城を建てたいと、無理な注文で職人を困らせていたらしい。

「まことか……」

長い沈黙の後、ヌルハチは断腸の思いで告げた。

「捕らえて幽閉せよ」

フルガンは十人の兵士を連れて、シュルガチの屋敷に踏みこんだ。シュルガチはまさに荷物を袋に詰めているところであった。

「無礼だぞ」

シュルガチは声を荒らげたが、フルガンは意に介さず、冷然として命じた。

「縛りあげろ。抵抗するなら、傷つけてもかまわない」

「な……」

シュルガチは唖然《あぜん》としている間に縛られて、別の屋敷に閉じこめられた。側近が責任を問われて処刑され、領地や家臣、勅書は没収された。

「兄貴に会わせてくれ。謝りたいんだ」

シュルガチは主張したが、ヌルハチは弟に会おうとしなかった。会えばほだされてしまうのがわかっていたからである。

七

それから三年ほど、ヌルハチは明の顔色をうかがっていた。車代の値上げ要求を撤回し、李成梁から得た土地を返して、朝貢の再開にこぎつける。ウラとはブジャンタイの求めに応じて和約を結び、軍事行動は明にお伺いを立てたうえで、ワルカ部よりさらに北東のウェジ部、フルハ部に対しておこなった。これらは長距離の遠征となったが、エイドゥ、フルガンらの活躍で成功し、彼の地を支配下に収めるとともに、多くの民を移住させた。

シュルガチはいったん許されて、地位を回復された。だが、ヌルハチに逆らうことはできず、失意のうちに病死してしまう。

「おれはあいつに、わがままを許しすぎたのかもしれぬ」

ヌルハチは沈痛な思いで、弟の死を受け止めた。シュルガチは愛嬌があって憎まれない性格だったが、才幹や器量の面ではヌルハチに遠く及ばなかった。にもかかわらず、高位にあって兄と張りあわなければならなかったのが、シュルガチの不幸だったのかもしれない。

誰をどの地位につけるか、とくに一族をどのように扱うかは、上に立つ者にとって重要な問題である。ヌルハチは同母弟という血統を重視して、シュルガチを引き立てていた。そしてまた、後継者を定めるに当たっても、最初の妻の子であるという点を重視して、チュエンとダイシャンを特別視していた。ふたりのうちでは、長男であるチュエンが上に立つ。それがはたして正しいのか。いささか不安はあった。チュエンの器量が、他の息子たちと比べてすぐれているとは思わない。しかし、それ以外の決め方をするのはためらわれた。自分が気に入ったからといって指名するのにも問題があろう。客観的な評価など下せない。

一日、ヌルハチはエイドゥを呼んで訊ねてみた。チュエンを後継者に指名したいと考えているが、どう思うか。

エイドゥはしばし絶句していた。そこまで驚くことか、とヌルハチが首をかしげると、ようやく口を開く。

「どこか身体の調子が悪いのですか」

「そういうわけではない。だが、おれも年をとったから、いざというときに備えなければ、と思ってな」

「おれは反対です。ヌルハチ様以外に、主君と仰ぐべき人はおりません」

ヌルハチは頭を抱えたくなった。まるで話が通じない。

もういい、と帰しかけたとき、エイドゥが何気ないふうに言った。

「でも、ヌルハチ様は幸せですよ。チュエン以外にも、出来のいい息子が何人もいます。おれの息子は口ばかりで、てんで使い物になりません」

ヌルハチはエイドゥの息子を脳裏に浮かべて、視線を落とした。エイドゥには優秀な息子もいるが、ヌルハチの娘を妻としている次男のダキが悩みの種なのである。まだ少年の頃からヌルハチがかわいがっていたので、すっかり増長してしまった。手柄も立てていないのに大言が過ぎる、とエイドゥがよく怒っている。それについては、ヌルハチにも責任があるので、迂闊に口は出せない。

息子世代の育成は、主従に共通する悩みなのである。

「うーむ、おれたちの代がまだまだ頑張らないとなあ」

そう言うと、忠実無二の側近は嬉しそうに笑った。

ヌルハチは次にホホリを呼んで、同じ質問をした。ホホリは迷いなく答える。

「よろしいかと思います。明のように、嫡男のチュエン様が後継ぎとなられるのが、もっとも自然でありましょう。やや武に傾いた気性の御方ですが、臣下が助ければ、すぐれた指導者になられることと存じます」

「そうか、そう思うか」

ヌルハチは相好《そうごう》を崩したが、不安は晴れなかった。ホホリは中国文化をよく知っていて、彼らに近い思考になる。

つづいてアン・フィヤングを呼ぼうとして、ヌルハチは苦笑した。家僕あがりで極端に無口なアン・フィヤングは、このような問答には向かないだろう。選んだのは、理知的なフィオンドンである。

質問を受けたフィオンドンは、すっと目を伏せた。眉のあたりに怒りがたゆたっているように見えて、ヌルハチはいぶかしんだ。

「意見があるなら、遠慮なく言ってくれ」

うながすと、フィオンドンは顔をあげて、鋭い視線を主君に向けた。

「では、申しあげます。そのようなことは、家臣にお訊ねにならないほうがよろしいかと考えます」

「なぜだ」

ヌルハチは不快さを押し殺して問うた。フィオンドンは真摯《しんし》に応じる。

「家臣が主君を決めるようなことがあってはなりません。国の乱れにつながります」

「将としての評価を求めるならどうだ」

「同じことです。後継者候補の周りに閥ができて、互いに争うような事態になれば、歴史の浅い国は瞬く間に崩壊してしまいます」

ふむ、とヌルハチはうなずいたが、納得はしていなかった。

「ひとつの考え方ではあるな。しかし、部下の支持を得ない主君が立つほうが、より害になるのではないか」

「それはヌルハチ様がご考慮ください」

そこに自信がないから訊いているのだ。ヌルハチはそう思ったが、ため息をついただけで口にはしなかった。

最後に呼ばれたのはフルガンである。ヌルハチが信頼する五人の重臣、五大臣とも呼ばれる者たちのなかで、もっとも若い。質問を聞くと、フルガンは一瞬、端整な口もとに笑みをひらめかせた。黒い瞳が犀利《さいり》な光を放っている。

「正直に申しあげますと、私は賛成できません」

「ほう、それはどうしてか」

ヌルハチは直言を喜んでいた。そういう声が聞きたかったのである。

「チュエン様は人を使うのが得意ではないご様子。興味のあることは自分でやり、臣下にはただ服従を求めるお人です。ずば抜けた才幹があればそれでもうまくいきますが、はたしてそこまでの力量がおありかどうか、私には疑問です」

「では、ダイシャンはどうか」

主君の表情をすばやく観察して、フルガンはさらに舌を動かす。

「母も同じご兄弟ゆえ、よく似ていらっしゃいます。ダイシャン様のほうが陽気で、人に好かれるお人柄ですが、長幼の序をくつがえすほどの差があるかと申しますと、そこまではどうでしょうか」

「ふうむ……」

ヌルハチはしばし悩んでから、次の問いを発した。

「彼らが心がけるべきことは何か」

「謙虚であること、でしょうか。頭ごなしに命令するだけでは、人はついてきません。それをご理解いただければ、よき主君となりうるでしょう」

「なるほど、よくわかった」

ヌルハチは満足して、フルガンを帰した。フルガンはヌルハチの甥で、養子でもある。ヌルハチには息子が多いから、後継者の椅子がまわってくるとは考えにくいが、まったく縁のない話ではない。にもかかわらず、有益な分析と提言をしてくれた、と思った。

明の暦で万暦四十年（西暦一六一二年）、ヌルハチはチュエンを後継者と定めて、家臣たちに伝えた。

反応は芳しくなかった。歓迎はしないが、受け入れる、といった雰囲気である。チュエンは三十三歳で、ヌルハチが旗揚げしたときに比べれば、成熟しているはずの年齢だ。しかし、家臣たちからすれば、その器量は大きく見劣りがした。

ヌルハチはチュエンには口を酸っぱくして言い含めている。

「上に立つ者はよき耳を持たねばならぬ。家臣の進言をよく聞き、みなの助けを借りるのだ。とくに、エイドゥら五人の大臣は、おれと同じように敬《うやま》うのだぞ」

「わかってるよ」

チュエンは眉をひそめて応じた。ヌルハチの前では、それ以上口にしなかったが、陰では不平を洩らしている。

「親父は家来を大事にしすぎなんだ。主君と家臣の間にはきっちりと線を引かないといけない。仲間などと思ってもらっては困る」

チュエンはヌルハチの死後、重臣たちが自分を支持してくれるか、不安なのであった。

「弟たちもだ。後継者とそれ以外は区別しないと、後で揉《も》め事《ごと》の種になる。なのに、親父ときたら、ダイシャンにも財産を分けやがって」

ヌルハチは多くの息子たちのなかで、チュエンとダイシャンをとくに優遇して、領地や勅書といった財産を与えた。それもまたチュエンは不満なのである。

「親父が死んだら、全部とりあげて、おれのものにする」

チュエンは心に誓うだけでなく、それを取り巻きや女たちに吹聴《ふいちょう》していた。言わなければ、自分を納得させることができなかった。

ダイシャンが兄に文句を言った。

「親父の考えは、おれたち兄弟ふたり、協力してマンジュを大きくしろ、ってことだろ。兄貴ひとりで何もかもやろうとするなよ」

チュエンも言い返す。

「うるさい。おまえもシュルガチのようになりたいのか。親父があいつのせいで苦労したのを知っているだろうが」

「おれは叔父さんとは違う。それより、あんまり勝手なことを言っていると、地位を取りあげられるぞ」

ダイシャンは心から忠告したが、チュエンには届かない。

「おまえはそれを望んでいるんだろうな」

そう言って、チュエンは弟をにらむと、ふいと背を向けた。

乱心の後継者を焚きつける者もいる。エイドゥの息子ダキだ。

「いいよな、おまえは。どれだけ無能でも、長男だから後継者に指名してもらえる。でも、それはヌルハチ様が生きている間だけだぞ。死んだら、遺言なんて誰も守らない。実力のあるやつが後継者になるんだ。大臣たちは誰もおまえを支持なんかしないからな」

「何だと。実力が大事なら、おまえなんか真っ先に追い出されるだろう」

チュエンはこぶしを握りしめたが、殴りかかるのは自重した。チュエンの認識では、ダキは小物であって、争う価値もない。

だが、ダキの父親は別である。その影響力はヌルハチ本人に次ぐ。チュエンは思いつめたあげく、エイドゥをはじめとする五人の重臣に会って、直接告げた。

「おれに忠誠を約束しろ。でないと、今の地位は保証できないぞ」

ホホリとアン・フィヤングは応じたが、他の三人は三様の態度で異を唱えた。

「ヌルハチ様が亡くなったら、おれは殉死するから関係ない」

エイドゥらしい物言いであったが、チュエンは虚を衝かれて口ごもってしまった。

フィオンドンは歎息《たんそく》して諭した。

「そのようなことをおっしゃってはなりません。忠誠は要求するものでも、強制するものでもないのです。あなたが立派な主君になろうと努めるなら、我々はついていきます」

「おれは、おまえたちにまず、立派な家臣になってほしいのだ」

フィオンドンは無言でうなずいた。つける薬がない、と言いたげであった。

フルガンは、目を光らせただけで何も言わなかった。チュエンは急に落ちつかなくなって、さらに余計なことを言ってしまった。

「親父に告げ口したら、許さんぞ」

返答は冷笑であった。

フルガンはそれからしばらく、チュエンの行状を観察し、他の大臣たちにも同じように迫っていたことを確認してから、行動に出た。チュエンの言動をヌルハチに訴えたのである。

話を聞いたヌルハチは、一気に老《ふ》けこんだように見えた。

「そういう噂は聞いている。真《まこと》であったか……さて、どうすべきか……」

フルガンは表情を消して沈黙していた。フルガンにとっては、チュエンの処遇にさしたる興味はない。後継者の選定を左右できる立場に登ったことが、何よりの収穫であった。その実績があれば、ヌルハチ亡き後、権力を握ることもできよう。

「チュエンを選んだのはまちがいであったか」

「だとしても、ヌルハチ様の責任ではないでしょう」

フルガンの言葉は、ヌルハチの耳に入っていなかった。

ヌルハチはエイドゥやフィオンドンからも証言を得て、チュエンを呼び出した。

「おれの言ったことが、伝わらなかったようだな」

厳しい口調で切り出すと、チュエンの顔が青ざめた。

「おれはおれなりに考えて……」

ヌルハチは息子を見つめて、低い声で語った。

「おまえの地位は、おまえが自分の力で得たものではない。おれが仲間たちと築いたものだ。それを受け継ぐにあたっての心構えを、おれは伝えたはずだった」

怒りと悲しみの波動が、チュエンにも感じられた。不肖の息子は慄然《りつぜん》として、父親を、その沈痛な瞳を見返した。

「いや、それはわかってる。わかってるんだよ」

チュエンが涙声で取りすがると、ヌルハチは目をそらした。

「しばらく身を慎《つつし》め」

チュエンはうなだれて、顔をあげられなかった。

八

ヌルハチが明に遠慮して動かないでいる間、ウラのブジャンタイはマンジュとの和約を盾にして息を潜めていた。再びマンジュと戦う日に備えて、兵を鍛え、兵糧を貯め、イエヘやモンゴルに接近を試みている。

チュエンが後継者に指名されたという知らせは、ウラにも届いた。密偵から報告を受けたブジャンタイは、嘲笑を放って部下を驚かせた。

「チュエンのことはよく知っている。あの無能者が首長になるようなら、マンジュの未来はないな。運が向いてきた」

ブジャンタイの笑いは止まらない。

「ヌルハチもすっかり臆病になったな。明を怖れて何もできないとは笑止。この隙にまた領土を拡げておくとするか」

ブジャンタイはウェジ部に兵を送って、マンジュにしたがっていた集団を攻撃した。同時に、イエヘと対マンジュ同盟を結ぼうと画策する。

このとき、イエヘの首長ナリムブルはすでに病死しており、弟のギンタイシが後を襲っていた。使者を迎えたギンタイシは、狡猾そうに笑った。兄によく似た笑いだ。

「協力してもよいが、おまえは信用できん。マンジュとは完全に縁を切ったという証を見せてもらおうか」

信用できないのはどちらだ、とブジャンタイは思ったが、マンジュと戦うにはイェへの力が必要である。

「やむをえんな」

ブジャンタイは、マンジュから妻に迎えていたシュルガチの娘を引き出した。木に縛りつけ、弓矢をかまえて狙いをつける。妻が泣き叫ぶのにかまわず、ひょうと射た。矢は鳥が鳴くような音を立てて飛び、木に当たって落ちた。妻は白目をむいて気を失っている。

ブジャンタイが射たのはかぶら矢である。殺すほどではない、あるいは殺せない罪人に対する罰だ。妻にとって、そしてマンジュにとってはひどい侮辱となる。

この件を伝え聞いたヌルハチは、あごの先から額まで真っ赤に染め、両眼に怒りをたたえた。ひと呼吸おいて水を求め、ゆっくりと飲み干してから、立ちあがる。怒りはおさまっていないが、冷静にはなった。

「ウラを討つ。今度こそ、ブジャンタイの息の根を止めてやる」

ここで妥協すれば、ウェジやワルカはもちろん、旧ホイファの者たちもウラになびくかもしれない。明との調整は後日にして、戦う意思を明確にすべきだ。異論はあがらなかった。明に盲従する刻《とき》は終わった、と考える者も多い。

明の暦で万暦四十年（西暦一六一二年）九月、ヌルハチはみずから三万の兵をひきいてヘトゥアラを出立した。エイドゥ、フィオンドン、フルガンに加え、八男のホンタイジがしたがっている。

ヘトゥアラの留守はダイシャンがあずかることとなった。本来であれば、チュエンがその命を受けるはずだが、ヌルハチは彼にはふさわしくないと判断したのである。チュエンはふてくされて、酒とともに屋敷にこもった。

マンジュ軍接近、の急報を受けて、ブジャンタイは顔色を変えた。

「嘘だろ」

ブジャンタイは取るものも取りあえず迎撃に向かった。国境の川をへだててマンジュ軍を見ると、整然とした軍列、きらめく刀槍、戦意に満ちた兵士の顔……三万という数だけでなく、その質の高いことがひと目でわかる。ブジャンタイは茫然と立ちつくした。兵士たちがざわめきはじめる。

「あれにはとてもかなわないぞ」

「隙を見て逃げ出そう」

ひそひそと話す声は、ブジャンタイの耳にも届いた。

「この状態では、とても戦えん」

ブジャンタイは本拠のウラ城に戻って、守りを固めるよう命じた。国境近くの城や村は、事実上、捨てられることとなった。

マンジュ軍は悠然と川を渡って、ウラの領内に侵入した。

「ブジャンタイは今度も城にこもるか。戦う勇気はないようだな」

ヌルハチは馬を並べるホンタイジに語りかけた。

「そのようですが、油断はできませぬ。何せ敵領内ですから」

「そうだな。偵察を重視するのが我が軍の方針だ。報告を受けつつ、慎重に進もう」

ヌルハチは満足げに微笑した。

ホンタイジはこの年、二十一歳になる。息子たちのなかでもとりわけ優秀で、文武に才のきらめきを示しており、家臣たちの期待も大きい。ただ、母方の血に懸念を持つ者もいた。ホンタイジの母はイェへの出身で、ナリムブルの妹にあたる。彼女が死に瀕したとき、ヌルハチはナリムブルに使者を送って、その母に会わせるよう願ったが、ナリムブルは応じなかった。

ホンタイジがイェへの血を引いていることを、ヌルハチは気にしていない。ただ、気にする者は多いし、何人もの兄がいる。チュエンに代わって後継者に、とまでは考えていない。それでも、将として期待しているから、今回は一隊を任せるつもりで連れてきた。

ヌルハチはさっそく、ホンタイジに城をひとつ落とすよう命じた。

「かしこまりました。少ない損害で落とせたら、別の城も任せていただけないでしょうか」

「いいだろう」

ホンタイジは五千の兵をひきいて攻略にとりかかり、半日もかからずに、それを成し遂げた。示威的な攻撃の後、降伏を勧告したので、犠牲は出していない。

「次はどの城を狙いましょうか」

ヌルハチが苦笑しながら指示した城を、ホンタイジは日が傾く前に落とした。今度はあざやかな速攻であった。

「明日、もう二城ばかり落としたいと思います」

興奮のかけらも見せずにホンタイジは求めたが、ヌルハチは首を横に振った。

「おまえの力はよくわかった。他の者にも活躍させてやれ」

大軍が後方にひかえていて余裕があるとはいえ、年齢のわりに冷静かつ大胆な戦いぶりであり、ヌルハチは満足していた。チュエンやダイシャンほどの勇猛さは感じられないが、はるかに安定している。

マンジュ軍はさらに四城を奪い、ウラ城を指呼の間にとらえた。川をひとつ渡れば、攻撃する態勢に入れる。

「さて、どうするかな」

ヌルハチは川の手前で全軍をとどめ、ウラ城を眺めた。さすがに本拠だけあって二重の城壁は高く反り返って見える。守備兵は各地から続々と集まってきていて、二万は超えてきそうだ。

フルガンが意見を具申した。

「ブジャンタイは狡猾なだけで勇気のない小人ですが、ウラの兵力はハダやホイファとは比べ物になりません。一気に攻略しようとするのは危険です」

「たしかに、力攻めは犠牲が多くなりそうだ。だが、これだけの兵で包囲をつづけるとなると、大量の糧食が必要になる。補給の心配はいまのところないが、気は進まないな」

ヌルハチの表情をちらりと見て、フルガンは提案した。

「でしたら、今回は城には手を出さずに帰りましょう。ただし、村や畑に火を放って、周辺を焼け野原にするのです。そうすれば、彼らはこの冬を越すことが難しくなり、容易に降せるでしょう」

「なるほどな。受けた屈辱からすれば、勢いに任せて攻めたいところだが、犠牲を出したくはない」

明の反応を確かめるという意味でも、時間をおいたほうがいいだろう。ヌルハチはフルガンの進言を受け入れた。エイドゥやフィオンドンら将を呼び、近隣の村を襲って食糧を焼き、住民を連れ帰るよう命じる。

「ウラ城は攻めないのですか。今度の遠征で滅ぼしてしまうおつもりかと思っていましたが」

エイドゥに問われて、ヌルハチはうなずいた。

「太い木を折ろうとして、いきなり力をこめてもびくともしない。まずは斧で削って細くしてからだ」

フィオンドンは無言で賛意を示した。異論を述べたのは、ホンタイジであった。

「私は一気呵成《いっきかせい》に攻め落とすべきだと思います。敵は我らを見て、戦わずに逃げました。士気を回復させるのは困難でしょう。焼き討ちで恨みを買えば、それが次回の戦意につながる怖れもあろうかと存じます」

「ほう」

ヌルハチは息子の意見に、率直に感心した。重臣たちを向こうにまわして発言することも、その内容も評価できる。ただ、一度決めた方針を変えようとは思わなかった。

「一理あるが、今回はここまでにしよう。相手しだいで、来年にも再戦の機会はある」

「出過ぎたことを申しあげました」

ホンタイジは引き下がった。

マンジュ軍が焼き討ちをはじめると、ブジャンタイがヌルハチの本営に一隊を差し向けてきた。ヌルハチはただちに戦闘態勢をとらせたが、戦いに来たのではなかった。ブジャンタイその人が交渉に来たようであった。

ブジャンタイは川の中ほどまで舟を出して叫んだ。

「食い物を焼かれたら、民が生きていけなくなる。お願いだからやめてくれ」

ヌルハチは弓をかまえる兵士たちを制して、みずから馬を進めた。悠然と馬を川に乗り入れる。清き水の流れが、馬の脚を洗った。

「ブジャンタイよ、戦に負けて捕らえられ、処刑されるところを助けてやったのは誰だ。解放して首長にしてやったのは誰だ。一族の娘を何人も嫁がせたのは誰だ。その恩に報いることなく、仇で返すとは、人ではなく禽獣《きんじゅう》の所業であろう。我らが娘をかぶら矢で射た恨み、決して忘れぬぞ」

「誤解でございます」

ブジャンタイはかぶとを脱いで川に投げ捨てた。舟縁《ふなべり》に頭をこすりつけるようにして哀願する。

「私は妻を射てなどおりません。我らの仲を引き裂かんとする者が、悪意ある噂を流したのでしょう」

見守る両軍がどよめいた。嘘つき、となじる声が、ウラ軍からも発せられた。ブジャンタイはさらに頭を下げる。辮髪が川に没して、軽い水音が立った。

「人質を差し出します。どうか御慈悲を」

「慈悲があるとしたら、今、おまえを殺さぬことだ」

ヌルハチは馬を返し、弓兵に命令を下した。矢がいっせいに放たれ、ブジャンタイの手前の川に落ちる。ブジャンタイはひっと叫ぶと、あわてて舟を岸に戻した。マンジュ軍の嘲笑がその背を叩いた。

ヌルハチは焼き討ちを終えると、本隊を帰還させた。フルガンに千の兵をあずけ、ウラ領内にとどめて監視させる。フルガンは簡素な砦を築いて、越冬の態勢を整えた。

「安心しろ。再遠征まで長くは待たないだろうよ」

フルガンはそう言って、つらい任務にあたる兵士たちをなだめていた。

フルガンは密偵を十数人かかえ、商人や農民に化けさせてウラ城に侵入させていた。それ以外にも、ウラの臣でありながら、マンジュに通じて情報を提供する者がいる。そのおかげで、ブジャンタイの動向はマンジュに筒抜けであった。

ブジャンタイはイェへに人質を送って援軍を要請し、シュルガチの娘を監禁して、マンジュとの戦に備えているという。

「愚かなやつめ。すなおに降伏すれば、生き長らえられたものを」

フルガンの報告を受けたヌルハチは、年が明けると、ただちに再遠征に乗り出した。先の遠征については、幸いにして明からの干渉はなかった。安心して兵を出せる。ヌルハチがひきいる兵は三万、ダイシャンが遠征に参加し、ヘトゥアラの留守はホンタイジに任された。チュエンは参戦を願ったが、ヌルハチは許さなかった。

マンジュ軍は凍《い》てついた野を威風堂々と行軍し、ウラ領に入った。いくつかの城を戦わずして接収し、ウラ城に迫る。居残っていたフルガンが出迎えた。

「申し訳ございません。いささか目論見がはずれました。敵は予想以上の大軍をかき集めております」

ブジャンタイは強引に徴兵して三万の兵をそろえていた。ウラ城に入れない兵が、城外に幕舎を建てて待機している。

「兵糧は乏しいため、野戦に討って出てくるでしょう」

ふむ、とヌルハチは考えこんだ。互角の兵力で野戦となると、勝つにしても損害が出るだろう。敵の攻撃をいなしつつ、兵糧が切れるのを待つべきか。

麾下の将軍たちは、速戦を主張した。エイドゥやダイシャンにつづいて、いつもは慎重なフィオンドンまで訴える。

「厳寒のなか、敵領内にとどまるのは得策ではありません。早く決着をつけるべきです。ヌルハチ様は後方で督戦《とくせん》してください。我々が勝利を届けます」

「馬鹿な」

ヌルハチは勢いよく立ちあがった。

「旗揚げしてこの方、つねに陣頭に立ってきたのが我が誇り。今さら坐《ざ》して勝利を待つようなまねができようか」

「ならば、進軍をご命令ください」

ヌルハチは一瞬、冷静になった。乗せられていいものか。答えはすぐに出た。

「わかった。ブジャンタイの裏切り者に、目に物見せてくれる」

翌日、マンジュ軍はウラ城を望む平野に布陣した。中央に主力の騎兵隊を配置し、中央突破を図る陣形である。

空は高く、大気は澄んでいた。大地には一面、霜が下りて白っぽいが、風がほとんどないため、寒さはそれほど感じない。密集する人馬の息と立ちのぼる戦意が周囲を温め、氷を溶かしている。

ウラ軍も城を出てきた。マンジュ軍の陣形を見て、縦に厚い方形の陣を布く。前衛には大きな盾を持った部隊を並べて、突破を許さない構えだ。

ヌルハチはエイドゥとフィオンドンをしたがえて、陣頭に馬を進めた。

「ブジャンタイよ、貴様の虚言を聞くのも、今日で最後だ。嘘と裏切りの報いを受けてもらうぞ」

ヌルハチが呼びかけても、ウラの陣は沈黙していた。不満と不安をはらんだ静寂が、澱《おり》のように溜まっている。

「いざ、進め」

ヌルハチが右手を突き出して命じた。マンジュ軍が喊声をあげ、地響きを立てて動き出す。人馬の蹴る土が舞いあがり、しだいに高く厚く視界を覆う。嗅覚は濃密な革と汗のにおいに支配されているが、やがてそこに血臭が加わるであろう。

先頭で馬を走らせていたエイドゥとフィオンドンが、左右に分かれた。それぞれが騎兵隊をひきいて、エイドゥは右に、フィオンドンは左に回る。中央においた騎兵はそのまま突破を狙うのではなく、最初から両翼に分かれる予定だったのだ。空いた中央は、ヌルハチのひきいる歩兵隊が突き進む。

フィオンドンが最初の矢を放った。騎射の達人が空にかけた美しい弧は、敵兵の喉をつらぬいて止まった。

指揮官につづいて、麾下の兵が次々と弓弦《ゆづる》を鳴らす。寒空を背景に銀色の光がきらめき、敵陣の軟らかい脇腹に向けて奔る。最初の悲鳴が、高くあがってちぎれた。眉間から矢を生やした兵が膝から崩れ落ちる。悲鳴は連鎖し、幾人ものウラ兵が転がった。

フィオンドン隊は矢を放ちながら敵陣の横を駆け抜けた。まるでモンゴル軍のような正確な騎射で、ウラ軍を混乱に陥《おとしい》れる。

エイドゥは早々に弓を槍に持ちかえていた。敵が待ちかまえるところに馬を乗り入れ、縦横に槍をふるって切り崩す。血しぶきがはね、槍が紅く染まった。エイドゥの鎧にも、べっとりと血糊《ちのり》がついている。

　エイドゥが開けた穴に、配下の騎兵隊が食いこんで広げる。人馬とも訓練を積んだマンジュ兵は、軽やかに動き回り、敵の刀槍を避けて、必殺の一撃を突きこむ。エイドゥをはじめ、先頭に立つ精鋭たちは馬鎧も装備しており、防御力も高い。敵の刀槍をはねかえしながら、戦車のごとく突き進む。ウラ軍の脇腹に開いた穴は、出血をともないながら深く広くなっていく。

　ヌルハチに鼓舞された中央の歩兵隊は、敵陣めがけて猛然と駆けていた。アン・フィヤングとダイシャンが馬を下りて陣頭を進んでいる。

　ウラ兵が矢を射かけてきた。アン・フィヤングが鉄棒を回転させて矢を弾きとばす。ダイシャンは盾とかぶとで矢を防いで、何事もなかったかのように前進する。ふたりの勇姿を仰ぎ見て、麾下の兵たちもひるまず吶喊する。

　アン・フィヤングが咆哮しながら、敵陣に飛びこんだ。鉄棒を振りまわして、盾と敵の勇気を粉砕する。鉄棒をまともに喰《く》らった敵兵の首が、あらぬ方向に曲がった。白目をむき、舌を出して息絶える。槍がまとめて叩き折られた。鉄や木や骨が折れる音が響き、悲鳴が量産される。

ダイシャンも大剣をふるって奮戦した。だが、精鋭を集めたウラの前衛は強固であった。アン・フィヤングの一隊だけが敵陣に食いこんでいるが、彼らは孤立しかかっている。このままでは危険だ。

ヌルハチは手持ちの兵をアン・フィヤングの援護に送った。

「あと少し、持ちこたえてくれ。まもなく敵軍は崩れる」

騎兵による横撃はめざましい効果をあげていたが、双方ともに大軍だけに波及するのは時間がかかる。

ヌルハチは馬上で胸をそらし、戦況を見つめていた。ときおり飛んでくる矢を、刀ではたき落としている。敵軍の乱れが段々と明らかになってきた。陣が崩れて形をなさなくなっており、後方ではすでに旗が倒れている。前衛が懸命に戦っているが、ここでもマンジュ軍が押しはじめた。

ヌルハチは鷲のごとき瞳で、はっきりと勝機をとらえた。

「今だ、総攻撃に移れ」

高らかに命じると、太鼓の音が速度をあげた。その小気味よい響きにあわせて、歩兵隊が力強く前進する。

雪が陽光で溶けるように、ウラ軍の前衛が崩壊した。大きな盾が割れ、地に落ちる。マンジュ兵がそれを踏みしだいて突き進む。ウラ兵は背を向けて逃げ出した。叫びながら武器を捨て、ばらばらに走り出す。まるで雪崩《なだれ》のようだった。

「ようやくか。ヌルハチ様も慎重になったものだ」

皮肉っぽくつぶやいたのは、フルガンである。ウラ領にとどまっていた男は、遊撃隊をひきいて、戦場からやや離れた丘に陣取っていた。このとき、戦闘開始から待ちわびていた出番がやっと訪れたのだ。

フルガンは、丘の裏に潜んでいた麾下の騎兵に合図を送った。合流して一直線に馬を馳せる。目標はウラ城である。敵が戻って態勢を整える前に、城を奪取するのだ。

フルガン隊は逃げてくる敵兵に混じって、ウラ城に駆けこんだ。まずは城門を閉じ、ウラの旗を下ろしてマンジュの旗を掲げる。そうやって城外の敵を絶望の淵に追いこんでから、城内の平定にかかった。

「この城はマンジュがもらいうける。降伏せよ」

フルガンが呼びかけながら刀をふるう。血の花が咲くたびに、ウラ軍の兵士たちは抗戦の意思を失っていく。主のいないブジャンタイの屋敷を占拠するまで、さして時間はかからなかった。

城外の戦も、終幕が近づいている。ウラ軍の大半は逃走に転じ、そうでない者は武器を捨てた。武運つたなく地に斃れた者は全軍の三割近くに達している。多くがろくに刀も使えぬ寄せ集めの兵であった。ブジャンタイは農村を空にするほど苛烈な徴兵をおこなっていたのである。

両軍の練度と士気の差からすれば、順当な結果であったろう。ブジャンタイは自軍の潰乱《かいらん》に直面すると、馬に鞭《むち》打って城へ戻ってきたが、すでに門は閉ざされていた。

「くっ、ヌルハチめ……」

歯ぎしりしたが、もはやどうすることもできない。ブジャンタイはイェへに向かって逃れていった。今度はマンジュ軍に捕まることはなかった。

ウラ城に入ったヌルハチは、敵味方を問わず、兵と民の慰撫《いぶ》に努めた。功をあげた将兵には褒美を配り、降伏したウラの兵や民には食糧を与えた。戦利品については、降伏した兵には返し、逃げた兵のものは分配する。

ヌルハチは将を集めて労をねぎらった。

「礼を言う。おかげでウラを滅ぼすことができた」

間髪入れずに、エイドゥが言う。

「残るはイェへですね」

「相変わらず、気が早いな」

ヌルハチは苦笑した。頬の皺《しわ》が深くなった。

「それより、明がどう出るか、でしょう」

フィオンドンの指摘に、一同が表情を引き締める。

明の暦で万暦四十一年（西暦一六一三年）、ウラは滅亡した。これでフルン四部は、イェヘを残すのみとなったのであった。

四章　サルフの戦い

一

マンジュ軍はウラを滅ぼして、ヘトゥアラに凱旋した。兵士たちは喜びで駆け出しそうなほどであったが、軍列の中央に位置するヌルハチの表情は鬼気迫るものだった。遅れてしたがうエイドゥやフィオンドンの顔もくもっている。帰路に凶報がもたらされたのであった。

「もはや赦してはおけぬ」

ヌルハチはつぶやいて、奥歯をぎりぎりと噛みしめた。その後ろ姿に、エイドゥが気づかわしげな視線を向けている。

ヌルハチの怒りの対象はチュエンである。ウラとの戦いに参加を認められなかったチュエンは、マンジュ軍が敗北するよう呪っていたという。チュエンの側近から密告が届いたとき、ヌルハチは愕然とした。戦勝の興奮ははるか北方へ飛び去ってしまっていた。

とはいえ、兵や民は勝利の宴を待ち望んでいる。ヌルハチはヘトゥアラに着くと、酒や肉をふるまって、将兵の労をねぎらい、民に喜びを分け与えた。

ヌルハチは茶を飲みつつ、作り笑いの裏でため息をついた。

「酒が飲めればよかったな」

つぶやくと、傍らのエイドゥが応じた。

「おれがかわりに飲みますよ」

言いながら、立てつづけに二杯の酒をあおった。コーリャンからつくった強い酒だ。またたくまに、エイドゥの顔は赤く染まった。

主従は無言で視線をかわしあった。

宴の輪の中心では、ダイシャンとホンタイジが見事な剣舞を披露している。無口なアン・フィヤングが太鼓を叩いていた。広い屋敷の庭には、酒がまわって笑顔の花が咲いており、盛りあがっていないのは、ヌルハチの周りだけである。

ヌルハチはそっと立って、席を離れた。エイドゥが杯をおいて、後を追った。このとき、チュエンはすでに捕縛されて、牢につながれていた。

調査が進んで、呪いの儀式に参加した者が確定してから、チュエンはヌルハチの裁きを受けた。みずからが呪った父の前に引き出されて、チュエンは態度を決めかねているようであった。挑戦的に父をにらんだかと思えば、助けを求めて左右に怯えた瞳を向ける。縄を解こうと力をこめたり、頭を土にこすりつけようとしたり、と落ちつかない。

「言い訳はあるか」

ヌルハチに問われて、チュエンは全身を震わせた。おそるおそる顔をあげたが、父に鋭い目で見つめられると、答えることができない。

「ないのだな」

「いえ……」

チュエンはようやく開き直った。ヌルハチの足先を見ながら叫ぶ。

「親父が悪いんだ。後継者に選んでおきながら、おれにすべて任せようとしないから……」

「言いたいことはそれだけか」

チュエンの舌は凍りついた。謝罪の言葉も出てこない。

ただ、ヌルハチにもためらいがあった。どこの国であっても、チュエンの所業は死罪に値するだろう。しかし、自分が指名した後継者を簡単に処断していいものか。チュエンを殺して代わりを選ぶとして、またその者を処刑するような事態にならないだろうか。

ヌルハチは即時の処刑を命じなかった。チュエンは牢に押しこめられ、二年後に処刑されることになる。

ダイシャンをはじめとする息子たちは、チュエンの失脚を喜ばなかった。あるいは、喜びを表には出さなかった。ダイシャンの後継者指名は見送られたが、一番その地位に近いことは疑いない。それでも、兄の運命を思うと、浮かれてはいられなかった。

「しばらくは慎まないとなあ」

ダイシャンは日に何度も、同じつぶやきを洩らしていた。陽気なダイシャンは、遊びも派手であった。子分を引きつれて狩りに行ったり、女たちを侍《はべ》らせて酒を飲んだりする。残念だが、それはひかえるべきであろう。フルガンも数ヵ月はおとなしくするよう助言してくれた。

「遠慮することはないさ」

しかし、そうささやく者がいた。

「チュエンの破滅はやけになって一族を呪ったからで、別に遊んでいたからじゃない。ダイシャンはダイシャンらしくしてればいいだろう」

「そういうものかな」

ダイシャンはささやき声の主を見やって、軽く首をかしげた。

「じゃあ、狩りに行くときはおまえも呼ぶよ」

「ああ、ぜひ」

にやりと笑ったのは、エイドゥの息子ダキである。ダイシャンにとっては義理の兄弟にあたり、幼い頃から仲がよい。ダキはチュエンともよく遊んでいた。ダイシャンはふと思いついて訊ねた。

「おまえは兄貴の儀式に誘われなかったのか」

「そんな話はなかったな。おれに言ったら、告げ口されると思ったんだろ。実際、知っていたら親父にでも報告したよ。黙ってたら共犯になるだろ」

「そうだな。まったく、兄貴は馬鹿なことを……」

顔をゆがめるダイシャンを、ダキは内心で笑っていた。チュエンにヌルハチや大臣たちの悪口を吹きこんだのはダキである。このままでは追放されるだろう、とも言った。さすがに呪いまでは勧めなかったが、追いつめたのはまちがいない。

ヌルハチの息子たちを除けば、自分に後継者の地位がまわってくる。ダキはそのような野心はない。ただ、偉そうにしていたやつらが破滅するのがおもしろいだけだ。ダキは何の努力もせずに、生まれだけで得た地位や権力を振りかざして、悦に入る。ダキは自分も含めて、そういうやつらに内心で唾を吐いていた。

ダキの行状は、父のエイドゥにとって悩みの種であった。チュエンの処罰は、エイドゥの背中を押した。さらに息子の行動を調べさせて、エイドゥは決意した。

「あれを放っておいたら、ヌルハチ様の害になる」

ヌルハチにとって利になるか、害になるか。それがエイドゥの価値判断のすべてである。ためらいはなかった。

エイドゥは息子たちと一族の者を集めて宴会を開いた。日頃の労に報いるため、と称し、率先して酒杯をかたむける。

「今日の親父は機嫌がいいな」

つぶやいたダキには、何も見えていなかった。

宴たけなわとなった頃、エイドゥはふいに声をかけた。

「ダキを捕らえろ」

部下が飛びこんできて、驚くダキの両腕をとった。エイドゥが立ちあがって、不肖の息子を見おろす。

「国を乱す姦賊《かんぞく》。たとえ我が息子とて、許すことはできぬ。いや、息子ゆえに、我が手にかけてくれよう」

エイドゥは部下に手を放すよう命じ、ダキに短刀を放った。思わず受け止めたダキは、短刀と父を見比べて、その意味を悟った。逃げ場を求めて、目が泳ぐ。だが、周囲は完全に囲まれていた。

「うわあああ」

ダキは叫びながら、父親に飛びかかった。右手の短刀がひらめく。エイドゥは余裕をもってその腕を払うと、自分の短刀を突き出した。たしかな手応え。

腹に刺さった短刀を、ダキは茫然と見やった。血の染みが、ゆっくりと広がっていった。

息子を誅《ちゅう》したエイドゥは、その足でヌルハチの屋敷を訪れた。

「申し訳ございませぬ」

いきなり地に膝をついて謝る。

「いったい何事だ」

ヌルハチはかすかに眉をあげた。エイドゥはうつむいたまま、事の次第を告げた。

ダキはヌルハチの娘婿である。

「そうか……」

ヌルハチは肺が空になるほど大きな息をついた。

「ダキを甘やかしたのはおれだ。謝るのはおれのほうだ」

「いえ、おれの責任です」

押し問答の後、主従は同時にため息をついた。戦では勝ちつづけていても、ままならぬことはある。深い後悔に襲われて、ふたりはしばし無言でうつむいていた。

「統一です」

エイドゥが唐突に叫んだ。

「イェへを滅ぼして、女真を統一しましょう」

ヌルハチは二度三度と瞬きして、三十年来の右腕を見つめた。そして、大きくうなずく。

「そうだな。今年のうちにでも、動き出すこととしよう。おれたちは前を向いて戦うしかないのだ」

「それでこそヌルハチ様です」

ふたりは、若いときのように笑みをかわしあった。刻まれたしわの数だけ、苦くなった笑みだったが、少しだけ気持ちが晴れたのであった。

二

先のマンジュとウラとの戦いで、ウラのブジャンタイは逃げおおせてイェへに達した。それが明らかになると、ヌルハチはイェへに使者を送って、ブジャンタイを引き渡すよう告げた。イェへは要求を拒否する。三度の使者が同じ内容の返事を携えて戻ってくると、ヌルハチはイェへ遠征の布告を出した。

イェへを攻めるにあたって、ヌルハチはふたつの手を打った。ひとつは、イェへと関係の深いモンゴルの集団に兵を送ったこと。モンゴル高原には現在、統一勢力が存在せず、大小様々な集団が割拠している。マンジュと婚姻を結ぶ集団もあるが、イェへにしたがって軍を出す集団もあった。後者を討てば、イェへの戦力を削れる。ヌルハチはエイドゥひきいる軍を派遣して、敵対するモンゴルの集団を襲わせた。エイドゥは一戦して勝利し、家畜や物資を掠奪して帰ってきた。

もうひとつ、ヌルハチはあらかじめ明に使者を送って伝えた。

「我々はこれからイェへを攻める。これは積年の恨みを晴らすためであって、貴国に敵対する意思はない。証拠に人質をおいていこう」

人質とされたのは、ヌルハチの幼い息子である。明はヌルハチの意図を量りかね、それには及ばぬ、と人質を返した。

「ホホリの読みどおりだったな」

ヌルハチの視線を受けて、ホホリは中国の文官のように手をこまぬいて礼をした。

「明の役人はつねに、何事もなければよい、と考えております。厄介ごとを抱えようとはせず、見て見ぬ振りをすることもままあります。そうした者が多数を占めていれば、我らの前途も開けるでしょう」

「うむ。では、熱心な役人が出てこないよう祈ろう」

ウラを滅ぼした年の秋深く、ヌルハチはイェへ遠征の軍を進めた。動員した兵は四万、マンジュとしてはかつてない規模の大軍になる。ひきいるのはむろん、ヌルハチその人で、エイドゥやフィオンドンら宿将が脇を固める。

例のごとく、ヌルハチは慎重であった。

「今回で決着をつけようとは思っていない。まずはイェへの領土を奪い、民を連れ帰って、戦力を削る。本拠に攻めこむのは早くて来年になるだろう」

イェへはいまだ大国である。一気に本拠を狙っても届かない。ヌルハチはそう判断し、大臣たちも納得した。

マンジュ軍来襲の報を受けたイェへは、国境に近い城や村を放棄し、民を本拠の近くに移住させた。マンジュ軍は無人の野を進み、ウスという城に到達した。この地にはまだ兵と民が残っている。疫病《えきびょう》がはやったために、捨ておかれたのだという。

事情を聞いたヌルハチは、使者を派遣して降伏を勧めた。城門が開くまで、時間はかからなかった。

「喜んでヌルハチ様にしたがいます」

このウス城を皮切りに、マンジュ軍は周辺の城を次々と降し、その数は十九に達した。戦いらしい戦いはなかったが、多くの城を焼いて、民を獲得したことで、ヌルハチは満足し、帰還を命じた。

一方、イェへの首長ギンタイシは明の朝廷に使者を送って訴えた。

「ヌルハチめは途轍《とてつ》もない野望を抱いております。あの獣は、ハダ、ホイファ、ウラと滅ぼし、ついに我がイェへに牙をむきました。その後に狙うはあなたがたの国です。やつは撫順や開原《かいげん》を攻めると言っておりました。どうか早いうちに対処のほどを願います」

明の朝廷は大騒ぎになった。

「だから、ヌルハチには気をつけろと言ったのだ」

「高淮と李成梁を野放しにするから、こんなことに」

「しかし、主上のご寵愛厚い高淮を止めることなんてできなかった」

ひとしきり責任を押しつけ合った後で、援軍の派遣が定められた。大砲と鉄砲を装備した一千の兵である。兵数は少ないが、大砲と鉄砲は女真の兵を圧倒するだろう。

さらに、ヌルハチには書状が送られた。

「イェへを討つことは許さぬ。これにしたがえば、そなたの利益になろう。したがわずにイェへを攻めれば、我らとの戦を覚悟してもらう」

書状を受け取ったヌルハチは顔をしかめた。

「もう少し居眠りしておればよいものを」

「いかがなさいますか」

訊ねるホホリの声が震えている。普段なら、真っ先に「戦う」と言うエイドゥが、このときは真剣な目でヌルハチを見ていた。フィオンドンとフルガンは無言で、主君の決断を待っている。

緊張の糸が張りつめるなか、ヌルハチはどこか間の抜けた声を発した。

「まだ、ちと早いな」

ふっと空気が弛緩《しかん》した。誰かが大きく息をした。

明との対決が先送りになって、安堵したのと残念なのと、両方の気持ちが、それぞれの割合で存在する。異論を述べる者はいなかった。

「おれが撫順に出向いて、返書を渡してこよう。やつらは礼儀を重んじるらしいから、それで収まるだろう」

「おおせのとおりだと思います。返書は私がしたためましょう」

ホホリが胃の辺りをおさえながら言った。

「ああ、頼む」

返書はあらためてイエへの悪逆無道を訴え、明と敵対はしないと表明する内容である。ヌルハチはそれを携えて、国境の城市、撫順へおもむいた。

撫順を守る役人は、李永芳《りえいほう》という中年の男である。李成梁の一族で、長年遼東で勤めていたから、ヌルハチの力量をよく知っている。野心にもうすうす気づいていたが、自分にできることはないと考えていた。

「何だと、ヌルハチがみずから来るのか。面倒が起こらなければよいが……」

李永芳は報せを聞いて悩み、とりあえず城市を離れて迎えに出ることにした。敬意を表しつつ、城市に入れるのは避けようという魂胆である。城外で会うのは危険だが、ヌルハチなら卑怯なまねはしないだろう。

李永芳は撫順郊外の駐屯地でヌルハチを迎えた。返書と贈り物を受け取り、ひと言告げた。

「イエへを攻めるのは止めたほうがいい。朝廷は本気だ」

余計なことを言ったのは、ヌルハチの姿があまりに堂々としていて、威厳《いげん》があったからだ。朝廷の役人とは比べ物にならない。

ヌルハチも簡単な漢語の会話はこなせる。

「ご忠告に感謝する」

それだけ言って、馬を返した。

李永芳は返書を朝廷に送ったが、その内容を信じる者はもはやいなかった。朝廷では激しい議論がおこなわれる。

「手遅れになる前に、ヌルハチをつぶすべきだ」

「ヌルハチさえ除けば、マンジュは怖くない。これまでのように、また分裂するだろう」

「ならば、兵を送るか」

「相手が表面上とはいえ、恭順の意を示しているのだぞ。簡単に言うな」

「暗殺という手もある」

「そんな蛮族のようなまねができるか」

朝廷での議論は延々とつづいて、結論が出なかった。


翌年のことである。明の役人が、万暦帝からの偽の詔書を携えて、マンジュの都へトゥアラを訪れた。八人の男がかつぐ輿《こし》に乗り、豪奢《ごうしゃ》な刺繡《ししゅう》をほどこした絹の衣服をまとって、大官に見せかけている。

ヌルハチは大官が訪れると聞いて、歓迎の用意を調えていたが、これを見て首をかしげた。

「ホホリよ、あれは本物か」

ホホリは無言で頭を振った。あきれかえった様子である。

使者が甲高い声をあげる。

「詔書を届けに参った。叩頭《こうとう》して受け取るがよい」

本当に皇帝からの書状であれば、礼を尽くして受け取るべきだが、そうは思えない。使者には高官にふさわしい威儀がなく、言葉も態度も軽かった。供の人数も少ない。

「古来、中華の意に服さぬ蛮夷《ばんい》は、必ず衰退と破滅の道をたどった。そなたらのように礼を知らず、嘘偽りを申し立て、利のみを貪《むさぼ》る輩《やから》は……」

ヌルハチは小声でホホリに訊ねた。

「あれはおれたちを挑発しているのか」

「そうとしか考えられません。こちらが手を出せば、それを口実に兵を出すつもりではないでしょうか」

「手ではなく、口を出すくらいならよいか」

「おそらくは」

使者がヌルハチとホホリをじろりとにらんだ。

「叩頭せよ、無礼者が」

「無礼者はどちらだ」

ヌルハチの朗々とした声が響いた。

「礼には礼を、雑言には雑言をもって報いるのが、我が流儀。身分を偽り、相手をひたすらに蔑むような者に、下げる頭はない」

「何だと」

使者は反論しようとしたが、ヌルハチの眼光に射すくめられて、言葉を失った。舌も手足も凍りついたようで、目をきょろきょろさせることしかできない。

呪縛を破ったのは、エイドゥだった。使者のほうに大きく一歩、踏み出したのである。使者はあわてて踵を返した。

「と、と、とにかく、詔書だからな」

詔書を放り出して、逃げていく。とても詔書の扱いではない。供の者たちは唖然としていたが、エイドゥに一喝されると、使者を追って走り出した。

「結局、やつらは何をしたかったのだ」

ヌルハチを中心にして、大臣たちが話し合ったが、明確にはならなかった。挑発か、こちらの出方をうかがっているのか、何をしても手出しできないと侮っているのか。

「明を買いかぶらないほうがいいかもしれません」

フルガンが意見を述べた。

「役人や役所がそれぞれ勝手に動いているだけで、統一された意思などないのでは、と思われます」

エイドゥがうなずき、ホホリは首を横に振った。ヌルハチは、おもしろい、と膝を打った。フルガンがつづける。

「イエへを攻めても、明はすぐには動かない、いや動けないのではありませんか」

「推測に基づいて行動するのは危険です」

ホホリが先回りして否定した。フルガンは腹を立てた様子も見せず、目線でヌルハチの見解を求める。ヌルハチはのんびりとした口調で告げた。

「イェへを攻めて、背中に明軍を引き受けるのは気が進まないな。まだ逆のほうがましだ」

はっとするホホリを見やって苦笑する。

「もしも攻めるなら、という話だ。いまのところはまだ実行はしない。いろいろ考えてはいるがな」

実際に、ヌルハチはエイドゥやフィオンドンと、様々な作戦を検討していた。情報収集を重ねて、イェへや明の城がどれくらいの兵力を備えているかはつかんでいる。城を落とすのに必要な兵力と時間は計算していた。ただ、イェへの城を落とすのは簡単だが、明の城市はそうはいかない。大軍で威圧する必要があろう。

ヌルハチはしばらくイェヘへの軍事行動をひかえた。軍を送るのは遠方のウェジなどにとどめている。

それを弱気と見たか、翌年、明の遼東総兵官・張承胤《ちょうしょういん》が暴挙に出た。明とマンジュの国境線を一方的に変えて、明の領土を拡げたのである。

張承胤の使者は、居丈高《いたけだか》に通告した。

「新たな国境線を引いたから、よく確認しておくように。新たな明の領内に住む民は、ただちに移住させよ。作物は我が国のものであるから、収穫することはまかりならん。国境を侵す者は従来どおり、厳しく取り締まること。以上、心せよ」

ヌルハチは黙っていなかった。鷲の目で使者を見すえて告げる。

「愚か者よ、自分たちが大国だと思って我らを侮るか。ひとたび戦が起これば、小国は小さく苦しみ、大国は大きく苦しむ。国の大小、戦の勝ち負けを決めるのは天の意志だ。大国がいつまでも大きく、つねに勝てるとは思わぬほうがよいぞ」

「無礼だぞ。蛮族が知ったような口を叩くな」

使者は嘲笑しようとして失敗した。語尾がわななないて消える。

代わって、ヌルハチの声が冷たく響いた。

「ひとつの城市に一万の兵をおけば、我が軍を防げるであろう。だが、民はそれに耐えられまい。一千の兵なら耐えられるであろう。だが、それでは我が軍を防げない。城市は我々のものになる」

「大言を後悔しても遅いぞ」

使者はぼそぼそとつぶやいて、逃げるように帰った。

しかし結局、張承胤は強引に国境線を変更し、民を追い出したのである。

ヌルハチはこれを受けて、麾下の将軍たちから広く意見を募った。明の横暴に、いかに対処すべきか。

「彼我の力関係を考えれば、騒ぎを大きくするべきではない」

そういう意見が、マンジュに加わって日の浅い者たちに多かった。ホイファやウラの出身者である。彼らはヌルハチが強いゆえにしたがったのだが、まだ明に対抗できるとは考えていないのだ。誰が相手でもマンジュのために命を懸けて戦う、と言える者は少ない。

この状況を見て、五人の大臣が動いた。エイドゥ、アン・フィヤング、ホホリ、フィオンドン、フルガン。マンジュの中枢をなす五人である。

代表してフィオンドンが進言した。

「ヌルハチ様、ハンの位に即いてください」

ハンというのは、中央アジアの遊牧民から各地に広がった君主の称号である。女真人でもハンを名乗った首長はいた。単なる一集団の指導者ではなく、より大きな統一体を束ねる者でなければ、その称号はふさわしくない。ヌルハチに即位を求めるのは、新たな権威を身につけ、マンジュの国を強力にまとめて、明に対抗するためである。

「時がきた、ということか」

ヌルハチは目を閉じた。ハンへの即位は、イェへを滅ぼして女真を統一してから、と考えていた。しかし、明の圧力を受けている今の状況では、順番にこだわってはいられない。

　これが中国であれば、新王朝の皇帝に推されたときは、形だけの辞退を繰り返すのが通例である。だが、ヌルハチはそのような儀礼を好まなかった。

「わかった。ハンとなろう」

「ありがとうございます。お引き受けいただいて、我らは幸せでございます」

　五人の大臣たちは深く頭を下げて、ハンへの敬意を表した。

三

　明の暦で万暦四十四年（西暦一六一六年）正月、五十八歳となったヌルハチは、即位の儀式に臨んだ。この年がヌルハチの定めた元号で天命元年となる。

　また、国号をアイシン国とした。「アイシン」は漢字では「金」と書く。もはやマンジュだけの国ではなく、女真人の国である。その意味で、かつて女真人が興した王朝の名を継いだのだ。

　五人の大臣をはじめとする重臣と将軍たちが、それぞれの属する旗《グサ》ごとに整列している。旗というのは軍を構成する単位で、すべての女真人はいずれかの旗に所属する。旗はマンジュの拡大とともに増えて、八旗となっていた。旗印の色は、黄、赤、青、白の四色と、それぞれに縁取りをほどこしたものだ。今後、社会制度を整えていくうえで、この八旗が基礎となるだろう。

大臣たちの呼びかけに応えて、ヌルハチは政庁に姿を現し、玉座に腰を下ろした。大臣たちが書を読みあげる。

「天に命じられ、民を慈しみ育《はぐく》む者、英明なるハンよ」

ヌルハチはすっくと立ちあがった。

「ハンとして天命を受け、女真の地に勝利と繁栄をもたらすことを約束しよう」

兵たちの歓呼に応えながら、祭壇へと移動し、天に向かって祈りを捧げる。それで、簡素な儀式は終わった。

つづいてはじまった宴の席では、若者たちが踊り騒ぐのをよそに、エイドゥが神妙な顔で酒杯をかたむけていた。

「ついにここまで来たんですね。ヌルハチ様に会った日のことが、昨日のように想い出されます」

ヌルハチは茶を飲む手を止めて、眉をひそめた。

「おいおい、これで何かが終わったわけじゃないぞ。これから戦いがはじまるのだ。いつものように、統一だの遠征だのと言ってくれ」

「もちろん、もうひと頑張りしますよ。でも、今日は酒が旨《うま》いんですよ」

エイドゥは涙ぐんでいるようだった。

「そんなに嬉しいものかな」

ヌルハチは、若干の危惧《きぐ》を覚えた。大臣たちが達成感にひたっていては、大がかりな戦に打って出られない。だが、感極まっているのはエイドゥくらいのものであった。

ホホリはどことなく落ちつかなげで、不安そうである。これは即位に対する明の反応を心配しているのであろう。アン・フィヤングは例のごとく無言で酒を飲んでいる。わずかに紅くなっているほかは、表情も平静である。フィオンドンとフルガンはふたりで語りあっていた。この両名、とくにフルガンはヌルハチの即位に積極的だったようだ。おそらくその先も見すえているのだろう。

息子たちのうち、ダイシャンは仲間たちとの踊りの輪に加わっている。ホンタイジは違う旗の将軍たちと積極的に言葉をかわしているようだ。

息子たちの器を見極めようとしていることに気づき、ヌルハチは頭を振った。チュエンの過ちを繰り返してはならない。ハン位に即いたからには、後継者についてより真剣に考えるべきだが、それは成すべきことを成してからだ。

ヌルハチにとって、即位はあくまで夢の実現のための手段である。野心を隠して慎重にふるまう時期はまもなく終わる。そのときが楽しみでもあり、怖ろしくもある。

酒の香りが濃厚にただよっていて、それだけで酔いそうである。ヌルハチは朦朧《もうろう》とした頭で、なお将来の戦略を考えていた。

国境をめぐる明とのいざこざはつづいている。

「このままにしてはおけません」

フルガンがみずから願い出て、国境の警備に向かった。

国にとっては重要な国境も、民にとってはそうでない。とくに、アイシン側に越境して、人参やきのこを採る明の民が多かった。その日も、アイシン領に入りこんで、きのこを採っている集団がいた。

その様子をみずから確認したフルガンは、冷笑して命じた。

「殺せ」

部下が目を丸くする。

「よろしいのですか。その……」

「かまわん。越境を禁じるとの決まりを破っているのは明のやつらだ」

フルガン隊は五十人あまりの明の民を殺して、ヘトゥアラに帰還した。ヌルハチに事の顚末《てんまつ》を報告する。

ヌルハチは怒らなかった。

「おまえも意外と血の気が多いな」

「計算のうえです」

フルガンが応じると、ヌルハチは苦笑をおさめて真剣な表情になった。

「早まるなよ。時期はおれが定める」

「御意にございます」

この事件が伝わると、明の遼東総兵官から激しい抗議の書簡が届いた。責任者、つまりフルガンの身柄を寄こせ、という。

「越境者は死刑、かばうのは許さない。それが両国の取り決めであった。こちらは義務を果たしただけで、責められる筋合いはない」

ヌルハチは言い返したが、明側も引かない。

「罪人は明の民なのだから、引き渡せばいいだろう。そもそも、どこに越境の証拠があるというのだ」

明はたまたま来ていたアイシンの使節団を拘束して人質とした。フルガンを差し出さなければ、人質を殺すという。

これを受けてフルガンが申し出た。

「私が行きましょう。もし殺されたら、仇をとってください」

「だから、早まるな、と言っているだろう」

ヌルハチはたしなめておいて、ひとつうなずいた。

「仕方ない。あれを使うか」

ヌルハチが言及したのは、牢につないでいるイェへの間諜たちである。彼らを引き出して、明の国境近くで首を斬った。そのうえで、責任者を処罰したから人質を返せ、と要求する。遼東総兵官はこれに応じた。偽者であることはわかっていたはずだが、明側も落としどころを探っていたのだろう。

「申し訳ございませぬ。面倒をかけてしまいました」

罪を謝すフルガンに、ヌルハチは厳しい視線を向けた。

「狙いはわかるが、自重せよ」

「心得ました」

フルガンは早く明と対決せよ、と主張している。それが伝わったので、あっさりと引き下がった。しつこく主張するのは逆効果である。

「家臣の多くは、おまえのようには考えていない。そのあたりに思いをいたせ」

ヌルハチは慎重に時期を見計らっていた。ハンとして国を統合し、求心力を高めて、機が熟するのを待った。その忍耐と粘り強さが、ヌルハチの真骨頂であったかもしれない。

天命三年（西暦一六一八年）二月、ヌルハチは重臣を政庁に集めた。エイドゥ、ホホリら五人の大臣はもちろん、ダイシャンやホンタイジといった息子たちや数少ない文官も召集されている。

政庁は真冬の朝のように張りつめていた。空気が冷たく澄んでいて、身動きするだけで皮膚が切れそうだ。

集まった二十人ほどは、目で会話するだけで、ひとりとして口を開くことはない。彼らは何のために集められたのか、ヌルハチが何を言うのか、ひとしく察していた。アイシンの歴史は、このときを起点に大きく動き出すであろう。

ヌルハチが笑みを浮かべて入ってきて、玉座にどかりと腰を下ろした。この年、六十歳になるハンは、その称号にふさわしい威厳を備えていた。風雪に耐えてきた浅黒い顔には、深い皺が刻まれている。一方で、いざというときの眼光の鋭さは、若い頃と変わりない。平時ののんびりとした雰囲気も、昔のままだ。

ただ、今のヌルハチは、そのどちらでもなかった。

挨拶をして顔をあげた臣たちは、かすかな驚きの息をついた。ヌルハチがいつにもまして大きく感じられた。沈着な表情の裏に、激しい覇気がひそんでいる。その熱が、政庁の冷気をゆっくりと遠ざけていく。

ヌルハチが一同を見まわして、口を開いた。

「明と戦うことにしたぞ」

エイドゥがぽかんとしたのは、あまりに軽い調子だったからだ。内容に予想はついていても、まるで狩りにでも行くような言い方には、驚きを禁じ得なかった。

ヌルハチは玉座の上で足を組んだ。左手をあごにあてて告げる。

「反対意見もあろうが、やつらの非道、非礼、不義理には、もう我慢ならん。ここらで、おれたちの強さを見せてやろうではないか」

「賛成です」

エイドゥが熱心に言ったが、ハンの一番の忠臣に注意を払う者はいなかった。エイドゥが賛成するのはわかりきっている。

「全面戦争になるのですか」

訊ねるホホリの声が堅い。

ヌルハチは安心させるように微笑した。

「相手しだいではあるが、そんな大層なものではない。明には百万の兵がいるかもしれないが、関の外に送れるのは多くても十万か二十万だろう。それも長くは戦えまい」

「勝算がおありなのですね」

代わってフルガンが訊ねた。答えはわかっているとばかりに、期待のまなざしで主君を見つめている。

「まあ、負け戦は嫌いだからな」

ヌルハチは照れたように鼻をさすった。

「標的はどこでしょう」

フィオンドンが冷静に確認した。早く実務的な話に持っていきたいという意図が見える。

「まずは撫順だ。ここを落とせば、敵は軍を送ってこよう。それを地の利がある場所で迎え撃つ」

ヌルハチはさらにくわしく説明する。撫順の攻略のために、衝車や雲梯《うんてい》といった攻城兵器を作る。城壁を破壊したり、城壁に登ったりするための兵器だ。大量の材木が必要になるが、大規模な廐舎《きゅうしゃ》を造ると称して材料を集める。

「この作戦は秘密のうちに進めなければならない。わかったな」

あらかじめ城市の守りを固められると、攻め落とすのに時間がかかる。撫順を奪取する前に、敵の援軍が来てしまったら、敗色が濃厚になろう。

秘密を漏らした者は斬る。ヌルハチはそこまでは言わなかったが、鋭い視線でひとなでされて、諸将は理解した。そのためもあって、明と戦うという方針そのものに反対する者も出なかった。

ホホリは心ここにあらず、といった態で、軍議を聞いていた。ヌルハチの覇業が順調に進めば、いずれ明とぶつかる。そのことは、ヌルハチを選んだときから、ずっと頭にあった。ハンへの即位で、未来は決まったと思った。覚悟はとうに固めていたはずなのに、足の震えが止まらなかった。自分が前線に立つことはない。それは慰めにはならなかった。ホホリは明軍を怖れているのではない。明という歴史的な大国と、数千年にわたって積み重ねてきた文化と、相対することに恐怖を感じているのである。

軍議が終わって自分の屋敷へと帰る道は、雲の上を歩いているようだった。突然、肩を叩かれて、ホホリは跳びあがった。

「そこまで驚く必要はあるまい」

フィオンドンが苦笑していた。

「あの日のことを想い出すな」

ホホリは堅い表情のままで、同僚を自宅に招じ入れた。外で話せる内容ではない。

「反対か」

椅子に坐るが早いか、フィオンドンが問うた。ホホリはゆっくりと答える。

「いや、そうではない。ただな……」

ホホリは言いかけてやめ、質問の角度を変えた。

「勝てると思うか」

今度はフィオンドンがゆっくりと時間をかけた。

「……ヌルハチ様のおっしゃるとおり、勝算はあろう。必ず勝てるとは言えないが、現在の明の状況を考えると、いい戦いができると思う」

「それはすなわち、明が万全の態勢で臨んできたら勝ち目はない、ということではないか」

フィオンドンは首肯した。

「もちろんそうだが、万全の態勢でないことは明らかだ。明の国は弱っている。国の勢いでは、我らが上だ。そう思わぬか」

ずっと明の情勢を探ってきたホホリは、その分析が正しいことを知っている。今後、明の国勢も多少は盛り返すだろうが、衰退期に入っているのはまちがいない。往時の明であれば、アイシンの拡大を許さなかったはずだ。

ホホリはしばらく沈黙したのち、ぽつりと言った。

「もう決まったことだ。我々が心配しても仕方がない」

「それは違う」

フィオンドンは断じた。

「ただ命令にしたがうだけでは、勝利は望めない。みなが同じ方向を向くのが重要だ。不安なところがあるなら、意見を述べるべきだろう」

ホホリは苦しげに眉根《まゆね》を寄せた。

「反対ではない。戦うべきだと思うし、勝てると思う。だが、怖ろしいのだ」

フィオンドンが柔らかく応じる。

「無理もない。あの国は知れば知るほど怖ろしくなるのだろう。私はおぬしほど明を知らぬが、それでも気持ちはわかる。同じように思う者もいるだろう。今はまだ秘密だからよいが、戦がはじまったら、不安が広がるかもしれん」

フィオンドンは同僚を正面から見すえた。

「そうした不安を取り除くのが、おぬしの仕事ではないか」

「しかし、私は自分が……」

「だからだ。不安に思う者の気持ちを一番よく知っているのはおぬしだ。適任だと思うぞ」

ホホリは目を伏せた。

「無茶を言う。まるでヌルハチ様のようだ」

はっとして顔をあげる。

「まさか、ヌルハチ様のご指示か」

「そういうことだ」

フィオンドンはにやりと笑った。普段の冷徹な表情からは想像しがたい、人好きのする笑みだった。まるでヌルハチが乗りうつったようである。

「ならば、やるしかないな」

ホホリは天井を仰ぎ見た。たしかに自分にふさわしい、意義のある仕事だ。まずは自分の恐怖を取り除くことから始めよう。

フィオンドンを見送りに出たホホリは、地にしっかりと足をつけていた。

エイドゥは軍議の後、ヌルハチの屋敷を訪れていた。思いついたことがあって、すぐに確認したかったのである。

エイドゥを部屋に通すと、ヌルハチは機嫌よさそうに訊ねた。

「茶を飲むか、それとも酒を用意させるか」

「では、酒で」

そこまでは遠慮なく言ったが、肝心の問いがすぐに出てこなかった。

「どうした、おまえらしくない。何か不安があるのか」

「不安はありません」

エイドゥは自信たっぷりに応えて、主君の苦笑を誘った。

従僕が酒瓶と杯の載った盆を持ってきた。エイドゥは自分で酒を注ぎ、ひと口飲んだ。勢いをつけてから問う。

「ヌルハチ様は、ずっと前から、明と戦うつもりだったのですか」

「そりゃ、倒せるものなら倒したいとは思ってたな」

ヌルハチはあっさりと答えた。「戦う」ではなく、「倒す」だ。戦うだけでは意味がない。

「別に、親父を殺されたからじゃない。女真人なら普通、明が憎い、邪魔だ、倒したい、と思うだろ」

「普通、ですかね」

少なくとも、エイドゥはそこまで考えていなかった。明ににらまれずに、どこまで勢力を伸ばせるか、と考えていた。

「では、明を倒すのがヌルハチ様の目標だったのですか」

「目標は女真統一だろ。明を倒すのはまあ……」

ヌルハチはいったん口を閉じて、頭をかいた。

「……夢だな。恥ずかしいから、誰にも言ってなかったが」

「そこまでお考えだったとは」

エイドゥは改めて、ヌルハチの器の大きさに胸を打たれていた。

「過去に例のない話じゃないだろ」

こともなげに、ヌルハチは言う。

エイドゥは深く息をついた。女真人が金国を建てて、中国の北半分を支配していたのは、歴史上の事実だ。だからといって、明のおこぼれをめぐって仲間うちで争っているような状況で、それを夢見るとは驚きである。にもかかわらず、いや、だからこそ、ヌルハチは慎重に事を進め、勝利と成功を積みあげてきた。

自分は人を鑑る目がなかったのかもしれない。

ヌルハチの野心には気づいていた。それを秘めたままでは終わらせたくないと思っていた。だが、ヌルハチはエイドゥが想像するよりずっと大きかった。はるかに遠くを見ていた。自分は何と傲慢だったことか。エイドゥは恥ずかしくなってうつむいた。杯に手を伸ばし、口に持っていく。

「ここまで来られたのは、おまえのおかげだよ」

エイドゥの心を読んだかのように、ヌルハチは言った。エイドゥは胸の奥が熱くなってくるのを感じた。酒のせいではない。

「泣くのは勝ってからにしよう」

主君の言葉にうなずいて、こぶしで目をこする。

エイドゥは幸せであった。

四

四月になって、戦の準備が完了した。武具がそろい、兵糧が集まり、攻城兵器が完成した。偽装のための厩《うまや》もできている。兵士は精鋭を選んで、四万を算えた。

出発の前、ヌルハチは祭壇にひざまずいて、天に祈りを捧げた。

「我はこれより、明の非道を裁きます。どうかお力添えを」

ヌルハチは明の罪状を数えあげた。

「一、明の李成梁は、我が祖父ギオチャンガと父タクシを無実の罪で殺した」

「二、明は国境不可侵の約定を破り、イェヘに援軍を派遣している」

「三、我らは国境を侵した者たちを約定にしたがって処刑しただけなのに、明は報復をおこなった」

「四、明はイェヘをそそのかして、我らとの和約を破らせた」

「五、明は突然、国境線を動かして、我が民を追い出し、作物を奪った」

「六、明は罪あるイェヘに味方し、また我らに偽りの使者を送って暴言を吐かせた」

「七、我らがハダの民を移住させたとき、明はそれに反対して故地に戻らせた。さらにハダの民がイェヘから掠奪を受けても対応しなかった」

ヌルハチはこれら七つを七大恨《しちだいこん》と称した。言わば明に対する宣戦布告である。

祈りが終わると、ヌルハチは馬にまたがって兵士たちの前に進み出た。

「明の暴虐非道に、天もお怒りである。天命は我にあり。敵がどれだけ強大であっても、我らは勝利してきた。今回もまた、天はそなたらを守り、勇気を与えるであろう」

ヌルハチはいったん言葉を切り、深く息を吸いこんだ。

「いざ、撫順へ」

高らかに宣言して、こぶしを突きあげると、雷鳴のような歓声がとどろきわたった。兵士たちが叫びながら足踏みをして、大地を揺らしている。刀槍が陽光を反射してきらめき、光の乱舞が世紀の出陣を彩った。

ダイシャンを先頭にして、大軍が威風堂々と進発する。太鼓や笛の音が、強者たちを送り出した。

ヘトゥアラを出立したアイシン軍の本隊は、威風堂々と行軍して、二日後に撫順にたどりついた。途中、フィオンドンひきいる別働隊が分かれて、周辺の城を攻略に向かっている。

ヌルハチはかつて、馬市の取引を有利に運ぶために、撫順に軍を送ったことがある。しかし、本格的に攻めるのははじめてである。

「民から物を奪うな、女を犯すな、抵抗せぬ者を殺すな」

ヌルハチは全軍に厳しく命じた。これは明を罰し、秩序をもたらすための戦であるから、アイシン軍は天命に背く行動をしてはならないのだ。

撫順の民や商人は、アイシン軍を見て驚き、城市は大騒ぎになった。守備兵も同様である。ただ、城市を守る李永芳だけが落ちついていた。

「ついに来たか」

ため息をついて、立ちあがる。その様子を見て、周りの者は疑念を抱いた。アイシン軍の動きは誰も察知していなかったはずだが、李永芳だけは知っていたのではないか。すでに敵に通じているのではないか。

アイシン軍は撫順の城市を完全に包囲した。ダイシャンが進み出て呼びかける。

「おとなしく降伏すれば、将兵も民も傷つけないぞ」

ダイシャンは文を結んだ矢を、城内に射こんだ。これはヌルハチからの降伏を求める書簡である。

李永芳は部下たちの疑わしげな視線を受けながら、城壁に立っていた。城壁に両手をついて、城市の外を眺めると、アイシン軍の重囲《じゅうい》が、大河の波濤《はとう》の連なりに思えた。アイシン軍は装備が貧弱だという情報もあったが、それは何年も前の話であろう。鉄砲は持っていないようだが、ほとんどすべての兵士が甲冑《かっちゅう》を身につけている。

馬鎧のきらめきも確認できた。

あわただしい足音とともに、李永芳のもとに降伏勧告の書簡が届けられた。さっと読んで、李永芳は目をみはった。

「達者な字だ。幕下に漢人がいるのかな」

部下たちの視線が、ますます険しくなる。それどころではない、と言いたげだ。李永芳が振り返ると、何人かが目を伏せた。

李永芳は素知らぬ振りで命じる。

「まったく無抵抗というわけにもいくまい。軽く矢を射てやれ」

「軽く、ですか」

問い返した部下に、李永芳は重々しくうなずいてみせた。

「ああ、敵の反応を見てみたい」

命令にしたがって、城壁上の弓兵が次々と矢を放った。これが、降伏勧告に対する回答となる。

ダイシャンが後退し、代わって鎧に身を固めた歩兵たちが、雲梯を押し出してきた。車輪で動く巨大な梯子である。雲梯の数は三基、それが降りしきる矢にかまわず、城壁に接近してくる。

李永芳はしばし、その光景を眺めていた。見ようとしていたのは、未来であったかもしれない。

「どうも本気のようだな」

つぶやくと、李永芳は部下を振り返った。

「勝てる見こみのない戦をつづけるより、降伏したほうがいいだろう。そうすれば、兵と民の命を救える」

悲鳴のような声があがった。

「蛮族に屈するのですか」

「蛮族ねえ」

李永芳は首をかしげた。

「高淮は民の家に押し入って、むりやり金を奪っていた。李成梁は自国の民を殺して手柄をでっちあげていた。やつらのほうがよほど野蛮だと思うが」

部下たちを沈黙させておいて、李永芳は命じた。

「攻撃を停止して、降伏すると伝えろ。私は着替えてくる」

怪訝そうな部下を尻目に、李永芳はいったん自宅に戻った。鎧から礼服に着替え、馬に乗って城門まで進む。

「開けてくれ。私が通れるくらいでいい」

馬一頭分の隙間から、李永芳はただ一騎で城外に出た。すでに戦闘は終わり、両軍は動きを止めている。

「この城市を任されている李永芳だ。そなたらの主君のもとに案内を頼む」

ほどなくして、李永芳はヌルハチの本陣に導かれた。ヌルハチも馬上で迎える。横にエイドゥがしたがっている。李永芳が馬上でヌルハチと会うのは二度目である。ふたりは互いに軽く手をあげて、挨拶の代わりとした。

李永芳が下馬せずに問いかける。

「書簡にあったが、降伏すれば重く用いてくれるというのは本当か」

ヌルハチは李永芳を上から下までじっくりと観察してから、女真語で答えた。

「ああ、戦が一段落したら、相応の地位を与えよう。力量と今後の展開によっては、遼東を任せてもよい。漢人の地は漢人に委《ゆだ》ねたほうがいいだろうからな」

通辞が漢語に訳すると、李永芳は無言で馬を下りた。拝跪《はいき》して告げる。

「ヌルハチ様にお仕えしたく思います」

李永芳は、遼東の未来はヌルハチとともにある、と判断したのであった。

ヌルハチは豪快に笑った。

「漢人がすべて、そなたのように物わかりがよければいいのだがな」

李永芳はわずかに頭をあげて応じる。

「それはかなわぬ望みかと存じます。長城の内側には、現実の見えぬ輩が多いですから」

李永芳はその後、ヌルハチの孫を妻に迎え、アイシンの将として遼東経営に活躍することになる。

アイシン軍はほぼ無傷で、撫順を占領した。ヌルハチの威令が行きとどいていたため、民が傷つけられたり、財産を奪われたりすることはなかった。官庫を奪っただけで、莫大《ばくだい》な戦利品が手に入ったので、将兵は喜びに包まれていた。

見たこともない量の銀や絹の山を前に、ヌルハチも目を丸くしている。

「戦利品の分配だけで、三日はかかりそうだな」

「おれは五日とみました」

エイドゥが応じる。ふたりして、思わずにやけそうになったが、李永芳が見守っているので、表情を引き締めた。

「商人を……そうだな、十何人か呼んでくれ」

ヌルハチの指示で、撫順の市で活動していた漢人の商人が政庁に集められた。不安そうな商人たちの前で、ヌルハチは七大恨を読みあげた。商人たちの顔が青ざめ、しだいに震えが大きくなっていく。

だが、ヌルハチは商人たちを罰するのでも責めるのでもなかった。

「以上のことを広く伝えよ」

　そう言って、七大恨を記した書と路銀を配った。商人たちはほっとした顔を見あわせると、各地へ散っていった。いよいよ、明にヌルハチの宣戦布告が伝わることになる。

　もっとも、フィオンドンの別働隊が成果をあげて合流し、戦利品の分配が一段落すると、ヌルハチは諸将に告げた。

「さて、奪うものは奪ったから帰るか」

「もうおしまいですか」

　ダイシャンが不満を露わにした。どうせなら、明軍と戦ってみたい。そう思っている若い将は少なくない。しかし、ヌルハチには、現時点で撫順を確保する意図はなかった。城市を守って明の軍を待ち受けるのは、経験のない戦闘になるため、避けたいのだ。民や武装解除した兵は、アイシン領に移住させる。いずれ戻すかもしれないが、今は撫順を空にして去るつもりだ。

「これから、いくらでも戦う機会はある」

　ヌルハチはダイシャンをなだめ、ホンタイジとともに殿軍《でんぐん》とした。明軍の動きを探りながら、最後に撤退する重要な役割だ。

　本隊が引きあげてまもなく、偵察隊から報告があった。明軍が撫順の救援に来たという。これは遼東総兵官・張承胤がひきいる一万の軍であった。急いで駆けつけてきたという数だが、鉄砲や大砲を装備しているようだ。

知らせを受けたヌルハチは、李永芳に意見を聞いた。

「総兵官に戦う気はあると思うか」

「ないでしょうな」

李永芳は苦い口調で答えたが、自分の立場にはっと気づいて、明るく言い足した。

「お察しのことと思いますが、やつらはその場をしのいで、自分の手柄にすることしか考えていません。このまま攻撃せずに我々を見送り、朝廷には、敵軍を見事に撃退した、と報告するでしょう」

「なるほどな。ならば、望みどおりにしてやろう」

ヌルハチはダイシャンとホンタイジに、明軍を無視して撤退するよう命じた。しかし、ふたりはこれに異を唱えた。

「戦わずして勝ったと言われるのは癪《しゃく》にさわります。敵にまともに戦う気がないなら、蹴散らしてやりましょう。相手のほうが数が少ないのですから、勢いに乗って攻めれば容易に勝てます」

「敵軍は岩山に布陣しましたが、陣は乱れていて、士気は低そうです。雲を見ますと、明日は雨ですから、頼みの鉄砲も役に立たないでしょう。勝てます」

ダイシャンとホンタイジがそれぞれの言い方で、決戦を主張した。ヌルハチは傍らにいたエイドゥとフルガンに諮《はか》った。

「戦うべきでしょう」

ふたりの意見が一致したので、ヌルハチは息子たちの求めに応じた。一万の兵を民と財産の守りに残し、本隊は引き返す。

翌日は予想どおり朝から雨で、風も強かった。火器を使うには、きわめて条件の悪い天候である。アイシン軍は、明軍が陣取る岩山の正面に布陣した。急峻《きゅうしゅん》な山ではなく、騎兵でも登れるほどの傾斜だ。風はアイシン軍の後ろから吹いており、明軍は風雨をまともに受けながら戦うことになる。

ヌルハチは、先鋒を務めるふたりの息子に、ひと言だけ告げた。

「油断するなよ」

「わかってる」

「御意にございます」

ふたりは応えて、持ち場へ駆けていった。

雨音を圧《あっ》して、太鼓と角笛の音が響く。アイシン軍はゆっくりと動き出した。風に押されるようにして、速度をあげていく。

明の陣は大きく三つに分かれており、岩山の頂上を頂点とする三角形をつくっている。アイシン軍は、ダイシャンとホンタイジに騎兵三千ずつを与えて先鋒とした。彼らがまず、敵のふたつの前衛と相対する。

「待ちに待った明との戦いだ。腕が鳴るぜ」

ダイシャンは先頭に立って馬を走らせていた。右手に大剣、左手に手綱、体勢を低くして、人馬一体となって疾駆する。雨粒は大きいが、後方から吹きつけてくるので、不快感はほぼない。

「出過ぎです。下がってください」

背後の部下から声がかかった。ダイシャンは馬を操るのが得意で、乗馬も駿馬《しゅんめ》であるから、つい味方を引き離してしまう。すまん、と応じて、速度を緩める。

ダイシャン隊は岩山を駆け登った。さすがに勢いは鈍ったが、力強い足どりで敵陣をめざす。雨風のせいで、明軍の火器は沈黙している。矢が飛んでくるが、その数は少なく、鎧に弾かれて足止めにもならない。

「ひるむなよ。自分と馬を信じて突入せよ」

敵が槍をかまえて待ち受けるところに、ダイシャン隊は突っこんだ。地形としては高所にいるほうが有利だが、風上に立つのと、騎乗している点はアイシン軍が有利である。さらに、士気が違う。

ダイシャン隊の騎兵たちは、勇猛な指揮官にしたがって敢闘した。突き出される槍をかわしながら、槍や刀を縦横にふるい、喊声をあげて敵軍を押しこんでいく。馬のいななきが、虎の咆哮のように響いた。明兵はたまらず後退しようとするが、斜面の上に向かって下がるのは容易ではない。下がろうとして倒れ、槍を突き刺される。馬に頭を蹴飛ばされる。

大量に流れた血は、すぐに雨に流された。死に彩られた泥濘《でいねい》を踏みしだいて、アイシン軍が進み、明軍は削られていく。

兄の部隊にやや遅れて、ホンタイジ隊も戦闘に突入していた。ホンタイジは麾下の三千騎を二千と千に分け、千騎のほうをみずからがひきいている。ゆるやかに弧を描いて登り、敵陣の横から攻撃する作戦だ。

しかし、作戦はうまくいかなかった。風雨が激しく、また地面がぬかるんでいるため、騎兵が思うような進路をたどれなかったのである。

だが、ホンタイジは切り替えが早かった。

「机上の論で兵を動かそうとしてはいけないな」

自分を戒めると、ただちに作戦を変更する。

「まっすぐ駆け登れ」

麾下の千騎が息を吹き返した。先行する二千騎とはわずかに違う角度から、まっすぐ敵陣に突入する。

こちらの明軍は前面に柵をたてていたが、それは敗北を若干先に延ばしたにすぎなかった。五分五分と見えたのは、最初の数合《すうごう》のぶつかり合いだけである。戦慣れしたアイシン軍に対し、明の兵は練度が不足している。遼東の明軍は李成梁の私兵が中核を成していたため、李成梁の更迭後は弱体化がはなはだしかった。

ダイシャンとホンタイジの部隊は敵軍の前衛を粉砕し、本陣へと向かっている。その後を、アン・フィヤングのひきいる歩兵隊が追う。さらに、敵の逃走路にはエイドゥとフルガンの部隊がまわっている。後方で見守っていたヌルハチは満足げであった。

ダイシャンとホンタイジの声が風雨をつらぬく。

「ホンタイジに負けるな。敵将はおれたちが討つ」

「容赦するな。敵を殲滅《せんめつ》せよ」

二将は味方の兵を鼓舞しつつ、敵兵を血祭りにあげていく。すでに明軍の陣はずたずたに切り裂かれていた。使い物にならなかった鉄砲を墓標に、明兵の屍体が積みあがっていく。これほど一方的な戦闘もめずらしい。

遼東総兵官・張承胤は戦闘がはじまった直後から、混乱の極にあった。そもそも、撫順の陥落がわかった時点で、形だけアイシン軍を追いかけるつもりだったのに、なぜか戦うはめになってしまった。やつらは鉄砲が怖くないのか。そして、運悪く雨が降って火器が使えなくなった。高所に布陣したはずなのに、敵はかまわずに登ってきた。計算違いばかりである。呪われているのだろうか。

「これ以上、支えきれません」

悲鳴のような報告があった。張承胤にももちろん、戦況はわかっている。高所に位置しているので、雨風に目を細めても、忌々《いまいま》しいくらいによく見えるのだ。怖ろしいアイシン軍が目前まで迫ってきている。

「退却しよう」

張承胤はようやく言ったが、どこへどうやって逃げればいいのか。確信の持てぬまま、右手の斜面を下ろうとした。少しも下りぬうちに、アイシン兵に追いつかれた。

「食い止めろ」

部下に命じておいて、自身はすべるように斜面を駆けおりる。ぬかるみに足をとられた。転んで泥まみれになり、岩に腰をぶつけた。激しい痛みにうめき声が洩れる。立ちあがろうともがいていると、顔に生温かい息がかかった。馬だ。馬には敵兵が乗っていて、その手には槍があった。

この戦いで明軍は壊滅的な敗北を喫した。一万の兵のうち、逃げ延びたのは二割ほどにすぎなかったという。遼東総兵官・張承胤をはじめとする将の多くは討たれ、二度と故郷に戻ることはなかった。

一方、勝利したアイシン軍の犠牲はほとんどなかった。負傷者は出ているが、戦死者は手の指で数えられるほどだ。

「少し勝ちすぎかもしれぬ」

ヌルハチは顔をしかめていた。明軍の強さはこのようなものではない。楽観が広がるのが心配であった。

五

いったんヘトゥアラに帰還したアイシン軍は、翌月には早くも明領に再侵攻した。いくつかの軍事拠点を占領し、食糧と物資を奪う。守備兵はアイシン軍を見て逃げ出し、また援軍も派遣されなかったため、戦闘は生じなかった。

六月下旬、明の使者がヘトゥアラを訪れた。広寧《こうねい》にある遼東の役所から派遣された者たちで、和平を望んでいるという。

「とりあえず、話だけは聞いておこうか」

許されてヌルハチの前に進み出た使者は、淡々と訴えた。

「両国は民のために戦を止めるべきです。まずは友好の証として、撫順から拉致《らち》した者たちを返してください」

ヌルハチは鋭い目で使者をにらんだ。

「ただ返せというのは虫がよすぎるであろう。それに見合う金銀を持ってきてはじめて交渉になる。その意思がなければ、二度と来るな」

「戦をつづけるお考えか」

「むろんだ」

使者はうなだれて帰途についた。

七月、アイシン軍は三たび、明領に侵攻する。標的は撫順の南に位置する清河《せいが》で、ヘトゥアラと撫順を結ぶ交通の要地である。明からアイシン領に向かうときに通る城市であり、もし明軍が逆に攻めこんでくるなら、この城市が前線基地となるかもしれない。

清河には一万の守備兵が詰めており、鉄砲も千挺《せんちょう》はあるという。ヌルハチは四万の兵を動員し、城市の四方に布陣させた。

アイシン軍の接近を受けた清河では、鉄砲隊を城壁の上に配置して警戒にあたるとともに、遼東の中心都市である遼陽《りょうよう》に早馬を送った。遼陽には明軍が駐屯しており、先に戦死した張承胤の後任がひきいている。

「長くは保ちません。至急、援軍を願います」

要請を受けた新しい遼東総兵官は、李如柏《りじょはく》という。李成梁の息子で、兄の李如松とともに朝鮮で日本軍と戦った経験がある。遼東の動揺を抑えるには、さしあたって李成梁の縁者を起用するしかない。そういう考えで任命されたのだが、李如柏に期待された影響力はすでになく、有事に頼れる性格でもなかった。

「今から行っても間に合わないだろう。野戦でマンジュと戦うのは危険だ」

李如柏は軍をひきいて遼陽を出たものの、救援に向かうのではなく、後方へと下がった。遼陽の民をも捨てて、身の安全を確保したのである。

アイシン軍はその情報をまだ知らない。ヌルハチは援軍が来るものと考えており、撫順と同様に、速攻で清河を落とすつもりであった。

「攻撃を開始せよ」

ヌルハチの命令が旗と太鼓で各隊に伝えられた。四つに分かれた部隊それぞれに号令がかかり、城攻めがはじまる。アイシン軍は盾を掲げて走り出した。雲梯や衝車も城壁めがけて動き出す。

城壁上に赤い点がちらついた。つづいて乾いた音が鳴り響く。守備側の鉄砲が火を噴いたのだ。火線が奔り、苦鳴があがる。アイシンの兵は雷に打たれたように停止した。

さらに爆音がとどろいた。大砲の発射音である。弾は誰もいない場所に落ちたようだが、はじめての経験に、兵士たちは狼狽《ろうばい》した。指揮官たちが声をからして前進を命じるが、足が止まってしまっている。前が動かないから、後続の兵も進めない。

再び鉄砲が発射された。もっとも前に出ていたアイシン兵がもんどりうって倒れた。その他《ほか》、数十人が傷を負ってうずくまる。

兵士たちの恐怖心が限界を超えた。

その瞬間を、ヌルハチは見たように思う。堰《せき》を切ったように、兵士たちは後退をはじめた。同時に、ヌルハチの合図を受けて、退却を命じる鉦《かね》が鳴った。

アイシン軍は城市から距離をとって布陣しなおした。兵士たちの動揺が短時間で収まったのは、ヌルハチの威光のおかげであろう。

各隊の指揮官から報告を受けて、状況はいずこも同じであると確認できた。鉄砲と大砲は予想以上に脅威である。殺傷力じたいもそうだが、兵士たちに与える恐怖が大きい。千挺の鉄砲を各面に均等に配置したとして、二百五十挺にすぎない。しかも、弾をこめるのに時間がかかる。狙撃《そげき》できるほどの正確性もない。にもかかわらず、撃退されてしまったのだ。

「いつも都合よく雨が降るわけでもない。対策を考えなければならぬ」

ヌルハチにうながされて、諸将が議論をはじめた。

「騎乗して間合いを詰めるのはいかがでしょう」

「それは逆効果だ。馬のほうが人間よりも音に恐怖を感じるだろう」

「だが、早く近づくのは重要だ。槍のとどく距離なら、鉄砲は無用の長物になる」

「城市を落とすだけなら、夜襲をかけてはいかがでしょう」

「それはいい考えだ。まともに鉄砲とやりあう必要はない」

「城壁の死角に入ってしまえば、こちらの勝ちだな」

議論はまとまり、夜襲が具申された。

「なるほどな。しかし、夜襲は敵も警戒していよう。黎明《れいめい》の頃を狙おう」

ヌルハチは作戦を伝え、兵士たちに休息をとらせるよう命じた。

翌朝、太陽の欠片《かけら》が空をうっすらと白く染めた頃、アイシン軍は動き出した。おあつらえ向きに靄《もや》がかかっていて、視界が悪い。

かがり火の焚かれた城壁に向かって、アイシン軍は無言で近づいていく。大きな雲梯ではなく、十人ずつで梯子を持って、早足で進む。かすかな足音と息づかいが、靄の底に沈んでいる。

守備側が騒がしくなった。気づかれたらしい。ヌルハチの命で太鼓が打ち鳴らされ、アイシン軍が駆け出す。鉄砲の準備は間に合わないようで、赤い光は見えない。

「急げ。全力で攻めたてろ」

ダイシャンが大声で叫んだ。兵士たちが駆け出す。後方にひかえていた衝車も動き出した。

梯子が城壁にかけられた。先陣を切った兵士が投石をかわして城壁を乗り越える。

たちまち敵兵が群がってきた。激しく刀が打ち合わされ、血しぶきがはねる。勇敢な先兵は四方から刃を受けて倒れ伏したが、その前に三人の敵兵を討ち取っていた。その奮戦の間に、さらにアイシン兵が三人、城壁上に侵入した。つづいてひとり、またひとりと、梯子から飛び移る。大量の血を流しながら、アイシン兵は徐々に陣地を広げていく。

辺りがしだいに明るくなってきた。靄が晴れて、戦場が曙光《しょこう》にさらされる。

衝車が城門に杭をぶつけた。鉄で補強した城門がびりびりと震える。守備兵は上から石や丸太を落として防戦する。衝車の屋根が欠け、砂煙があがるが、杭はまだ無事だ。二度、三度と杭が打ちこまれると、城門は大きくたわんだ。城門が打撃を受けるごとに、守備側の動きがあわただしくなっていく。

真っ先に城内に侵入を果たしたのは、フルガンがひきいる部隊だった。城門の破壊に兵を集中させると見せかけて、手薄になった城壁を乗り越えたものである。フルガンみずから城内に乗りこんで橋頭堡《きょうとうほ》を築き、支配領域を広げていく。内側から城門を開くのに、多くの時間は必要としなかった。

ほぼ同時に、ダイシャン、ホンタイジの両隊も城門を突破していた。城内になだれこんだアイシン軍は、ヌルハチの命令を守って、民には手を出さない。ただし、武器をとる者には容赦がなかった。

流血の道の先に、本営があった。守将は降伏しようとしなかったので、戦闘は殺戮でしめくくられた。

「民の命と財産は守る」

ヌルハチは改めて布告を出した。一方で官庫から多くの金銀財宝を得て、将兵に分配した。民はこれまでと同様、アイシン領内に連れ帰る。

清河陥落の報が伝わると、周辺の明の砦では、守備兵の逃亡が相次いだ。指揮官たちも逃げ出しているので、止める者がいない。アイシン軍は無人となった砦を破壊し、残されていた物資を手に入れた。

アイシン軍が帰還すると、遼東総兵官の李如柏は遼陽に戻った。この行動は、アイシン対策をつかさどる遼東経略・楊鎬《ようこう》を怒らせた。

「総兵官であっても、次は斬るぞ」

楊鎬は万暦帝から、命令に服さぬ者は処分してかまわない、という特権を得ていた。実際に、敵前逃亡した将を斬っている。

「申し訳ございません。このような失態は二度と繰り返しませぬ」

李如柏は罪を謝すとともに、雪辱のためにアイシン領に軍を送った。

「ヌルハチめ。目に物見せてやる」

息巻きながら侵攻したのは、ヘトゥアラから遠く離れた東方の辺境であった。明軍は女真人の村を焼き討ちし、民を殺して帰還した。

報告を受けたヌルハチと大臣たちは怒りにこぶしを震わせた。

「ただちに報復を」

いつもは冷静なフィオンドンが真っ先に言った。ヌルハチがこくりとうなずく。

アイシン軍は明領の城市を襲って民を捕らえ、殺されたのと同じ人数を国境で処刑した。両国の対立は深まるばかりである。

遼東経略・楊鎬は苛立っていた。李如柏をはじめとする在地の将軍たちは、なかなか思うように動かない。楊鎬は科挙に合格して官僚となった男で、日本との戦争の際に、軍をひきいて朝鮮におもむいた。その経験と遼東での経歴を買われて、ヌルハチ対策を任されたのだが、前途は多難なようだ。

「ええい、とにかく敵はヌルハチだ。総兵官どもではない。マンジュがいくら強くなったといっても、所詮は夷狄《いてき》、大軍で攻めこめば圧倒できるはずだ」

楊鎬はマンジュ討伐の準備を進めるとともに、ヌルハチの首に懸賞金をかけた。ヌルハチやその一族、大臣たちを討ち取れば、多額の褒賞と地位を与えると約束する。

これを聞いたヌルハチは笑い飛ばした。

「自分で首を斬って持っていきたくなるな」

大臣たちもひとしきり笑った後、ホホリが真剣な表情で言った。

「明が本気で戦う気になったということです。油断なさいませんよう」

「もちろんだ」

ヌルハチは自信満々であったが、実は気がかりなことがあった。覇業を支えてきた功臣たち、エイドゥ、アン・フィヤング、フィオンドンが前線に立てなくなっているのだ。いずれもヌルハチと同じ世代で、弱ってくる年齢ではある。五歳下のフィオンドンは病《やまい》を得て、軍議にも出られない日がある。三つ下のエイドゥは、足腰が悪くて、馬に乗るのが厳しくなってきた。アン・フィヤングは喉を痛めて声が出なくなったという。彼らに多くを望むのは酷であり、フルガンなどの世代に活躍してもらわなければならない。

年が明けて天命四年（西暦一六一九年）正月、ヌルハチはイェヘ遠征に出発した。ヘトゥアラの留守はダイシャンに任せている。

「どうしてこの時期に遠征などなさるのですか」

出発前、ホホリが悲鳴のような声で訊ねた。明が攻撃の準備をしているとの情報はすでに入ってきている。未曽有《みぞう》の大軍になるという。

「明に勝つためだ」

ヌルハチは説明した。ひとつは、明とイェヘが挟撃に出るのを防ぐためである。明の侵攻と軌を一にして、イェヘが全力で攻めてきたら、対応が困難になる。その前に一撃を加えて、戦意を失わせるのだ。

「ヌルハチ様が留守の間に明が攻めてきたら……」

「それがもうひとつの理由だ」

大規模な遠征の準備には時間がかかる。兵糧や物資の手配と輸送がとくに大変だ。準備が整う前に出発してしまえば、大軍であればあるほど身動きがとれなくなるだろう。ヌルハチが不在と知って急いで攻めてくるなら、そのほうが対処しやすい。

「そこまでお考えでしたら、臣が言うことはございません」

ホホリを納得させて、ヌルハチは出征したのである。

イェへの首長ギンタイシはよく言えば慎重、悪く言えば臆病な男である。アイシン軍が現れても戦おうとせず、本拠にこもっていた。

アイシン軍は思う存分に暴れまわった。砦を落とし、食糧や家畜を奪い、民を連れ帰った。ギンタイシは明に救援を求め、明も形だけは応えて軍を派遣したが、アイシン軍を遠くで見張っているだけで、戦おうとしなかった。ヌルハチもあえてイェへ領で戦おうとはせず、帰途についた。

ヘトゥアラに帰ったヌルハチを、足の先まで蒼白になったホホリが出迎えた。

「二十万ですぞ、陛下」

「わかっている。そう焦るな」

途中で伝令から報告は受け取っている。明のマンジュ討伐軍が総勢二十万の規模になるという噂が流れていた。鉄砲や大砲も大量に備えているという。そのような大軍を相手にして、勝てるはずがない。ヘトゥアラに残る将兵は動揺していた。民も怯えていて、街の活気がなくなり、市場の取引もとどこおっているという。

ヌルハチと、ホホリをのぞく側近たちは、噂を耳にしても平然としている。明に宣戦布告した時点で、覚悟していたことである。ただ、民が恐怖のあまり逃げ出すような事態になると困る。落ちつきを取り戻さなくてはならない。

「いっそ、早く攻めてきてほしいくらいです」

フルガンの言に、ヌルハチはうなずいた。

「そのとおりだ。戦わずにしめつけられるのが、一番こたえる」

明はヌルハチが震えあがって赦しを乞うと考えているのかもしれない。和平の糸口を探る使者が到着した。

ヌルハチは使者に返書を持たせて返した。和睦《わぼく》の条件として、明が罪を認め、国境を侵さぬこと、イェへから撤兵すること、アイシン国とヌルハチの王号を承認することなどを掲げ、大量の勅書と金銀を要求する。明にとっては、とても受け入れられる内容ではない。

「ようするに、四の五の言わずに来るなら来いってことだ」

ヌルハチは家臣たちを安心させるように笑った。

これに対し、明の楊鎬は宣戦布告の書簡を送ってきた。

「我が軍四十七万、三月十五日に出征する。覚悟されたし」

四十七万、と聞いて、文官たちは悲鳴をあげた。アイシンの兵力は最大でも五万ほどである。十倍の敵が相手では、勝負になるはずがない。

「あわてるな。言うだけなら簡単だが、そんな大軍を実際に送りこめるはずがなかろう。道中の飯だけでどれくらいの量が必要か計算してみればよい」

しばしの沈黙の後、文官たちはうなずきあった。

以前に話にのぼった二十万というのは、密偵の報告や商人の噂話から割り出した数である。これでも多いだろうと、ヌルハチは考えていた。実数は十五万程度ではないか。

「三月十五日というと、あとひと月もありませんな」

ホホリが額に冷や汗の玉を浮かべて言った。

「それも信用できません。もう出発していると考えるべきです」

フルガンの指摘を、ヌルハチは是とした。

「ただちに迎撃態勢に入る。偵察隊を増やし、一刻も早く敵軍を発見するのだ」

敵がどこをどのように進軍してくるのか。ヌルハチはまずそれが知りたかった。それさえわかれば、不安なく戦えるのだ。

六

「これは必勝の策だ。負けるはずがない」

明軍の総指揮をとる楊鎬は、そう考えていた。そもそも、敵のおそらく五倍にも達する兵を用意しているのである。しかも、蛮族が怖れる火器を備えており、武装の質も比べ物にならない。普通に戦えば勝てる戦なのだ。それでも、万全を期し、細かい作戦を前線の将軍たちに伝えた。

全軍は四方向からヌルハチの本拠地へトゥアラをめざす。十五万を超える大軍をまとめて動かすのは困難なので、分進は理に適《かな》っている。敵の迎撃目標を分散させる効果もあるだろう。ヌルハチは不敗の名将だというが、彼がどれかひとつを迎撃に出れば、その間に他の三軍がからっぽのヘトゥアラを襲う。城にこもって待ち受けるというなら、大軍で囲んで攻め落とす。ヌルハチが選べるのは、どこで死ぬか、ということだけだ。

四つの軍のうち、一番北の開原から南下する軍は、開原総兵官の馬林《ばりん》がひきいる。これがイェへ軍をあわせて、およそ四万。

つづいて撫順からサルフを通ってヘトゥアラに向かう軍は、山海関《さんかいかん》総兵官の杜松《としよう》がひきいる。これが六万で、明軍の主力となる。

そして、清河から東へ国境を越える軍は遼東総兵官の李如柏がひきいる約四万。さらに南東から侵攻する軍もあって、これは遼陽総兵官の劉綎《りゆうてい》がひきいる。李朝からの援軍を含めて約三万である。楊鎬自身は後方で総指揮をとる。

四軍は日を決めて同時に敵領内に入る予定だ。ここに至っては、ヌルハチに打つ手はない。にもかかわらず、楊鎬は念を入れて、偽りの兵数や出発日をヌルハチに知らせてやった。信じさせなくてもよい。考えさせるだけで充分だ。

「作戦は完璧《かんぺき》だ。あとは諸君が当たり前のことを当たり前にやれば、勝利はまちがいない」

楊鎬はそう言って軍議をしめくくった。

白《しら》けた雰囲気がただよったが、楊鎬は気づかない。楊鎬は軍をひきいて李朝の救援におもむいた経験があるが、その際の戦では日本軍に敗れている。将軍たちは、楊鎬も楊鎬の作戦も信用していなかった。

出発の日、遼東は大雪が降った。楊鎬は予定どおり出発するよう求めたが、猛烈な吹雪でまともに歩くこともできない。兵士たちは動こうとしなかった。

「軟弱者たちめ。そんなことで戦に勝てるのか」

楊鎬はぶつぶつと文句を言いながら、仕方なく出発を延期した。四軍は二月二十五日から出発し、三月一日にいっせいに敵領内に侵攻するよう定める。

雪はやみ、二十五日に先発隊が出発した。見送る楊鎬は、勝利を疑っていなかった。

ヌルハチは旗揚げの頃から、偵察を重要視していた。敵がどこにいるのか、どれくらいの兵力なのか。それがわかれば勝てる。常日頃、そう語っていた。今回の明の大軍は、それだけで勝てる相手ではない。だがとにかく、敵の位置を早く知りたい。ヌルハチは各地に多くの偵察隊を派遣していた。その数は千人を大きく上回る。

仮に敵がまとまって進軍してくるなら、最適な場所で迎撃する。十数万の軍が展開できるような曠野《こうや》で戦う必要などない。大軍の利を失わせる場所の心当たりはいくつもあった。だが、あまりに大軍だと、野営すら満足にできない。おそらく敵は軍を分けて侵攻してくるだろう。同日にヘトゥアラに着くようにしたいのだろうが、敵領で完全に意思を通じ合わせながら行軍するなど不可能だ。足並みが乱れたところを各個撃破したい。

三月一日、ヘトゥアラで待つヌルハチのもとへ、偵察隊から相次いで報告があった。

「ドンゴを行軍する明軍を発見しました」

「撫順の周辺で灯りが移動するのを確認しました。おそらく明軍であろうと思われます」

卓の上に、あらかじめ地図が広げてある。ヌルハチは地図上に敵軍に見立てた駒を配置した。発見した時刻、発見場所からの距離、敵軍の規模、そうした情報を頭に入れて、敵軍の現在位置を予測する。

ドンゴはヘトゥアラの南方で、距離としては近いが、発見された敵兵は少数である。おおっぴらに行軍する敵が、これほど接近するまで見つからないとは考えにくい。陽動か、威力偵察か。どちらにしても、敵は南に誘っている。撫順のほうは夜間に行軍しており、灯火は抑えているが、数は多そうだという。

「兵を分けるわけにはいかないのだろう。どっちに行けばいいんだ」

ダイシャンが訊ねた。緊張のせいか、声がうわずっている。

「南は罠でしょう」

フルガンが冷静に指摘する。ホンタイジが熱心に賛同した。

「私もそう思います。大軍を動かすなら、道のいい撫順あるいは清河からでしょう」

ヌルハチの決断は早かった。

「まず北へ。全力で撫順方面に向かう」

ヌルハチはダイシャンとフルガンを先発させた。自身は本隊をひきいて後を追う。総勢四万の軍勢である。

ヌルハチを見送る列の先頭に、エイドゥがいた。

「こんな重要なときにお役に立てなくて申し訳ございません。どうかご武運を」

エイドゥは腰が悪くて馬に乗れないので、兵を指揮できない。それで、泣く泣く居残りを決めたのである。

ヌルハチはエイドゥの前で馬を止めた。主従はしばし、見つめ合った。

「ヌルハチ様が勝つことを、おれは知っています。だって、これまでずっと勝ってきたのですから」

エイドゥの目に、うっすらと涙が浮かんでいる。ヌルハチはゆっくりと頭《かぶり》を振った。

「ずっと勝ってきたのは、おまえも同じだ」

ヌルハチは近侍に輿を用意するよう命じた。

忠臣に向き直り、少し視線を外して、ぶっきらぼうに告げる。

「おれの側についていろ。おまえなしでは勝てる気がしない」

「あ……」

大気の色が変わった。

見守る誰もが、エイドゥが滂沱《ぼうだ》のごとく涙を流す、と思った。しかし、エイドゥの涙は引っこんでいた。

「乗れます。駆けるのは無理ですが……いや、必要なら駆けます」

そう言って、近くの替え馬に強引に乗ろうとする。

「おい、無理するな」

ヌルハチの制止も振り切って、エイドゥは馬にまたがった。痛みに顔をしかめながらも、騎乗姿勢をとる。

「このとおり乗れますから、ご心配なく。さあ、行きましょう。ぐずぐずしていると、戦に間に合いませんぞ」

ヌルハチは節の目立つ手で、顔をぬぐった。

「遅れたら輿に乗ってもらうからな」

そう言って、馬を並べる。

しばらく無言で馬を進めた後、ヌルハチは蒼穹を仰いでつぶやいた。

「天よ、照覧あれ。我らの絆が、アイシンに勝利を導くであろう」

本隊が出発してまもなくのことである。ヘトゥアラに帰還する偵察隊が、先発隊と行き会った。ダイシャンとフルガンに報告する。

「大変です。清河に明軍が現れました」

「何だと」

ダイシャンは思わず大声を出していた。

「すると、撫順方面の敵軍と戦っていたら、背後を襲われるか、あるいはヘトゥアラを急襲されるか……」

「心配いりません」

フルガンの声は、冬の槍のごとく冷たく鋭い。

「発見場所から計算すると、領内に入ってくるまで、まだ時間がかかります。難所もあり、渡河もありますから。撫順方面の軍を叩いてからでも、充分に引き返せます」

「そうか、要は勝てばいいんだな」

ダイシャンは気を取り直して行軍再開の命令を出した。その「勝てば」の部分が難しいことに、フルガンは触れなかった。


明の撫順方面軍をひきいる杜松は、浅黒い肌に大きな目鼻、雄偉な体格の持ち主で、自他ともに認める猛将である。撫順方面軍は命令より早く出発し、進軍も順調だったので、友軍に先んじてアイシン領に到達している。

「楊鎬はうるさく言っていたが、早いぶんにはいいだろう。先に戦って手柄を独り占めだ」

杜松は渾河を渡るよう命じ、前祝いと称して酒を飲みはじめた。そこへ部下が報告にやってくる。

「大雪の影響か、水量が増えています。歩兵は渡れるかもしれませんが、鉄砲や大砲は輸送できません」

杜松はあからさまに機嫌を損ねた。顔が赤いのは、酒のせいばかりではない。

「それなら、歩兵だけでも渡れ」

「しかし、危険があります。予定より早いのですから、ここで待機すれば……」

杜松が投げた杯が部下の顔を打った。

「うるさい。おれが行く」

杜松はみずから先頭に立って河を渡った。犠牲を出しつつも渡河には成功し、また火器も半分ほどは河を越えた。一万の部隊が後方に取り残されている。

「マンジュなど恐るるに足らず」

杜松ひきいる明軍は渾河に沿って小さな砦を破壊しつつ、サルフの地に達した。城の跡が残るなだらかな丘である。

「おお、ちょうどいい目標があったわ」

杜松は哄笑した。指さす先にジャイフィヤン城が頼りなげに建っている。これは国境ににらみをきかせるために補修がはじまった砦であったが、まだ完成していなかった。四百の兵が警備し、民が働いている。彼らは明軍の接近を見て、逃げ出すところであった。

「あの虫けらどもを踏みつぶせ」

杜松は命じた。明軍が猛々《たけだけ》しい喊声をあげて動き出した。

七

ダイシャンとフルガンの先発隊がジャイフィヤン城の近郊に達したとき、すでに戦闘ははじまっていた。

アイシン兵は民を守って背後のギリン山に逃れている。ジャイフィヤン城に面した方は急峻な崖になっていて、容易には攻められない。だが、明軍はジャイフィヤン城に二万に上る兵を進めて、これを打ち破ろうとしていた。明軍の残り三万はサルフの丘に布陣しており、後続の兵を待っているようだ。

アイシン軍先発隊の兵力は三千ほどである。さすがのダイシャンも、彼我の兵数の差に足がすくんだ。

「この数では焼け石に水だな。本隊を待つしかない」

「ええ、まだ気づかれてないようですから、兵を伏せておきましょう」

フルガンが応じたとき、二番隊のホンタイジが到着した。二千の兵をひきいている。ふたりの話を聞いたホンタイジは眉をひそめた。

「彼らを見捨てるのか」

「そんなつもりはないが……これだけの兵で何ができるというのだ」

「味方を勇気づけることはできる」

ホンタイジは救援の兵を送って、明軍の注意を引きつけるべきだ、と主張した。背後に敵が現れたら、明軍も警戒して矛先が鈍るであろう。

この意見が通って、まず千騎の兵が派遣された。ジャイフィヤン城の周りを駆けて、ギリン山を攻撃している明軍を牽制する。明軍はこの騎兵隊に一隊を差し向けたが、騎兵隊は矢を射かけては距離をとり、影を踏ませない。

そこにようやく、ヌルハチの本隊がたどりついた。

「何とか間に合ったか」

ヌルハチは大きく息をついた。したがうエイドゥの顔は青を通り越して黒くなっている。ずっと痛みに耐えていたのだ。

日は傾きつつあり、西の空はうっすらと赤みを帯びている。サルフの丘に陣取る明軍は野営の準備をしているようだ。ギリン山の戦闘はつづいているが、ジャイフィヤン城の明軍は、崖の上のアイシン軍と逃げ回る騎兵に対して、明らかに攻めあぐねていた。

そして、偵察隊からさらなる報告があった。開原方面からも敵軍が南下しているという。明日のうちにはこの場に達するだろう。

戦況を把握したヌルハチは諸将を集めた。鋭い目で一同を見まわして告げる。

「まずサルフの敵を討つ」

驚いた者がいたとしても、誰も口には出さなかった。

ヌルハチは満腔《まんこう》の自信を抱いており、それが覇気となって発散されていた。たとえ急ぎの行軍の後であっても、数で劣《おと》っていても、装備で劣っていても、知恵と力と勇気で相手を上回って勝つ。アイシンの諸将は心をひとつにしていた。

「フルガンよ、おれの意図はわかるな」

指名を受けて、フルガンが説明する。

「敵は軍を最低でも四つに分けました。我々はそのうちの一軍を相手にするわけですが、彼らはさらに三つに部隊を分けています」

撫順方面軍は推定で六万、それがジャイフィヤン城に二万、サルフに三万、遅れている部隊が一万。アイシン軍は四万だから、局地戦では上回れる。騎兵中心の編制であるから、機動力を生かせば、さらに有利と言えよう。

「ただし、我々には克服すべき障害がふたつあります」

ダイシャンが手をあげた。

「ひとつは鉄砲だな。もうひとつは大砲か」

「それらはまとめてひとつです。もうひとつは……」

「時間か」

答えたのはホンタイジだ。ダイシャンが顔をしかめて悔しがるが、暗さがないので、笑いを誘った。フルガンは微笑もせずにつづける。

「そう、敵が合流する前に、各個撃破しなければ、我々の勝利はありません。今日のうちに目の前の敵を片付けるくらいでないと、南北から包囲されてしまいます」

「そう難しいことではない」

ヌルハチの口調が、みなに安堵感をもたらした。

「見よ、日が落ちはじめている。手元が暗ければ、鉄砲も使いにくかろう。それに、大砲などの重い装備はまだ到着していないにちがいない。今なら勝てる」

「よし、明軍を叩きつぶしてやれ」

エイドゥが若い頃のように声を張りあげた。諸将が気合いを新たにして、持ち場に散っていく。

ヌルハチは本陣でエイドゥと馬を並べていた。前線は若い将に任せ、老兵は後方で指揮をとる態勢だ。ヌルハチの鋭い視線が、夕日を受けて紅く染まったサルフの丘を射抜いている。獲物を狙う鷲の目だ。エイドゥはその横顔をまぶしげに見つめている。

「英明なるハン……」

エイドゥのつぶやきは風にまぎれて、ヌルハチの耳には届かなかった。

「突撃」

ヌルハチが高らかに命じる。

アイシン軍がサルフの丘をめがけて駆け出す。左にダイシャン、右にホンタイジ、ふたりの将にひきいられた騎兵が、蹄音を重く響かせて突き進む。フルガンの部隊は突撃に参加していない。ジャイフィヤン城の明軍をにらむ位置で待機し、彼らが救援に来たときに横撃できる用意を調えている。

乾いた銃声が大気を切り裂いた。直撃を受けた馬が横転し、味方の進路をふさぐ。鍛えられた騎兵がそれを飛び越えてかわす。命中した弾は少ないが、それでも人馬は少なからず混乱した。抗うようないななきが連鎖し、隊列が崩れる。

「ひるむな。次はないぞ」

ダイシャンが味方を鼓舞しながら、矢を放った。天高く弧を描いた矢が敵陣に落ち、うがっ、といううめき声を生んだ。

二発目の銃声はまばらであった。もともと数が少ないうえに、装弾に時間がかかっている。明の指揮官の怒号が響いた。だが、焦れば焦るほど、撃つのに時間がかかる。その間に、アイシン兵は弓の射程まで距離をつめていた。進行方向に向かって矢を放ちながら、突撃の速度は緩めない。

矢が描く銀色の軌跡が、紅い陽光を映して緋色に変わった。それが高度を下げ、死の影となって、明兵の頭上に落ちかかる。無数の悲鳴があがって消えた。

「敵軍は槍や戟《ほこ》の壁もつくっていない。たやすく突破できるぞ」

ホンタイジが嘲笑して命じる。

「弓はもういい。斬りこめ」

アイシン兵は二射目を射ると、弓を刀に持ちかえた。勢いのままに明の陣に突入する。たちまち手足や首が飛んで、鮮血が地を叩いた。アイシン騎兵が駆けるところ、明兵の屍体が量産されていく。

百戦錬磨のアイシン兵にとって、鉄砲に頼っていた明軍は敵ではなかった。明の歩兵はいったん懐に入られたら、なす術《すべ》がない。わずかな時間で、アイシン軍は明軍を圧倒した。もし明かりが充分であったら、凄惨《せいさん》な殺戮の情景が見る者を戦慄《せんりつ》させただろう。

明軍をひきいる杜松は、ジャイフィヤン城に陣取っていた。建築途中の城で矢倉や物見台はなく、周囲が暗くなりはじめているため、サルフの戦況がよくわからない。

ただ、苦戦していることは伝わってきた。

「ええい、情けない。全軍で助けに行くぞ」

「この城はいかがなさいます」

「捨ておく。矢倉も屋根もない城、確保しても意味はない。敵軍を全滅させれば、それで戦は終わりなのだ」

銅鑼《どら》が打ち鳴らされた。二万の明軍はサルフへと移動をはじめたが、アイシン騎兵に比べると、その動きはいかにも緩慢に思われた。

ギリン山からは、サルフの戦闘の様子が望見できる。味方が完勝をおさめようとしていること、そして眼下の敵がこちらに背を向けたことがわかった。ギリン山のアイシン兵は四百騎にすぎないが、傍観する気はなかった。

「ヌルハチ様が助けに来てくれたんだ。おれたちも戦に参加するぞ。敵の背後を撃つ」

四百の騎兵は険しい崖を一気に駆けくだった。まるで鹿や虎のような軽やかな身ごなしで、人が乗っているとは信じられないくらいだ。

明軍が蹄音に気づいて振り返ったときには、騎兵の槍が目の前に迫っていた。狼狽の叫びに、断末魔の悲鳴がつづいた。

ホンタイジが派遣した救援の千騎も、この攻撃に加わった。背後から明軍を攻めたて、突き崩す。数が少ないとは言え、ほとんど一方的な攻撃である。損害と動揺の波が前方に伝わって、明軍は浮き足だった。

杜松が振り返って叫ぶ。

「ええい、かまうな。敵は前だ。進め進め」

背後を騎兵に食いつかれたまま、手負いの明軍は前進する。それは、待ちかまえていたフルガン隊にとって、格好の獲物であった。

「敵の大将の首を獲れ」

フルガンの声は決して大きくも鋭くもなかったが、重みをもって響いた。

アイシン騎兵が一本の槍となって、明軍の脇腹を突く。そのまっすぐ先に、豪奢な鎧を身につけた杜松がいた。杜松と周りの兵だけが騎乗しているので、よく目立つ。

アイシン騎兵は明兵を蹴散らして、杜松に迫った。

「小癪《こしゃく》な蛮人めが」

杜松は大喝しつつ、槍をふるった。がっちりした体型に似合わず、その槍さばきはすばやく、やわらかい。たちまち、ふたりのアイシン騎兵が首もとを突かれて倒れた。徐々に闇が侵蝕《しんしょく》するなか、杜松は正確に鎧の隙間をつらぬいていく。

超人的な武勇を称するべきであろう。杜松は周囲を囲むアイシン騎兵の槍をかいくぐりながら、ひとり、またひとりと血の海に沈めていく。血臭のなかに屹立《きつりつ》する杜松は、鬼神のように思われた。

その様子を見て、フルガンは我知らずつぶやいた。

「強いな」

手の内には弓がある。

フルガンに敵中の大将を射抜くほどの腕前はない。しかも遠矢である。当てる自信はない。味方に当たるかもしれない。それでもフルガンは、狙いをつけて放った。

矢は杜松の頭をかすめて地に落ちた。わずかに注意がそれる。それが命とりだった。

四方から突き出された槍を、杜松は三本までかわしたが、四本目が、脇腹を捉えた。穂先は鎧に弾かれたが、杜松は体勢を大きく崩し、落馬しそうになる。すかさずアイシン騎兵のひとりが槍を突き、ひとりが馬をぶつけた。槍を受け流した杜松だったが、馬をぶつけられてこらえきれずにずり落ちた。地に落ちて立ちあがれないところを、何本もの槍が襲う。猛将が血にまみれて動かなくなるまで、アイシン騎兵の攻撃はつづいた。

杜松の戦死により、明軍の統制は完全に失われ、後は掃討戦となった。

「ひとりも生かして帰すな」

「徹底的にやれ」

ダイシャンとホンタイジが兵士たちをあおる。

杜松の部下の将軍たちも、残らず討たれた。明軍の兵士たちはばらばらに逃げ出したが、慣れない土地で明かりもとぼしいため、どこをめざしていいのかわからない。アイシン軍の追撃にかかって、多くの兵が命を落とした。積み重なった屍体で、渾河の流れがさえぎられるほどであった。

完全に暗くなったところで、ヌルハチは追撃をやめさせた。野営地を定め、兵士たちを交代で休ませる。緒戦には勝利したが、戦はまだこれからである。

八

翌三月二日、早朝からアイシン軍は活動をはじめた。敵軍の位置がほぼ判明していたため、ヌルハチはよく寝ており、血色はよかった。

「ここからはさらに厳しい戦いになる。怪我をした者はヘトゥアラに帰って、守りについてくれ。エイドゥ、彼らを頼む」

エイドゥは一瞬、文句を言いかけたが、自重した。この日からは、昨日以上に急行軍が増えるのだ。足手まといになってしまう。

「おれがいなくても勝てるのですね」

確認すると、ヌルハチは微笑で応じた。

「ああ、むしろヘトゥアラのほうが心配だ。敵軍に果敢な将がいれば、速攻をかけられる怖れもある」

「わかりました。ヘトゥアラの守りはお任せください」

　ヌルハチは負傷兵を中心に五千を超える兵を選んで、エイドゥとともに帰らせた。自身は本隊の精鋭のうち二万をひきい、ホンタイジとともに西へ向かう。撫順方面軍から遅れた部隊を討つためだ。ダイシャンとフルガンは残りの兵をひきいて北へ向かった。これは開原方面軍に対応するためだ。

　撫順方面軍の残部隊は、壕をうがち、土壁を立て、大砲を設置して戦に備えていた。本隊の敗北を知って、徹夜で準備したのだろうか。

　敵陣を観察して、ホンタイジが感想をもらした。

「逃げてもすぐに追いつかれると判断したのでしょう。それは正しいですが、踏みとどまって戦っても、結果は変わりません」

「鉄砲を相手に、あの作戦がどこまで通用するか、だな」

　ヌルハチは息子よりも慎重であった。昨日の相手に比べると、兵の数は少ないが、火器の数は多いであろう。しかも、明るい朝の戦いとなる。ゆえに、敵軍の倍にあたる兵力を用意したのだ。

ヌルハチとホンタイジは半数の兵を正面から、もう半数を側面から突っこませる策を立てた。正面の兵は鉄砲の射程に入る前に馬を下り、歩兵となって突撃する。鉄砲や大砲の主要な効果は、馬を脅かすことにある、と判断しての策だ。もちろん、騎兵から歩兵に変わると、的も小さくなる。側面からは、林と崖を突っ切っての突撃となる。軽装の騎兵をこの役割にあてた。アイシン騎兵の腕の見せ所だ。

明軍の大砲が最初に火を噴いた。音は響いたが、どこに着弾したかはわからなかった。狙いがつけにくいものらしい。

「全軍、攻撃開始」

ヌルハチに代わってホンタイジが号令を発した。

アイシン騎兵が馬を下りて駆け出す。木の盾を掲げ、身を低くしての疾走だ。銃声が鳴り響き、火線が奔る。地面を撃った弾がはねて、土の柱が立つ。急所に直撃を受けた不運な兵が倒れ伏して絶命する。だが、アイシン軍の足は止まらない。鉄砲の数は少なく、命中率が高くないことを、兵士たちはすでに知っている。盾や鎧も致命傷を防いでいた。

敵陣に到達したアイシン兵が壕を跳び越え、土壁越しに刀を振りおろした。明兵の腕が飛んで、血しぶきをまき散らす。明兵も槍を突き出し、鉄砲で殴って応戦する。土壁越しの戦闘はしかし、すぐに土壁の内側へと場所を変えた。アイシン兵の勢いが上回っている。

さらに、騎兵による横撃が、戦闘の帰趨《きすう》を定めた。アイシン軍は装備の差を兵数と戦術ではねかえして、勝利を収めたのであった。

明軍の残部隊をひきいていた将も乱戦のなかで命を落とした。撫順方面軍は名だたる将がほとんど討たれて、全滅に近いありさまであった。ただ、アイシン軍は深追いを避けたので、一般の兵士で目端の利く者は逃げ帰ることができた。

勝利を確認したヌルハチは、追撃もそこそこに移動を命じた。ダイシャンには本隊が到着するまで戦端を開くな、と命じてあるが、敵が先に攻撃してくる怖れもある。

「ダイシャンが苦労しているかもしれない。早く行ってやらねば」

「兄上が苦労しているとしたら、自分を抑えることにでしょう。敵がしかけてきたら、喜んで応戦して、打ち破っているにちがいありません」

ホンタイジとダイシャンの役割を逆にするべきだったかな、と、ヌルハチは考えた。だが、ダイシャンも忍耐を覚える必要がある。

ホンタイジを先頭に、アイシン軍は馬を馳せ、ダイシャンの部隊と合流した。

「敵の様子はいかがでしょう」

弟の問いに、ダイシャンはふてくされた様子で答えた。

「あのとおり、がちがちに守りを固めている。他人の家にあがりこんできて、何をやっているんだか」

　ダイシャンとフルガンが監視しているのは、開原方面軍の三万である。おそらく、敗報が届いたのだろう。進軍を停止して待機していたが、アイシン軍の姿を見ると、あわてて柵を立て、壕を掘りはじめたという。

「準備が終わるまで待つことはなかったんだけどな」

　ぼやくダイシャンをフルガンがたしなめる。

「敵は倍以上いて、鉄砲もそろえています。そこへ突っこんでいくのは愚か者だけでしょう」

　ダイシャンは一度、わざと敵陣の前に姿を現して誘いをかけた。それでも敵は応じなかったという。

　息子たちが話している間、ヌルハチは無言で戦場を観察していた。指さしたのは、敵陣の背後にそそりたつ岩山である。

「あそこから攻め下れば、攻略できそうだ」

「よし、おれに任せろ」

　ダイシャンとフルガンが戦場を迂回《うかい》して岩山をめざすことになった。ホンタイジはその間、明軍を牽制する役目を担う。

　しかし、この岩山の存在は、明軍も脅威に感じており、見張りをつけていた。明軍はアイシン軍が現れたのを見つけると、銅鑼を激しく打ち鳴らして出陣した。アイシン軍が高所を確保する前に撃退しようというのである。

岩山の麓《ふもと》から中腹にかけての斜面で、両軍は激しくぶつかりあった。ともに兵力は一万五千前後、アイシン軍は騎兵、明軍は歩兵だが、足場が悪く、展開できる広さもないので、騎兵の利点は生かせない。明軍には当初、大砲の援護があったが、味方に当たる危険があって撃てなくなった。

「力勝負か。望むところだ」

ダイシャンが不敵に笑う。両軍の兵士たちが槍や刀を振りまわしての乱戦になった。アイシン騎兵は馬上から槍をふるって、明兵を突き殺す。明兵は馬を傷つけてアイシン兵の落馬を誘う。刀と刀がぶつかり、火花が散る。金属音が連鎖して響く。絶鳴が渦を巻き、血臭が立ちこめる。

倒れてもがく馬の横で、人間同士が凄絶《せいぜつ》な死闘を繰り広げている。ふたりがもつれあいながら地面に転がった。ひとりの頭を馬の脚が砕き、もうひとりの首を人間の刀が斬り飛ばす。

「無様《ぶざま》な戦いだ」

フルガンはため息をついた。両軍が入り乱れて戦っており、指揮官にできるのは、部下を鼓舞することだけになっている。個々の武勇と勢いが頼みだ。ダイシャンが率先して乱軍に身を投じているので、フルガンは後方で介入の機をうかがっているが、なかなか好機は訪れない。

　ホンタイジの部隊は本陣に残った明軍と駆け引きをつづけていた。双方ともに味方の応援に向かいたいところだが、目の前の敵に隙を見せたくないため、迂闊に動けない。

　しばらくすると、乱戦の趨勢《すうせい》がはっきりとしてきた。明兵の倒れる数が多い。耐えている者たちも本陣の方向に逃げはじめている。

「このまま突入するぞ」

　ダイシャンが血まみれの大剣を掲げて叫んだ。両軍は戦いながら、明の本陣へと近づいていく。鉄砲隊は同士討ちを怖れて発砲できない。

　乱戦の場が本陣に移った瞬間に、ホンタイジが命じた。

「突撃せよ」

　アイシン騎兵が勇躍、蹄音を響かせる。

　督戦していたヌルハチは大きくうなずいた。息子たちの連携は見事に決まって、アイシン軍は明軍を一方的に押しはじめた。

「うむ、見事だ」

　明軍をひきいる馬林は、怒りに歯をきしらせていた。後詰めの部隊が近くまで来ているはずなのに、一向に姿を見せない。イェへの軍も同様だ。イェへはもともと戦意が薄かったから、勝てないと判断して逃げたのだろう。だが、副将がひきいる部隊まで来ないのはどういうわけか。

腹を立てている場合ではなかった。明の陣は二方向から激しく攻めたてられて、すでに壕や柵を突破されている。馬林は周りの兵士たちに命じた。

「撤退するぞ。敵を食い止め……いや、ひとかたまりになって駆け抜けろ」

護衛兵だけ連れて逃げると、目立ってしまって捕まるかもしれない。多くの兵とともに逃げたほうが、生き残れる可能性が高い。

馬林の計算は正しかった。開原方面軍は大敗したが、馬林は逃亡に成功したのであった。

その頃、馬林の副将は、戦場から少し離れた山に陣取って、戦闘の様子を遠望していた。隷下には、行軍の遅れていた一万の兵がいる。本隊を救援に行こうと思えば、すぐに行ける距離だったが、決断の機を逸《いっ》して、傍観することになった。

そもそも彼は馬林が嫌いであった。臆病で利己的で決断力がなく、つまり将の器ではない、と思っている。討伐軍の指揮はもっと有能で、朝廷のためなら命も惜しくない、というような人物、たとえばヌルハチの危険性を訴えていた熊廷弼《ゆうていひつ》のような剛直な男に任せてほしかった。そう主張したのだが、楊鎬には受け入れられなかった。

「やはり負けたか。当然だな」

自軍の敗戦を見とどけて、彼は撤退を命じた。山を下りて西へ向かったところで、後方から悲鳴が届いた。

「アイシン軍です。大軍です」

「くっ、早いな。鉄砲、大砲の用意だ。急げ」

副将は命じた。戦闘準備がぎりぎり間に合ったのは、アイシン軍が疲れて動きが鈍くなっていたからだろう。

アイシン軍が馬を下りて接近してくるのに対し、明軍は火器で応戦する。陣頭で指揮をとる副将のもと、明軍は必死に抵抗したが、騎兵の別働隊に背後に回られて万事休した。副将は戦死し、兵たちも多くが同じ道をたどった。

勝ったアイシン軍も無傷ではなかった。

「まるで負けた軍のようだな」

ヌルハチは苦笑しながら、兵の労をねぎらってまわった。二日間で大小四度の戦闘をこなし、倍以上の敵を打ち破ったのである。どれだけ讃えても足りない。鎧や刀はぼろぼろに傷つき、矢筒はほとんど空になっている。怪我を負っている者も少なくない。馬も数百の単位で失われた。兵士たちは疲労の極にあったが、目は輝いている。

「早くヘトゥアラに戻って、敵に備えたいと思います」

そう言って、ふらふらと立ちあがろうとする兵もいた。

「気持ちはありがたいが、今は無理だ。今夜はここで野営する」

ヌルハチは決断した。人馬ともに休まなければ、ろくに動けないであろう。そのような状態でたどりついても、意味がない。

ただ、ヌルハチの近衛《このえ》の兵など、いまだ戦える状態の者も少数ながらいる。ヌルハチは彼らを選抜して、千人ほどの部隊をつくり、フルガンに託した。

「わかりました。急いで戻ります」

残り二方面の明軍はおそらく撤退するのではないか。フルガンはそう考えていたが、敵軍の動きが完全に読めるわけでもない。損得の考えなしに行動する輩もいるのだ。なるべく多くの兵を帰しておくのに越したことはない。

三月三日、アイシン軍の本隊は、まだ暗い早朝に行動を開始した。

ヘトゥアラへと向かう途中で、明の清河方面軍が撤退したとの報告が入った。李如柏がひきいる清河方面軍四万は、撫順方面軍が敗れたのを知って、早々に継戦を断念したのである。アイシン軍の偵察隊が、喊声をあげて馬を走らせ、撤退する明軍を追撃する振りをすると、明軍はあわてふためいて逃げ出し、多くの物資を遺棄していったという。

「正直なところ、助かったな」

ヌルハチは安堵の息をついた。李如柏がそのまま行軍してヘトゥアラを囲んだり、アイシン軍本隊とヘトゥアラの間を遮断《しゃだん》したりといった戦術に出たら、対応が難しかったところだ。

残るのは南東から来る一軍だけだ。こちらは戦意が旺盛《おうせい》なようで、少数の守備兵を倒しながら進んでいる。ただ、進軍速度は遅い。

ヌルハチはジャイフィヤン城で、天に戦勝を報告し、加護を感謝する儀式をおこなった。勝てたのは天のおかげである。自分たちの行いが正しく、敵が非道であったために、天が勝利をもたらしてくれたのだ。そう思っているかぎり、驕《おご》ることも、道を外れることもないであろう。

供物を捧げ、踊りを奉じ、と、儀式は長くつづく。ダイシャンが飽きてきた。

「なあ、親父、ヘトゥアラが心配だから、先に帰っていいか」

ヌルハチはあきれたが、叱りつけはしなかった。息子の世代にも天への感謝を忘れてほしくないが、強要するのは逆効果になりそうだ。

「よかろう。明日の朝にはおれも帰る、と皆に伝えてくれ」

「わかった。きっとみんな、喜ぶぞ」

ダイシャンが真っ先に帰り、ホンタイジらが軍の主力をひきいてつづいた。

ヌルハチはゆっくりと儀式を終えてから、ヘトゥアラに帰りついたのであった。

九

ヌルハチがヘトゥアラの門をくぐったのは、三月四日のまだ明けきらぬ刻限であった。にもかかわらず、多くの将兵や民が出迎え、戦の勝利とハンの無事を祝っていた。

「よくぞご無事で……」

エイドゥがヌルハチの手を握りしめた。

「おいおい、まだ戦は終わっておらぬ。南方から軍が近づいているであろう」

「そちらは我々にお任せを」

ダイシャンとホンタイジが胸を張った。彼らも戦いづめであったのだが、まだ気力も体力も残っているようだ。ヌルハチは正直なところ、もう一歩も動きたくなかった。厳しい戦いであれば疲れた体に鞭打つが、残り一軍であれば、息子たちに任せてもいいだろう。ダイシャンとホンタイジは、昨日までの戦いで成長を見せてくれた。鉄砲隊相手の戦いにも慣れてきたから、油断しなければ互角以上に戦えるはずだ。

「よし、行ってこい」

ヌルハチはふたりに三万の兵を与えて送り出した。今回は転戦するわけではないので、騎兵を減らし、かわりに戦車部隊を加えている。鉄の板で補強した盾車で、鉄砲隊対策のひとつである。

南方には、フルガンが二千の兵をひきいて先行している。フルガンは敵が三万を算えると知ると、林にひそんでやり過ごした。

明の南方面軍は、明軍二万と李氏朝鮮からの援軍一万で構成されている。この李朝の軍がろくに兵糧を持たずに参加したため、輸送を待たねばならず、進軍が遅れていた。

明軍の指揮官である劉綎は、苛立ちを隠せずにいる。

「敵の領内をのろのろと進むなど、愚の骨頂だ」

李朝の軍は鉄砲を多く装備しているので、士気が低いわりには役に立つが、一日進むごとに一日休むような状態で、待っていると胃が痛くなってくる。兵糧の不安は掠奪しても解消されない。アイシンの村々は侵攻を予期していたようで、避難したり、食糧を隠したりしていた。守備兵に勝利しても、奪えた物資は少ない。

さらに忌々しいことに、全体の戦況がわからなかった。順調ならば、他の三軍はすでに合流しているはずだ。ヘトゥアラを囲んでいるのだろうか。後方で統括する楊鎬には使者を送っているが、ひとりとして帰ってこない。楊鎬からの使者も来ていない。

本心では、任務を放棄して撤退したかった。目隠しをして針の山を歩くような苦行はもう終わりにしたい。しかし、自分だけ命令に背くわけにはいかない。

「ええい、ヘトゥアラはまだか。せめて敵でも出てくれば……」

劉綎の願いはかなえられた。

「北方から敵軍が近づいています。数は約二万から三万」

斥候から報告を受けて、劉綎は命じた。

「あそこの山に陣を張る。それから、李朝軍に急げと伝えよ」

明軍は鉄砲と大砲を生かすべく、小高い山の中腹に陣取った。遅れて進む李朝軍は、いまだ見えない位置にいる。

アイシン軍も明軍を発見していた。ダイシャンとホンタイジが作戦を話し合っている。

「敵軍は高所に布陣している。正面から突っこむのはやめにしよう」

ダイシャンが分別のあるところをみせた。ホンタイジが提案する。

「騎兵なら、山の裏側からより高いところにまわれます。正面から戦車を出して牽制し、背後を衝きましょう」

「それがいい。おまえが騎兵をひきいろ」

ホンタイジは少し驚いて、兄をまじまじと見つめた。勝敗を決める役割は兄が担いたがると思っていたのだ。

ダイシャンはあごをそらした。

「おれは総大将だから、どんとかまえているつもりだ」

分担が決まって、アイシン軍は行動を開始した。

戦車を押し立てて、重装の歩兵が明の陣をめざす。鎖を編んだ鎧や厚い布の戦袍《せんぽう》で防御力を高めており、銃弾がかすったくらいでは傷を負わない。戦車の盾と合わせれば、火器にも立ち向かえる。

だが、戦車で斜面をあがるのは難しい。急ぐな、という指示は出ていたが、重心を保てずに横転する戦車も出てくる。そこに火線が集中し、アイシン兵が倒れる。

明の陣では、劉綎が眉をひそめていた。

「敵の動きが鈍い。陽動ではないか」

劉綎は戦車には大砲をあて、鉄砲隊には待機を命じた。側面や背後に斥候を送り、全軍に警戒をうながす。

その結果、山頂付近にまわったホンタイジは、すぐに突撃命令を出せなかった。明軍の銃口がこちらを向いているのである。

「気づかれたか」

ホンタイジは舌打ちすると、半数の騎兵に下馬を命じた。岩や木を遮蔽《しゃへい》物として利用しながら、徒歩で下らせる。

銃声が地鳴りのごとく響いた。明軍の一斉射撃が斜面をえぐると、礫《つぶて》がはね、血が飛び、兵が転がった。アイシン兵の悲鳴が上から下へと伝わり、明軍の歓声があがる。だが、味方が倒れるのもかまわず、アイシン兵は吶喊する。

「明兵は皆殺しだ」

「おれたちの土地から生きて帰すな」

再び引き金が引かれた。連続する火線がアイシン兵を薙ぎ倒す。

同時に、アイシン騎兵の放った矢が、斜面に銀色の弧を描いた。鋭利な雨となって、明軍の頭上を襲う。

双方の飛び道具が効果をあげるなか、白兵戦もおこなわれた。刀槍がぶつかり、激しい音を立てる。火花が散り、血しぶきが舞う。取っ組み合って転がる兵たちがいる。削《そ》がれた耳やちぎれた鼻が地に落ちる。互いに傷つき、同じ色の血を流しながら、両軍は一進一退の攻防を繰り広げた。

形から言えば、上下から挟撃するアイシン軍が有利だが、明軍の火器がその不利を補っている。

後方で指揮をとるダイシャンは目を輝かせた。

「よし、おれの出番だ。勝利を決めてやる」

ダイシャンは本陣の歩兵をひきいて、敵陣の左翼方向から激闘の場に乗りこんだ。これで、均衡が崩れる。アイシン軍は三方から攻めたてて、明の陣を切り裂いた。叫喚とともに鉄砲も大砲も地に落ち、砂にまみれる。

明軍をひきいる劉綎は敗北を悟らざるをえなかった。残る一方めがけて逃走を命じる。明軍は最後の力を振りしぼったが、その前を無慈悲なアイシン軍がさえぎった。これは林にひそんでいたフルガンの先発隊であった。

劉綎の足が止まった。絶望の渦に吞みこまれたようだった。周囲はアイシンの兵に囲まれ、護衛の兵も次々と討たれていく。

「なぜだ。どうしてマンジュはこれだけの兵を差し向けられるのだ」

深刻で答えの出ない疑問であった。もしかして、他の三軍はすでに敗れたのだろうか。信じられない。何倍もの兵力があったはずなのに。

劉綎は戦塵をすかして、南の方を眺めやった。李朝軍はまだ来ない。彼らが敵軍の背後を衝いてくれれば逆転できるのに。

そう思ったとき、劉綎は答えを得たような気がした。だが、それを言語化する前に、胸を槍につらぬかれていた。大量の血を吐き出して、劉綎は倒れた。明の四方面軍をひきいる総兵官のうち、戦死したのはふたりめであった。

明軍を潰滅させた後も、アイシン軍は歩みを止めなかった。李朝軍がすぐ南を行軍中と聞いて、ダイシャンが即断したのである。

「ものはついでだ。このまま突き進め」

フルガンもホンタイジも、引き止めなかった。これがおそらく最後の戦いになる。勢いに任せて勝利を得ようと考えた。

ちょうどそのとき、強風が吹き渡った。北風、アイシン軍にとっては追い風である。風に押されるようにして、盛大に砂塵《さじん》を巻きあげながら、アイシン騎兵が疾駆する。

その様子は、李朝軍からもよく見えた。

「あれは何だ。竜巻か、それとも敵襲か」

「どちらにしても逃げなければ」

李朝軍は手近な山に登って陣を組もうとした。その最後尾に、アイシン騎兵が襲いかかる。烈風と砂塵に視界が閉ざされ、喊声と蹄音が響いて命令も届かない。絶鳴を吹き飛ばして風が通りすぎた後、まるで鋭利な刃物で切り取られたかのように、軍列の一部が失われていた。

李朝軍は林に逃げこみ、大急ぎで山を登った。

「どうやら明軍は負けたらしい」

「では、おれたちが戦う理由はないぞ」

李朝軍の将軍たちは相談して、降伏の使者を送ることにした。

使者を迎えたアイシン軍は、攻撃を中断して話し合った。

「戦っても勝てるだろうけどなあ。そもそも、おれが決めていいのかな。親父に早馬を送るか」

ダイシャンが迷っていると、フルガンが受け入れるよう進言した。

「敵は明にしぼるべきです。李朝は味方につけたほうがいいでしょう。ヌルハチ様もそう考えるはずです」

ホンタイジも賛成したので、ダイシャンは将軍たちに出頭するよう告げた。翌日、李朝軍は山を下りて降伏した。

「おまえたちはヘトゥアラまで来て、ヌルハチ様に挨拶しろ。兵たちは帰ってよろしい」

ダイシャンが言うと、将軍たちは情けなさそうな顔で答えた。

「私たちはそれでかまいませんが、実は兵糧がなくて、兵が帰れません……」

「おいおい」

ダイシャンはあきれたが、このまま放っておいては、領内の治安が乱れてしまう。一万近い兵たちをヘトゥアラまで連れていった。

ヘトゥアラにはすでに捷報が届いていて、宴の準備がはじまっていた。ヌルハチは李朝の将軍たちに会って、快《こころよ》く許した。李朝の兵士たちにも酒食をふるまい、帰路の兵糧も分け与えたので、その大度を讃える声がやむことはなかった。

盛りあがる兵や民を眼下に見ながら、ヌルハチとエイドゥは高楼にたたずんでいた。手にした白湯で乾杯する。

「きっと、あいつも喜んでいますよ」

エイドゥがしみじみと口にする。ひきいる兵が数十人だった頃のことを、ふたりは忘れていない。

「白湯も旨いだろう」

「ええ、甘露です」

エイドゥが顔をしかめたのは、腰に痛みが走ったからである。ヌルハチが気づかわしげな視線を送る。エイドゥは腰をさすって、笑顔を見せた。

「夢をかなえましたな」

「ああ、今日だけは余韻にひたろう」

主従は無言で夜空を見あげた。星の密度が濃い空であった。

この一連の戦いを、緒戦の戦場から、サルフの戦いという。総数では四倍を超える大軍に対し、ヌルハチは機動力を生かした各個撃破の戦術で立ち向かい、完膚《かんぷ》なきまでに叩きのめした。ヌルハチの武名はとどろき、アイシンの隆盛は疑いなく思われたが、この勝利は同時に、明がそれまで以上に力を入れて対応することを意味していた。

夢から覚めれば、現実が待っている。

「さて、次はどう来るかな」

ヌルハチはむしろ楽しげにつぶやいたが、かつてない圧力を腹の底に感じていた。

五章　焦慮の刃

一

サルフの戦いの勝利は、アイシンの将兵や民に陶酔と一体感をもたらした。英明なるハンにしたがっていれば、いかなる敵にも勝てる。アイシンはイェヘを滅ぼして女真を統一した後、南征の軍を興して、明をも呑みこむであろう。アイシンの未来は暖かな光に包まれている。人々は興奮して、そう語り合った。

ダイシャンなどは、明は思ったより弱かった、と放言している。ホホリでさえ、明に対する恐怖心は払拭《ふっしょく》されたようで、アイシン拡大後の新しい政治体制について、降伏した漢人官僚から意見を聞いている。

しかし、ヌルハチ自身には、まったく楽観はなかった。むしろ、狂おしいまでの焦りを感じていた。

サルフの戦いの勝因は、敵の愚かさに尽きる。もちろん、こちらの戦術が功を奏した面はあるし、将兵はよく戦った。だが、明軍が最善の策をとっていれば、いくらヌルハチが卓越した戦術眼をもっていても、勝ち目はなかっただろう。明軍はそれぞれの指揮官が約束事を守らず、独自の判断で動いたために、各個撃破の餌食《えじき》となった。撫順方面軍の杜松が、後一日、友軍を待っていたら、どうなっていたか。清河方面軍の李如柏が撤退しなかったら、どうなっていたか。

ようするに、明軍は強いのだ。アイシンよりもずっと。二度と同じ状況をつくってはならない。次は負ける。それが実感できた。

一方で、勝ったという事実は残っている。明軍の損害はきわめて大きく、一朝一夕には回復できないだろう。いかに大国であっても、兵や武器が無限に湧いて出てくるわけではないのだ。

ゆえに、ここ数年が勝負になる。明領に侵攻し、できるだけ多くの城市を奪う。瀋《しん》陽《よう》や遼陽といった中心都市を支配下に入れれば、明も簡単には手出しができなくなる。長城のこちら側をアイシン領にできるかもしれない。

とにかく、明に回復の時間を与えてはならない。幸いにして、戦利品のおかげで食糧や武具には困らない。これまでのように慎重に領土を拡大していくのではなく、勢いに乗って攻めまくるのだ。

サルフの戦いから三ヵ月後、アイシン軍は早くも動き出す。ヌルハチは四万の兵をひきいて、ヘトゥアラを出発した。めざすは撫順より北の開原だが、先遣隊を撫順の西に位置する瀋陽に派遣した。偽装のためである。

開原は総兵官の馬林が守っている。サルフの戦いで完敗を喫しながら生きて帰った、数少ない将のひとりだが、それは彼が有能だからではない。

アイシン軍が明領に侵攻したとの報を聞いて、馬林は慄然とした。周辺の城に、アイシン軍が攻めてきたら援軍を送るよう求める。ただ、やったことはそれだけで、アイシン軍が瀋陽に向かったと聞くと、すっかり安心してしまった。籠城の準備をすることも、民を避難させることも、財産を隠すこともなかった。

さらに、大雨がつづいて、街道の一部が川と化した。馬林はいまいましそうに空を眺めていたが、気を取り直してつぶやいた。

「この雨では、蛮族の馬も進めまい。瀋陽を奪った後、こっちに来ることもないだろう」

雨がやむと、馬林は街道の補修に軍を動員した。街道の整備は、商人の往来を円滑にするために欠かせない。商人が潤《うるお》えば、臨時の税やら賄賂やらで、馬林の懐も温かくなる。

「敵です。アイシン軍が現れました」

急報が入ったとき、馬林は腰を抜かしてしまった。椅子から立ちあがれず、情けないうめき声を漏らす。数瞬の沈黙の後、はっと思い当たって命じる。

「門を閉めろ。すぐに防衛の準備だ。あとは……近くの城に早馬を。救援を呼ぶのだ」

「しかし、閣下……」

部下が地獄を見たような表情で告げた。

「守備兵の多くは城外で作業をしております」

馬林は一瞬、絶句した。

「……す、すぐに呼び戻せ」

間に合わないかもしれない。その言葉を呑みこんで、部下は駆け出した。

アイシン軍は東門に殺到し、衝車をぶつけて門を破壊しにかかっていた。城壁の上から矢が飛んでくるが、数えられるほどであり、まったく脅威にならない。城外に出ていた明軍は、多くの部隊がそのまま逃亡していた。サルフの戦いの後、補充された兵士たちは、最初から戦う気がなかったのである。

衝車が四度突くと、城門はめりめりと音を発して裂けはじめた。わずかに開いた隙間を押し広げて、アイシン軍が城内に突入する。

ヌルハチは他の門にも部隊を送っていた。これは城内に入るためではなく、逃げる者を討つためである。

「一兵たりとも逃がすな」

ダイシャンの大声が響きわたる。明兵は意味がわからなくとも、身震いがとまらなかった。降伏する者は助けるが、逃げる者は許さない。それがヌルハチの方針だ。明の戦力を削れるうちに削っておきたいのである。

半日もかからずに、開原は制圧された。総兵官の馬林は、城外に逃げ出そうとするところを、待ちかまえていたホンタイジの部隊に討たれた。

開原も豊かな城市であったので、戦利品は莫大な量になった。金銀、銅銭、宝石、布帛《ふはく》、毛皮、武具、食糧、酒、薬、家畜……。ヌルハチはそのすべてを表に記載し、ヘトゥアラに運ばせた。数えるのに五日、運ぶのにも五日がかかった。これらは将兵に公平に分配される。女真のなかで戦っていたときとは比べ物にならない戦利品の山を見て、将兵の士気はますます高まった。

ヌルハチは喜ぶ兵士たちをまぶしく見やった。勝利の確信と利得の期待があれば、兵は勇敢に戦うであろう。あとは自分がいつまで、それを兵士たちに与えられるか、だ。

開原の防衛設備を破壊し、政庁を焼き払って、アイシン軍は帰途についた。戦利品の車列はヘトゥアラをめざすが、軍はジャイフィヤン城で歩みを止めた。

「しばらく、この地を仮の都とする」

ヌルハチは宣言した。ジャイフィヤン城はまだ完成していないが、工事を進めつつ、軍はこの城に駐屯する。ヘトゥアラまで帰る時間と労力が惜しかった。ここなら、明領にすぐ侵攻できる。城の敷地《しきち》が狭く、水の便もよくないため、本格的な都とするには不足があるが、馬を放牧させるのにふさわしい草原が近くに広がっており、軍事拠点としては都合がいいのだ。

ヌルハチはジャイフィヤン城で人馬を休ませると、早くも翌月に出征した。今後の目標は、開原の南、鉄嶺《てつれい》という城市である。李成梁の一族が住んでいた場所だ。

短いが激しい戦闘の末、鉄嶺は落城した。ただ、城市の栄華は李成梁の失脚で終わっており、少ない住民も避難していたため、戦利品は少なかった。城市に入ったヌルハチは落胆したが、翌朝、思わぬ報がもたらされた。

「モンゴルらしき集団がやってまいりました。近くの村が襲われています。いかがしましょうか」

一口にモンゴルといっても、様々な集団に分かれており、味方もいれば敵もいる。近年では、多くの集団がヌルハチの権威を認めているが、内ハルハ部のように、イェへや明に味方する集団もいる。

「すぐに戦闘の用意だ。並行して、どこの誰か、すぐに調べろ」

ヌルハチが城壁に上って目を凝らしていると、回答が届いた。

「内ハルハ部のジャイサイです。数はおよそ一万騎」

ジャイサイはイェへのナリムブルやギンタイシの盟友で、ヌルハチにとっては宿敵にあたる。おそらく、明に頼まれて援軍に来たのだろう。そこで明軍の敗北を知り、掠奪にとりかかった、というところか。いずれにせよ、またとない機会だ。ヌルハチは麾下の二万騎に出撃を命じた。

命じてから、二万では足りないか、と心配になったが、杞憂《きゆう》にすぎないようだった。モンゴル騎兵は人馬ともに動きが悪い。長距離の行軍で疲れているにちがいなかった。

本来、モンゴルの軽騎兵は機動力を生かした戦術をとるが、アイシンの重装騎兵に後れをとるほど、反応が鈍かった。アイシン軍が数を生かして包囲を試みると、モンゴル軍は矢を乱射しながら駆け抜けようとしたが、あえなく包囲の輪に閉じこめられてしまう。

「なかなか見事な指揮ぶりだ」

ヌルハチは安心して、戦闘を見物することができた。

モンゴル軍はいったん、包囲網を突破して逃亡を試みたが、アイシン軍は軽装騎兵の部隊が激しく追撃して、再び包囲下においた。太陽が傾き、夕闇が迫るにつれて、戦闘は下火になっていく。

伝令の兵が駆けてきた。

「吉報です。ジャイサイはじめ、多くの王族を捕らえました」

「よくやった」

ヌルハチは大きく息を吐き出した。鉄嶺攻めは大きな益なく終わったかと思っていたが、思わぬ副産物がもたらされた。これで、内ハルハ部をしたがわせることができる。モンゴルをすべて傘下に収めるのは容易ではないが、当面、組織的な敵対活動は避けられよう。

ヌルハチはジャイサイをヘトゥアラに護送し、牢につなぐよう命じた。

「こうなると、次はいよいよ……」

ヌルハチの眼は、北に向けられていた。そこに、長年の仇敵が本拠をかまえているのだ。

ホンタイジは、イエへの首長ギンタイシの甥にあたる。ゆえに、本拠を攻められ、二重の城壁を突破されたギンタイシは、ホンタイジを呼んで要求した。

「降伏するから、命だけは助けてくれ」

「処遇を決めるのは陛下だ。私ではない」

ホンタイジは冷たく答えた。ギンタイシは繰り返す。

「血のつながった伯父と甥の関係ではないか。命を助けると約束してくれれば、これ以上、抵抗はしない」

「だから、私にはその権限がないのだ」

もし権限があっても、ホンタイジは応じなかったであろう。イェへの連中は亡き母に冷たかった。母方の親族に愛着を覚える理由はない。

アイシン軍は鉄嶺への遠征から帰還した翌月、イェへ攻略に乗り出した。念願の女真統一を果たすための戦いである。ヌルハチは息子たちを引きつれ、みずから大軍をひきいて出征した。イェへは明やモンゴルの援軍を期待できない。野戦に出るだけの兵力と勇気はなく、籠城するだけの守りの堅さと兵糧の蓄えもなかった。勝敗はあらかじめ定まっていたと言えよう。

鉄砲や大砲相手の攻城戦を経験してきたアイシン軍は、弓や投石での攻撃をものともせず、城壁を乗り越えた。そして内城を攻略して、ギンタイシがこもる高台の屋敷に押し寄せたのである。ギンタイシが降伏しないのなら、屋敷に火を放って焼きつくすのみである。

「お願いだ。助けてくれ」

ホンタイジは頭を振っただけで、もはや答えなかった。父のもとに戻り、総攻撃の許可を求める。

ヌルハチは渋面をつくった。

「命をとるのは、ギンタイシだけでよいのだがな」

イェへは仇敵であるが、ヌルハチは彼らを根絶やしにしようとは考えていない。同じ女真の民として、アイシン国に統合したい。だから、攻城戦でも、むやみに敵兵を殺さず、掠奪も許さず、降伏した者を許してきたのだ。ギンタイシひとりに責任をとらせ、その一族にイェへの民をひきいさせるつもりだ。

ヌルハチの横には、フィオンドンがひかえていた。体調が一時的に回復したため、参戦している。

「お考えが周囲の者に伝われば、目的が果たせるのではないか、と思います」

フィオンドンの進言を、ヌルハチは是とした。ホンタイジにそのまま命じる。

「わかりました。周りを説得してみます」

ホンタイジは部下をして屋敷に向かって呼びかけさせた。やがて、中からギンタイシの一族の者たちが出てきた。投降するという。

ギンタイシはひとり残って、屋敷に火をつけたようだった。ホンタイジは消火の準備をさせながら、しばらく待った。すると、火に包まれたギンタイシが転がり出てきた。助けてくれ、と叫んでいるようだ。見かねた兵が桶《おけ》の水をかけて火を消した。ギンタイシはまだ息があるが、全身の火傷《やけど》に苦しんでいる。

「楽にしてやれ」

ヌルハチの命で、紐《ひも》を手にした兵がふたり、ギンタイシの脇にかがんだ。敬意をもって、絶命させる。

イェへは滅亡し、民はアイシンに降った。ついに女真統一が成ったのである。金王朝がモンゴル帝国に滅ぼされて以来、およそ四百年ぶりの快事であった。ヌルハチの旗揚げからは、三十六年が経っている。

「お祝いを申しあげます」

フィオンドンが、落ちついた彼にしては、弾んだ声で言った。すぐに冷静に戻って、ヌルハチの顔色をうかがう。

「でも、あまり喜んでいらっしゃらないようですね」

ヌルハチは苦笑した。

「ああ、喜びにひたっている暇はない。明とどうやって戦うか、それで頭がいっぱいなのだ」

「お力になれず、心苦しく思っております」

フィオンドンは目を伏せた。

「ですが、無理に戦わずともよろしいのではありませんか。ふさわしい条件で和を結び、次の世代に託すという考えもあろうかと存じます」

「貴重な意見だ」

皮肉ではなく、ヌルハチはそう言った。

「おれもできればそうしたい。だが、明のやつらは信用できない。和を結ぶにしても、明軍を遼東から駆逐した後になろう。だから、おまえにもまだまだ働いてもらうぞ」

「ご期待に添えるよう努力します」

フィオンドンは死病だと医者に告げられているから、しらじらしいやりとりである。だが、主従の心はつながっていた。

「さあ、ジャイフィヤンに帰ろう。エイドゥが待っている」

「きっと大喜びでしょうね」

エイドゥの笑みを思い浮かべて、ふたりは顔をほころばせた。

二

女真統一を達成してなお、ヌルハチの心は平穏にはならなかった。焦りは募るばかりである。明はすでに、サルフで負った損害から立ち直っているのではないか。広大な明の国土、それに由来する回復力に鑑《かんが》みれば、当然のことのようにも思われる。

しかし、イエヘ遠征の後は、さすがに軍を休めざるをえなかった。天命四年（西暦一六一九年）は、サルフの戦いをはじめとして、何度も大きな戦があった。兵も馬も疲れているし、兵糧の蓄えも減ってきた。武具や攻城兵器も補充しなければならない。士気の面でも、連勝して多くの戦利品を獲得したため、厭戦《えんせん》気分が広がっていた。兵士たちは言わば満腹になっていたのだ。

また、アイシン軍はイェへを併合したことにより、一万の兵を新たに得たが、これをすぐに使うのは難しい。長年にわたって対立してきたわだかまりはすぐには解けないし、アイシンの戦い方を教える必要もある。

昔は二年でも三年でも休んだ。戦が嫌いなのではなく、むしろ逆だったが、上に立つ者が戦に溺《おぼ》れたら、国は滅びる。中国の古典を学んだわけではないが、ヌルハチはそれを理解していた。準備ができるまで、態勢が整うまで、遠征に出かけてはならない。だが、今は休みたくない。休みを少しでも短くしたい。

「一年は休まざるをえないか」

ヌルハチは天命五年を休息の年と考えていたが、それは軍事にかぎってのことである。内政では、ぼうっとしているかに見えた若い頃が嘘のように働いた。拡大したアイシン国を治めるため、家臣たちの意見を聞いて制度を整える。五大臣からの代替わりを進め、人事を固める。

そして、サルフの地に新しい本拠の建設を進めた。これもまた、軍事拠点としての色彩が濃いが、ジャイフィヤンよりは広く、快適になろう。

ヌルハチは息子たちや家臣に対して、自身の思いをくわしくは語らない。エイドゥとは語りあうが、彼はヌルハチの気持ちを代弁したりはしない。アン・フィヤングはそもそも他人とあまり話さない。フィオンドンが健在なら、ヌルハチの意思を広く知らせる役目を果たしただろうが、彼はこの年、病没してヌルハチを悲しませていた。ホホリには相談するが、ヌルハチはこの能臣《のうしん》に一定の距離をおいており、本音では語らなかった。フルガンも利己的な進言が増えてきたので、このところは遠ざけている。

ダイシャンがヌルハチの気も知らず、調子に乗るようになったのは、ヌルハチにも責任があろう。最年長の息子であり、戦功も著《いちじる》しいダイシャンは、後継者候補の筆頭なのだが、ヌルハチは現状の分析や将来の展望を共有していなかった。それゆえ、ダイシャンは危機感をもたずに、浅はかな言動を繰り返した。

明を侮る発言だけならよかった。まず問題となったのは、奔放な女性関係である。あろうことか、父ヌルハチの妻のひとりと通じているという噂がたった。

「くだらぬ」

ヌルハチは罪に問わなかったが、軽はずみな行動は慎むよう注意した。ダイシャンは神妙な顔でうなずいた。

この八月に、ヌルハチは演習と威力偵察をかねて、明領に侵攻し、瀋陽の周辺で明軍を破った。ダイシャンはこのときも活躍したのだが、帰還後に、新たな問題が持ちあがった。

ダイシャンの息子のひとりが、明へ寝返ろうとしていたという。ダイシャンは彼を捕らえて処罰しようとした。彼にはまた、ダイシャンの妻のひとりと通じた罪もあるとのことだった。しかし、ヌルハチがくわしく調査させると、これらはダイシャンの妻のひとりが企んだ陰謀であると判明した。

「ろくに調べもせずに、息子を罰しようとしたのか」

ヌルハチは怒った。身内だけの問題ではない。家臣でも同じだ。ダイシャンには、人の上に立つ資質がないのかもしれない。

「今のままでは、後継者として認めることはできない。よく反省せよ」

ヌルハチはダイシャンの地位を落として、他の息子たちと同格とした。これまでも、ダイシャンを後継者と明言したことはなかったが、他の候補と同列である、とはっきりさせたのである。後継者の指名はひかえよう、とヌルハチは考えていた。

一方の明は、サルフの戦いの打撃から、なかなか立ち直れずにいた。敗戦の責任を問われた楊鎬に代わって、遼東経略の地位に就いたのは、硬骨漢として名高い熊廷弼である。ヌルハチの危険性を以前から警告しており、また李成梁の悪事を調査したことで知られる男で、期待の声は大きかった。

熊廷弼は五十歳を超えているが、背が高いうえに、立っている姿勢がいいので、威圧感があった。周囲を見おろす視線は厳しく、小さな悪も見逃さない、という気概にあふれている。

「まずは秩序を取り戻すのが肝要だ」

熊廷弼は遼東の統治を慎重に進めるつもりであった。朝廷はヌルハチの討伐を望んでいたが、現実的には不可能である。サルフの敗戦で、明軍は十万近い兵と歴戦の将を失っているのだ。補充も容易ではない。兵だけでなく、民も逃げ出しはじめているから、このままでは領土の維持も困難である。

熊廷弼としては、専守防衛の策をとるしかない。城壁を補修し、火器を配備し、兵糧を買い集める。前線の城市に兵を送り、民を避難させる。偵察網を構築し、アイシン軍の接近をいち早く察知できるよう努める。

それらの政策は、徐々に効果をあげつつあり、遼東の民も落ちつきを取り戻しはじめた。ところが、朝廷は熊廷弼の消極的な姿勢を許さなかった。

「そなたの役目は、ヌルハチの首を獲ることだ。蛮族相手に守りを固めることしかできないとは情けない」

批判の声に対して、熊廷弼は真っ向から反論した。

「現実を見ずに政策を語られても困ります。現在の戦力でアイシンを攻めても、サルフの悲劇を繰り返すだけなのです。態勢が整うまで、防衛を第一に考えるしかありません」

「敵は鉄砲も知らぬ夷狄《いてき》なのだぞ。怯えるな」

「そのように相手を侮る姿勢が、先の敗戦を招いたのです。ご自身に知識がないことを自覚してください。そして、二度と口をはさまないよう願います」

棘《とげ》のありすぎる物言いに加えて、不正の摘発をいとわない性格であるから、熊廷弼には政敵が多かった。しかも、自分が正しいと自信を持っているから、多数派工作などもしない。当然ながら、北京には熊廷弼を非難する声があふれることとなった。

結局、熊廷弼は一年あまりで更迭された。新しい遼東経略のもとで、明は再び、アイシンへの反攻計画を練りはじめた。

そうした明の動きは、ヌルハチの諜報《ちょうほう》網に捉えられている。

「攻められる前に攻めるぞ」

ヌルハチは宣言した。休息期間は終わったのだ。標的は撫順の西、遼東の中心都市のひとつ、瀋陽である。ヌルハチの鋭い視線はさらに、最大都市の遼陽を見すえていた。

天命六年（西暦一六二一年）三月、ヌルハチは五万の兵をひきいてサルフを出立した。騎兵は陸路をたどり、歩兵と輸送部隊は渾河を舟で下る。心身を休めた甲斐あって、兵士たちは戦意にあふれていた。まだ肌寒い時季ではあるが、豊かな日差しを受けて、槍戟《そうげき》は燦然《さんぜん》と光り、馬は猛々しくいないないている。八種の旗をなびかせて、アイシン軍は堂々と行軍する。

西の空に狼煙があがった。敵軍の接近を知らせるものだろう。

「さすがに明も心得ているか」

熊廷弼が築いた防衛体制が機能しているのだ。瀋陽は多くの火器を備え、深い壕と高い城壁を有している。万全の状態で待ち受けられると、攻略するのは厳しいかもしれない。だが、ヌルハチには秘策があった。

アイシン軍は三月十二日に、瀋陽の近郊に達した。その日は陣を築いて休み、翌朝、瀋陽の東門に軍を展開させる。

十台の盾車が組み立てられ、前面に出された。厚手の鎧を着こんだ兵士たちがそろそろと前進を始める。

城壁の上では、明の守備兵が鉄砲をかまえていた。

「弾を惜しむな。撃て、撃て、撃ちまくれ」

総兵官の賀《が》世賢《せいけん》が叫ぶ。鉄砲が火を噴き、火線が上から下へと奔った。

城壁の外側には、四重の壕がめぐらせてある。壕の中には先を尖《とが》らせた杭が打ちこんであり、柵もそびえている。これを突破するのは至難の業であろう。

そして、城壁と壕の間には土が盛られており、その陰に大砲が並べられていた。大砲は轟音とともに弾を撃ち出し、びりびりと震えている。

鉄砲と大砲が発射音を競っているようだ。賀世賢は耳をおさえながら、満足げである。

「これだけの装備があれば、敵は城壁に触れることもできまい」

アイシン軍は盾車に隠れて、じりじりと近づいてくる。大砲の弾が盾車に命中した。板の割れる音が響き、盾車は右に大きくかしいで横転する。アイシンの兵士たちがわっと叫んで逃げ散った。

ヌルハチは後方でその様子を見て、奥歯をきしらせた。

「そろそろ動きがあるはずだが……」

つぶやいたとき、門の近くで異変が生じた。

明軍をひきいる賀世賢は叩き上げの将軍で、アイシン軍との戦闘経験が豊富である。局地戦では武功をあげており、自他ともに猛将と認める男だ。戦場での勘はすぐれている。だから、真っ先にその異変に気づいた。

「騒がしいな。何事だ」

賀世賢の問いは、銃声にまぎれて部下に伝わらなかった。何度か怒鳴り、門を指さし、剣を抜いて叫んでようやく、皆の目がそちらを向いた。

門の前で何か小競り合いが起こっているようだ。

「戦闘中に喧嘩か」

賀世賢は眉をはねあげた。

「おれがみずから処罰してやる」

駆け出そうとしたとき、血煙が立ちのぼった。門を守る兵士たちが次々と斬り伏せられていく。

賀世賢は一瞬、茫然としたが、すぐに我に返った。

「裏切り者どもめ」

賀世賢は門に駆けつけるつもりだったが、階段に兵が集まっていて、道が空かない。ようやく近くまでたどりついたときには、すでに門は開け放たれていた。門の開閉装置は数十人の集団に占拠されている。

城外では蹄音が響きわたっていた。アイシン騎兵が巨大な槍と化し、土煙をあげて駆けてくる。鉄砲隊の応射がやけに軽く聞こえた。鉄砲隊は城壁上に広く展開しているため、城門にまっすぐ向かってくる敵を食い止められない。

賀世賢は頭に血をのぼらせた。

「ええい、裏切り者の始末は後だ。おれがあいつらを片付ける」

賀世賢はもっとも信頼する私兵の一隊をひきいて城を出た。槍の壁をつくってアイシン騎兵に対抗しようとするが、間に合わない。

アイシン騎兵の矢が、賀世賢の鎧の肩に突き立った。それを引き抜いて叫ぶ。

「ひるむな。敵を城内にいれるな」

その城内からも剣戟の響きが聞こえる。城門付近の戦闘の輪が広がっている。賀世賢がそちらに気を取られたとき、数本の矢がまとめて飛んできた。うちの一本が頬をかすめ、血が飛び散った。

アイシン騎兵が刀を抜いて斬りかかってくる。明兵は懸命に戦ったが、しだいに押されていき、やがて突破された。

アイシン騎兵が城内になだれこむ。この瞬間に、勝敗は決した。

明を裏切ったのは、モンゴル人の集団であった。この前年が飢饉《ききん》であったため、多くのモンゴル人が遼東に助けを求めてやってきた。明は彼らを遼陽や瀋陽に住まわせ、アイシンとの戦に活用するつもりでいた。ヌルハチはそこに調略の手を伸ばしていたのである。

城市のなかをアイシン騎兵が駆け回ると、明兵は他の門を開けて逃げ出した。賀世賢は乱戦のなかで命を落とした。

ヌルハチは城内に馬を進め、政庁を制圧して、官庫を確保した。だが、勝利の余韻にひたる暇はなかった。

「敵の援軍が近づいています。数はおよそ二万」

報告を受けたヌルハチは、あごに手をあてた。援軍は遼陽から派遣されたものであろう。連戦にはなるが、遼陽を攻略するため、野戦で敵軍を減らしておきたい。

すばやく考えをまとめると、ヌルハチは瀋陽の戦後処理をホンタイジに任せ、みずから四万の兵をひきいて出撃した。

明軍は二万の歩兵をふたつに分け、柵を立てて騎兵に備えていた。さらに壕を掘ろうと作業を進めている。ヌルハチは相手の態勢が整うのを待たなかった。左右両翼の一万五千ずつを前進させ、ふたつの敵陣を攻撃するよう命じる。いつものように、鉄砲対策で騎兵を下馬させ、盾を掲げての突撃だ。ヌルハチは手元に一万の騎兵を残しており、機を見て投入するつもりである。

暦の上では夏が近づいているが、まだ風は冷たい。朝は霜が下りたほどだ。その寒風を引き裂いて、銃声が耳をつんざく。

ヌルハチはその音が嫌いであった。その音が響くたびに、大切な兵が命を落とす。それでも、いったん戦端を開いた以上、敵が音を上げるまで後退はできない。七大恨を発した日から、覚悟は固めている。そして、サルフの勝利は、さらなる覚悟をヌルハチに強いた。どれだけ犠牲が出るとしても、前へ進まねばならない。

「変わったか」

ヌルハチは思わずこぼした。昨年までの明軍とは質が違う。兵ひとりひとりの動きも、連携もよいようだ。これは、内地から遼東に精兵が派遣されたためである。振り返れば、狼煙の合図で早期に接近を知らせ、援軍の派遣も迅速であった。明軍はあらゆる面で強化されているのではないか。モンゴル人を受け入れたように、まだつけいる隙はあるが、このままではまた歯が立たなくなってしまう。

焦りに身が切り刻まれるようだ。そう、ヌルハチが感じている焦りは炎ではなく、刀の形をしていた。老いた皮膚が斬られて、血が流れていく。血がなくなる前に、勝たなければならない。

ヌルハチは頭を振って、不吉な考えを払った。

戦況は互角か、いや、どちらかと言えばアイシン軍が不利である。数はアイシン軍が多いが、鉄砲による損害が大きく、敵陣を崩しきれていない。手元の騎兵は追撃かとどめに使いたかったが、出し惜しみが許される状況ではなかった。局面を変えなければならない。

ヌルハチは敵陣の一角を指さした。

「あそこに突撃せよ。敵将の首をとってこい」

おう、という太い声が応えた。アイシン騎兵が矢のように飛び出す。

ヌルハチが指定したのは、鉄砲隊の守りがもっとも薄い場所だった。散発的な銃撃をものともせず、アイシン騎兵は敵陣に突っこんだ。柵を蹴散らし、敵兵を馬蹄にかけながら槍をふるって、屍体の山を築いていく。

劣勢におちいりながらも、明の陣はなかなか崩れなかった。個々の兵が踏みとどまって戦い、勝敗が決まっても降伏しようとしない。それでも、アイシン軍は粘り強く戦い、ついには敵軍を完全に崩壊させた。

日が暮れてきたので、ヌルハチは掃討戦を中止し、瀋陽に引きあげた。勝つには勝ったが、満足感はない。これまでのような一方的な勝利ではなく、多くの犠牲者が出た。ヌルハチの甥のひとりも戦死している。

「いったん退くか……」

ヌルハチはつぶやいて、唇を嚙みしめた。血の味を感じて、首を横に振る。遼陽を奪取する機会は、今を逃したら二度となくなる。ヌルハチは大きく息を吐いて、弱気を追い出した。

三

アイシン軍は翌日、さらに明側が派遣した援軍を打ち破った。その後、瀋陽で数日休み、遼陽に向かって進軍を始める。

遼陽を守るのは、遼東経略の袁応泰《えんおうたい》である。失脚した熊廷弼に替わって、アイシン領に侵攻する計画を立てていたが、ヌルハチに機先《きせん》を制された。熊廷弼が防衛の策を練っていたおかげで、明軍は善戦しているのだが、袁応泰にその認識はない。実戦経験の乏しい袁応泰は、朝廷からの指示に忠実である。

「何としても、アイシン軍を撃退し、逆に攻めこむのだ」

各地から兵を集め、またモンゴル人を受け入れたため、明軍の兵力は回復している。最精鋭は瀋陽の救援におもむいて敗れたが、遼陽にはなお、五万をはるかに超える兵が詰めていた。

アイシン軍が迫っていると聞くと、袁応泰は城を出ての迎撃を命じた。部下がひかえめに異議を唱える。

「敵は野戦が得意で、城攻めは苦手です。あえて不利な条件で戦わずとも、門を閉ざして守っていれば、いずれ勝てるのではありませんか」

「大軍で堅城にこもれば、敵は攻めてこない。それでは損害を与えられないだろう。こちらは数で言えば二倍、鉄砲だって五千もそろえている。城を出て、城壁からの援護を背に戦えば、いくらアイシンが強くても、負けはせぬ」

袁応泰は反対を押し切り、重ねて出城を命じた。明軍は五万の兵が城を出て布陣する。

これを見たヌルハチは、会心の笑みをもらした。

「引っかかってくれたか。だが、これでまだ五分といったところだな」

ヌルハチのひきいる本隊は二万五千しかいない。ホンタイジが別働隊の二万をひいて、後につづいている。ヌルハチは兵を分けることで少数に見せかけ、野戦に誘いこんだのである。

アイシン軍は明軍の正面に進出した。前衛は下馬した騎兵である。明の鉄砲隊に向かって、慎重に接近していく。

明軍の斉射が出迎えた。地を揺るがせるほどの銃声がとどろき、頭を殴られているように感じる。

アイシン軍の歩みが止まった。先頭が進まないどころか、じりじりと下がっていく。後がつかえて混乱し、怒号が響いた。明の陣では歓声がわきおこる。

「見たか、これが鉄砲の威力だ」

喜び勇んで二射目を放つ。再び前進に移っていたアイシン軍は、目に見えてひるんだ。陣形を乱しながら後退していく。三射目は届かなかった。アイシン軍が立て直して、また少しずつ近づく。

同じやりとりが何度も繰り返された。アイシン軍は鉄砲の射程ぎりぎりで、前進と後退を繰り返している。しびれを切らしたのは、明軍のほうだった。

「今だ、追撃せよ」

アイシン軍が後退した瞬間に、命令が下った。鉄砲隊の後ろから歩兵隊が飛び出して、槍や剣を手に吶喊する。数万の兵が雄叫びをあげて駆けるさまは、激しい嵐に似た迫力があった。

しかし、アイシン軍はこれを待っていたのだ。

「アイシンの勇者たちよ、明の愚か者どもに、本当の戦を見せてやれ」

ホンタイジが兵をはげましながら馬を走らせる。彼の麾下の二万騎は、遅れて戦場に到達し、敵が動くのを待っていたのだった。

矢を放ちながら、アイシン騎兵が疾駆し、明軍にななめに斬りこむ。羊の群れに狼が乱入したようであった。アイシン騎兵は槍や刀をふるって、明の歩兵を次々と斃していく。銀色の刃がひらめくつど、血しぶきがあがって、乾いた大地を紅く濡らす。無数の悲鳴が、土煙にまぎれて消える。

「こ、後退せよ」

明の指揮官が叫んだときには、すでに鉄砲隊は逃げる機会を失っていた。歩兵部隊を屠《ほふ》ったアイシン騎兵が目前に迫っている。鉄砲を放り出して走ったところで、逃げきれるものではなかった。勇をふるって応戦した明兵が、至近距離からの射撃で何騎かを道連れにしたが、戦況は変わらない。

野戦はアイシン軍の勝利に終わった。しかし、ヌルハチもホンタイジも浮かれてはいない。

「いかなる犠牲を払っても、遼陽を落とす」

城壁をにらむヌルハチの眼には、悲壮感さえただよっていた。

遼陽は、遼東あるいは河東と呼ばれる遼河《りょうが》の東側の地方で、もっとも大きな城市である。防御力ももっとも堅い。見あげるほどの城壁と、水をたたえた深い濠《ほり》、そして鉄砲と大砲。野戦で敗北して守備兵が減ったといえ、正攻法で容易に落とせる城ではない。

三月二十日《はつか》の早朝から、アイシン軍はこの巨城を攻略にかかった。

まず、最初の障壁となるのが、濠である。明軍は各門の前の橋を落としており、濠は城市の四方をめぐっている。これを排除しなければ、城壁に近づくこともできない。水は河から引かれており、一周まわって排水されている。ヌルハチはそこに目をつけた。

「一隊は土嚢《どのう》を投げ入れて水流をふさげ。もう一隊は水門を確保せよ」

命令にしたがって、二隊が行動を開始する。

明軍は城壁と濠の間に鉄砲隊と大砲を配備している。撃ち下ろしにはならないが、より多くの火線を集中させて、濠を守ろうとしているのだろう。この策は当たった。激しい銃撃にはばまれて、アイシン軍は濠を埋めるどころか、近づくこともできない。土嚢を積んだ盾車を三台破壊されて、ヌルハチは土嚢作戦を断念した。水門に攻撃を集中させる一方、新たな水路をつくって濠につなぎ、排水をうながす作戦をとる。

濠をめぐる攻防は地味だが、多大な流血をともなった。ほとんどは銃撃や砲撃を受けたアイシン兵だが、明軍にも遠矢の犠牲者が出ている。

一方、水門付近では両軍が入り乱れて白兵戦となっていた。明軍は柵の陰から鉄砲を放って応戦していたが、アイシン軍は強攻に継ぐ強攻で、ついに柵を突破したのである。アイシン軍は水門を囲んで攻めたて、明軍は必死の抵抗をつづけている。

しかし、ついに水門はアイシン軍の手に落ちた。門が閉じられ、水流が止まる。濠の水深が徐々に低下していく。

ヌルハチはみずから太鼓のばちをとった。

「濠を越えて門を突破せよ」

アイシン軍は東門めざして攻め寄せた。明軍が大砲を放つ。轟音とともに発射された砲弾がアイシン軍のただなかに落ち、悲鳴を量産する。直撃を受けた兵たちは立ちあがれないが、周りの兵はかまわずに進む。銃撃を盾車で受け止め、悲鳴を喊声で隠して、アイシン軍は突き進んだ。

濠の間際で酸鼻《さんび》な殺し合いがつづいた。鉄砲は殺傷力が高いが、手数では弓矢が上回る。兵の数はアイシン軍が多い。濠を境にして展開される鉄砲と弓矢の戦いはほぼ互角であった。アイシン軍はさらに、濠に板を渡して簡易の橋をつくろうとする。そこに銃撃が集中して、アイシン兵が次々と濠に落ちる。水深は浅くなっているが、傷ついた兵を溺れさせるには充分だ。濠にすえつけられた杭につらぬかれる者もいる。

濠の水が緋色に染まるまで、時間はかからなかった。

ヌルハチは恨めしげに、蒼穹を見あげた。ここ数日、雨は降っていない。降りそうにもない。天はもう、味方してくれないのだろうか。

いや、自分たちはまちがっていない。天は必ず、勝利をもたらしてくれる。

「追加の部隊を送れ。押し切るのだ」

ヌルハチは喉から血を流すようにして命じた。

アイシン軍はホンタイジの指揮で西門も攻撃している。こちらは守備兵が東より少ないが、激しい銃撃にさらされて、濠を越えられないのは同様だ。

両軍の屍体が濠を埋めていく。赤く濁《にご》った水がせき止められ、あちこちに溜まって血臭を放つ。だが、すでに感覚が麻痺した兵士たちはかまわずに戦いつづける。命は羽毛よりも軽く、朝日を受けた霜のように消えていく。

血の色をした夕暮れが迫る頃、東門のアイシン軍は屍体を踏み越えて濠を突破した。怒号と歓声が渦を巻く。明兵は弾の切れた鉄砲を棒のように使って抵抗するが、瞬く間に駆逐される。アイシン軍は勢いのままに城門を破壊し、紅く塗られた道を通って、城内への侵入を果たした。

「ようやくか」

ヌルハチは内心でつぶやいた。鋭い眼はじっと遼陽を見すえている。

城内では、明の守備兵が少数ながらも、必死の抵抗をおこなった。路地に隠れてアイシン軍を奇襲したり、屋根にのぼって火矢を放ったりと、侵入者たちを悩ませる。やがて日が落ちると、かがり火も消されて、城内は闇に沈んだ。ヌルハチは危険を避けるため、攻撃を停止し、門の周りに陣取って、交代で休息をとらせた。その間、西門を担当するホンタイジの部隊は攻撃をつづけ、ついに門を奪った。

ヌルハチはこの夜、城外の幕舎で一睡もせずに過ごした。

翌朝、最初の光が地を照らすと同時に、アイシン軍は攻撃を開始した。降伏を呼びかけながら、政庁まで突き進む。明軍は敗北を受け入れたのか、前日のような反抗はなかった。

もっとも、政庁にこもった首脳部は別である。袁応泰に戦術の才はなかったが、総大将としての責務は心得ていた。

「私は最後まで戦うが、諸君は逃げてくれ。降伏してもかまわぬ」

袁応泰が告げると、残った将兵は涙を流して徹底抗戦を誓った。そこへ、アイシン軍が突入する。

アイシン軍は明軍の最後の抵抗を退けて、遼陽を占領した。袁応泰は高楼から身を投げて命を絶った。ヌルハチは政庁に入り、椅子に深々と腰を下ろしたが、その青ざめた顔は、勝者のものとは思われなかった。アイシン軍は一連の戦いで、一万を超える戦死者を出していたのであった。


遼陽を落としたその日、ヌルハチは仮眠をとった後で、大臣や将軍たちを集めた。

「褒美の話をする前に言っておきたい」

怪訝そうな視線を集めて、ヌルハチは宣言した。

「本日より、ここ遼陽を都とする」

無音の衝撃が場に満ちた。大臣たちが顔を見あわせ、うながされてひとりが口を開いた。

「ここは漢人の城市です。私たちは父祖の地に帰りたく思いますが……」

遷都を繰り返してきたヌルハチだが、あくまでもマンジュの地、あるいはその周辺である。遼陽は明領という印象が、大臣たちには強い。拒否感が出るのも当然だが、ヌルハチに譲る気はなかった。

「おれたちが出ていけば、この城市は明に奪い返されてしまう。そうしたら、さらに守りを固められて、二度と手に入らない」

ヌルハチは淡々と語る。

「この城市は天からの賜物《たまもの》だ。ここを拠点に遼東地方を切り取り、もとの女真の地とあわせて、大きな領土を支配しよう。そうすれば、強大な明に対抗できる」

口調は高圧的ではないが、ヌルハチの言葉には強い意志がこめられていた。大臣たちは頭を垂れて、ハンの意を受け入れた。

遼陽が陥落したことで、遼東地方の多くの城市が降伏し、アイシン領に組み入れられた。ヌルハチは明の役人や有力者が所有していた土地を取りあげ、女真人に分与した。自身が真っ先に一族を呼び寄せ、遼東に移住する政策を進めていく。

ヌルハチは遼東を恒久的に支配するつもりだった。遼東には漢人が多く住んでおり、漢人社会が形成されている。彼らに女真の法を適用するのは難しい。ヌルハチは漢人の官僚を登用して、漢人社会の行政を委ねた。事情をよく知る者に任せる意図が第一だが、直接支配によって漢人の恨みを買うことを避けるという意味もある。

遼東の支配を安定させるため、農業では漢人の貧民に土地を与え、商業では漢人の不利にならぬよう尽力した。ヌルハチは様々に気を遣っていたが、漢人の女真人への反発を解消するには、時間がかかりそうだった。

四

慟哭《どうこく》が天に届いたのか。

その日は夏の嵐であった。風がごうごうと音を立て、雨が絶え間なく地を叩く。道は川と化し、泥水が渦を巻いて流れている。

ヌルハチはエイドゥの亡骸《なきがら》をかき抱いていた。エイドゥは四十年来の友であり、仲間であり、第一の功臣であった。右腕という以上に、かけがえのない存在であった。見送る日が来るとは、思っていなかった。

エイドゥのおかげで、自分の野心に気づけた。ヌルハチにとってのエイドゥは、心を映す鏡であった。

出会いの日は、何度も夢に見ている。あの出会いが、女真の未来を変えたと言っていい。ギヤムフ村の近郊に現れた賊に、感謝する気持ちさえある。今はもう、アイシンの領内に賊は出ない。

ヌルハチとエイドゥは無敵であった。不敗であった。エイドゥは敗北らしい敗北を知らぬまま、病で世を去った。充実した、幸せな生涯であったと信じたい。

「おれはまだ、戦えるだろうか」

ヌルハチは自問する。自信はなかった。

覇業を支えた五大臣のうち、フィオンドンとエイドゥが相次いで没した。アン・フィヤングも病で伏せっている。六十歳前後という年齢を考えれば、自然なことではある。フルガンとホホリは、驕慢《きょうまん》なふるまいが目立ち、信頼を失っている。ヌルハチの一族の不心得者たちが、将来のために彼らと結びつきを深めようとしていた。それが原因のひとつである。

フルガンには、野心があったのだと思う。一族から賄賂をとっていた件を詰問すると、フルガンは涙すら浮かべて謝罪し、慈悲を求めた。

「金だけが目的ではないな」

質《ただ》すと、フルガンは半瞬、言葉に詰まった。ヌルハチは直感的に悟った。フルガンは後継者の後ろ盾として権力を振るいたいのだ。補佐役としては、フルガンの才は貴重だ。役に立つ。だが、それ以上を望まれては困る。ヌルハチはフルガンを遠ざけざるをえなかった。

ホホリは明に対する勝利が重なるにつれて、態度が大きくなり、中国風の宰相の地位に自分を擬すようになった。ヌルハチは政治がわからないから、と、独断で政治を進めようとして、部下たちから非難を受けた。明への畏敬《いけい》の念が、行き過ぎた自尊を抑えていたのだろうか。後に、ホホリは罪を犯して処罰されることになる。ヌルハチは孤独であった。重臣は代替わりを進めており、腹を割って話せる者はいない。息子たちについては、贔屓《ひいき》したくないため、一線を引いている。

それでも、自信がなくても孤独であっても、戦いをつづけなければならない。最大の障壁である遼陽は奪取した。あともう少しで、長城からこちらはすべて、アイシン領となる。そうすれば、誰が後を継いでも、国を保てるだろう。

「残された者は前を向くしかない」

内なる声が聞こえた。ふいに、記憶がよみがえってくる。あれは、エイドゥの従弟ガハシャン・ハスフが殺されたときだった。悔いるエイドゥに、ヌルハチはそう告げたのだ。もう何十年も前なのに、エイドゥの表情まで、くっきりと思い出せた。疑いなく前を向けるのは、若いからだ。今は前を向くより、振り返るほうが多い。それでも、後につづく者たちのために、涙をぬぐって前を向こう。ヌルハチは昂然と顔をあげ、明の地を見すえた。

その頃、明では、瀋陽と遼陽の陥落を受けて、熊廷弼が遼東経略に再起用されていた。

「朝廷は負けると私を頼ってくる。負ける前に意見を聞いてほしいものだ」

熊廷弼はそう広言しつつ、山海関に赴任した。たとえ正論であっても、他人の気持ちを考えることなく発言するので、熊廷弼には敵が多く、味方は少ない。本人もそれはわかっているのだが、改める気はなかった。

今回、熊廷弼は慎重策をとってはいない。アイシンの弱点を指摘し、遼陽の奪回作戦を提案して認められた。

アイシンの弱点とは、遼東半島のことである。明軍は海を渡って、長い海岸線のどこからでも攻撃できる。内陸で活動していたアイシンは水軍を持っておらず、舟と言えば、河を渡るための小舟だけだ。陸で迎撃するしかないが、守る範囲はきわめて広い。熊廷弼は水軍で遼東半島を攻撃して、アイシン軍本隊を引きずり回し、その隙に遼陽を奪回するつもりであった。

しかし、熊廷弼の作戦は実行されなかった。実戦部隊の多くをひきいる遼東巡撫《じゅんぶ》の王化貞《おうかてい》との対立が原因である。王化貞も官僚であり、実戦の経験は乏しかったが、みずから兵を集めて積極的な作戦を主張していた。

王化貞が送りこんだ部隊が遼東半島で一定の戦果をあげたため、彼の発言力が大きくなった。

「私に任せていれば、万事うまく行くのだ。六万ほどの兵があれば、アイシンを滅ぼしてやるのだがな」

王化貞は自身も兵をひきいて遼東へ侵攻したが、これは得るものがなかった。

ヌルハチは、熊廷弼と王化貞の不和の情報をつかんでいた。そして、何度か侵攻を受けて、王化貞の才も見切った。となれば、採るべき方途はひとつだ。

天命七年（西暦一六二二年）一月、ヌルハチは六万の大軍をひきいて遼河を渡った。めざすは広寧。王化貞の本拠であり、山海関のこちら側、つまり万里の長城の外側では、最後の主要な城市だ。

遼河を警戒していた明の守備兵は、アイシンの大軍を目の当たりにすると、悲鳴をあげて逃げ去った。アイシン軍はあえて追わず、悠然と行軍する。

アイシン軍はまず、広寧を守る砦のひとつ、西平堡《せいへいほ》を囲んだ。明軍が降伏勧告に応じなかったため、ヌルハチは力攻めを命じた。鉄砲を防ぐため、鉄板で補強した衝車や雲梯といった攻城兵器を用い、重装の兵士たちが盾車に乗って近づいて攻めたてる。

守備側は鉄砲と大砲を駆使して抵抗した。一昼夜にわたる激闘の末、アイシン軍は西平堡を制圧する。

休むまもなく、明の援軍が現れた、との報が入った。明の援軍はいつも手遅れになってから現れる。逆に言えば、アイシン軍が援軍の来る前に城を落としているのである。今回は消耗が激しいが、何とか間に合った。

「野戦なら、望むところだ」

ヌルハチは疲れた顔に笑みを浮かべた。援軍を迎撃するための部隊は残してある。それに、いくら疲れていても、城攻めに比べれば、野戦ははるかに犠牲が少なくてすむ。敵もわかっていようが、援軍を出さぬわけにはいかないのだろう。

アイシン軍は重装騎兵を前衛として戦闘態勢をとった。小細工なしで、正面から叩きつぶす意思を明らかにする。対する明軍の動きは鈍重であった。戦うか逃げるか、迷うような様子が見受けられた後、鉄砲隊ではなく、槍や戟をかまえた歩兵隊が前に出てきた。

常のヌルハチなら、敵の態勢が整う前に、攻撃を命じているところだ。しかし、このときは警戒心が勝った。明軍は何か罠を用意しているのではないか。

ヌルハチは騎兵隊に対し、距離をとって弓矢で攻撃するよう命じた。敵の出方を見て、策があるようなら対処すればよい。

いっせいに放たれた矢が、餌に群がる鳥の群れのように、明軍に襲いかかる。悲鳴があがり、陣形が乱れる。だが、様子がおかしい。矢の狙いは前衛だったのだが、後方でより大きな騒ぎが起こっているようだ。狼狽と混乱が波紋のごとく広がる。

「突撃せよ」

ヌルハチは太鼓を連打させた。何が起こっているのかはわからないが、罠ではなさそうだ。敵軍は本当に混乱しているのだ。

アイシン騎兵は弓矢を刀槍に持ちかえ、敵陣に向かって一直線に疾駆する。二万の騎兵が一糸乱れず突撃するさまは、大地がそのまま移動するようにも見えた。迎え撃つ明軍はしかし、槍を立てることすらせず、右往左往している。

アイシン騎兵はそのまま明陣を蹂躙《じゅうりん》し、ろくに抵抗もしない明兵を刀槍にかけていく。明兵の多くは武器を捨て、その場にうずくまった。戦意を失っているらしい。陣の後方では、明軍らしき一隊がアイシンの旗を掲げている。

報告を受けたヌルハチは、引き鉦を叩かせて、いったん矛を収めた。

「降伏するなら、戦う前に言えばよかろうに」

ヌルハチは眉をひそめて、慎重に状況を探った。

すると、援軍の指揮官が降伏を求めていることがわかった。彼は戦闘がはじまると同時に、指揮を放棄して陣を離れたのだった。

「そいつを連れてこい」

うんざりしながらヌルハチが命じると、部下が恐縮して告げた。

「それが、広寧に向かったそうで。何でも、手みやげに王化貞と熊廷弼の首を持ってくるとかで」

裏切り者に好感は持てなかったが、戦わずして広寧が手に入るなら、これ以上の僥《ぎょう》倖《こう》はない。ヌルハチはその日は野営して、翌日、慎重に軍を進めた。

すると、広寧のほうから馬を進めてくる一団がある。アイシン軍を見ると、一団は馬を下りて平伏《へいふく》した。これは明に仕えていた女真人たちで、アイシン軍の接近を知って、帰順したいとやってきた者だった。

広寧では城門を開いて、ヌルハチを迎える準備を調えているという。王化貞をはじめ、明の役人や将軍は逃げ出したらしい。裏切り者は目的を果たせなかったわけだ。

ヌルハチは先遣隊を送って状況を確かめ、情報が事実であると確認した。そのまま広寧を接収し、周辺の城市や村や砦を降す。

遼河を渡ってから山海関までは、遼西回廊と呼ばれる、山地と海にはさまれた細長い平原の道が通っている。長城の向こうに行くには、この道をたどるか、大きく西に迂回するかしかない。広寧とその周辺を抑えたことで、山海関への道が開けた。

もっとも、ヌルハチは山海関の先までは見ていない。広寧まで進出したことで、達成感を覚えていた。あとは領土の発展と防衛を考えたい。

広寧を防衛の拠点にできるだろうか。ヌルハチはしばらく滞在して検討したが、難しいという結論に達した。遼東半島の支配が固まらず、また明軍の侵攻も想定されるため、遼陽に兵をおいたほうがいい。

戦勝祝いの宴会を大々的に催したのち、アイシン軍は遼陽に帰還した。広寧や周辺の住民は遼東に移住させた。

「ようやく終わったか」

ヌルハチは深い安堵の息をついた。靄が晴れて、視界がすっきりしたようだ。

ふと右腕に目を落とす。よく日に灼《や》けた腕は筋肉が落ちており、しみが目立つ。だが、斬られてはいなかった。傷は古いものばかりだ。

焦りの刃は砕けていた。

これで不安なく、アイシンを次代に託せる。

自分の仕事は終わった。広寧の攻略が最後の戦いになったと、このときは考えていた。

五

この年の三月、ヌルハチはダイシャン、ホンタイジら十人の息子を集め、後継者について話した。十人のなかには、ドルゴン、ドドといった、まだ年若い者も含まれている。

「次のハンは話し合いによって定めよ。みずからの力を恃《たの》む者を選ぶな。力を誇り、驕る者は天に拒否されるだろうから。ハンは聞く耳を持たねばならぬ。いかに賢い者であっても、十人の知恵には劣るから。団結こそが重要だ。もしハンが他者の言葉を聞かず、道を外れれば、退位させて別のハンを立てよ。万事、話し合って決めるのだ」

ヌルハチはひとりに権力を集中させるべきではない、と考えていた。息子たちが協力してアイシン国を繁栄させることを望んだ。暴虐なハンが立って、国を崩壊させることを怖れた。器量の大きな者であっても、権力を得たとたんに豹変《ひょうへん》する例もある。ゆえに、後継者は指名しなかった。

しかし、ヌルハチの思いとは裏腹に、息子たちは後継者の地位をめぐる敵同士となってしまった。重臣たちを巻きこんで、それぞれが連合を組んだり、他者を追い落とそうとしたりして、暗闘を繰り広げた。ヌルハチは目に余る行為を罰したが、多数派工作はつづいた。

遼東の統治も、安定にはほど遠かった。ヌルハチは漢人を弾圧するつもりはなく、とくに貧民には恩恵をほどこそうという意思が強かった。だが、価値観の相違から、女真人と漢人の軋轢《あつれき》は避けられず、移住や賦役《ぶやく》のせいで漢人の反発は高まっていく。漢人の離反や逃亡、反乱に、ヌルハチは悩まされたが、しだいに割り切るようになった。したがわない者にもしたがう者にも報いを与える。それでよい。悪政をおこなっているわけではないのだから、時が経てば安定するだろう。ヌルハチ一代で支配体制が完成しなくてもかまわない。

ヌルハチは気力が低下しているのを自覚していた。六十も半ばを過ぎれば、無理もなかろう。ほとんど身ひとつで旗揚げしながら、女真の統一を果たし、明を遼東から追い出したのだから、誇っていいはずだ。孫たちに昔話を聞かせることも多くなった。

ただ、明の動向だけは、気にせざるをえなかった。漢人の反乱の背景には、明の存在がある。いつまた、攻勢に出てくるかわからない。

ヌルハチが広寧の周辺を確保したとき、熊廷弼らは遼西回廊の砦や城市を捨てて、山海関まで撤退した。その後、明は再び遼西回廊まで防衛線を広げる。防衛の拠点として建設したのが寧遠《ねいえん》城だ。

これを担当したのが、気鋭の文官、袁崇煥《えんすうかん》である。科挙に合格した秀才だが、政治よりも軍事を好んでいる。

「私に任せていただければ、難攻不落の砦をつくってみせます」

豪語して任務にとりかかると、袁崇煥は城の建築に情熱を注いだ。完成してからは、住民を集めて城市を発展させた。同時に、外国から新型の大砲を買い入れ、兵糧を集め、兵の訓練を積んで、戦の準備を進めた。

だが、ここでまた明の方針が変わる。アイシン領への侵攻を企図して撃退されたのをきっかけに、遼西回廊を放棄し、山海関まで後退するよう定めた。

「なりません」

袁崇煥は強硬に反対した。

「寧遠は山海関にも劣らぬ金城鉄壁です。絶対に落ちません。私ひとりでも、守りきってみせます」

袁崇煥は粘り強く主張して、何とか寧遠を出城として残した。

こうした事情をヌルハチは把握している。

天命十年(西暦一六二五年)に、アイシンの都は瀋陽に遷《うつ》されていた。ヌルハチは広すぎる遼陽を嫌い、近郊に小さな城を築いて居城としていたのだが、明の動向をふまえて瀋陽まで後退したのである。ヌルハチは住む場所にこだわりがなく、利便性を求めて次々と拠点を移してきたが、敵の攻撃に備えて後退するのははじめてだった。消極的になったものだ、と自分でも意識はしている。

「今なら、寧遠を落とせるのではないでしょうか」

進言する者がいた。

遼西回廊に寧遠という拠点を築かれたことは痛かった。ヌルハチには、止めるべきだったという後悔がある。今、寧遠を奪えば、明から攻められる怖れは少なくなる。明が寧遠を重視していないうちに、攻めるべきだ。

ヌルハチは迷った。行動に出ない理由はいくらでも思いつく。寧遠を得ても戦利品は少ないだろう。堅城というから、落としてもかなりの犠牲が出るにちがいない。遼東の安定のために、無駄な戦は避けたい。体力に自信もない。

だが、それだけに、積極的な行動に出たかった。自分を奮いたたせたい。最後の火を点《とも》したい。

「よし、寧遠に遠征する」

ヌルハチの宣言を受けて、将軍たちは喜びの声をあげた。久しぶりの大規模な遠征に心を躍らせている。

天命十一年（西暦一六二六年）一月、ヌルハチは二十万と称する大軍をひきいて、瀋陽を出発した。むろん、これは誇大な宣伝で、実数は十万に満たない。それでも、守備兵二万と推定される寧遠を落とすには充分な数である。

袁崇煥は周りの砦や村から兵士と民を引きあげさせた。建物も畑も焼いて、堅壁清野《けんぺきせいや》の策を採る。

寧遠の郊外に達したアイシン軍は、まず降伏勧告をおこなった。当然、袁崇煥は受け入れない。ヌルハチは城を包囲して、力攻めの準備をするよう命じた。アイシン軍は攻城兵器を組み立て始める。

突然、爆音が響いた。

城壁で大砲が発射されたのだ。曇り空を背景に、弾が煙の尾を引いて飛んでくる。

アイシンの兵士たちには余裕があった。大砲のとどく距離は計算のうえで布陣しているのだ。新しい大砲を買ったという噂もあったから、これまでより離れている。

「まさか、こんなところまでとどくはずがない」

余裕が狼狽に変わった。

弾はアイシンの陣にとどいて、組み立てている衝車を直撃したのだ。板が砕けて木くずが飛び散り、土煙があがった。周りの兵士たちが、驚愕《きょうがく》と恐怖に顔をひきつらせて飛びのく。

さらに、二発、三発と着弾した。つくりかけの攻城兵器が直撃を受け、巻きこまれた兵士が苦鳴をあげている。

「退け」

ヌルハチは叫んだ。命令が伝わるより早く、各隊の判断でアイシン軍は後退した。

敵の新しい大砲は射程が延びているようだ。しかも、驚くほど狙いが正確だ。これまでの大砲と同じ間隔で撃てるとしたら、より城壁に近づきにくくなる。

それでも、作戦を変える必要はない、とヌルハチは判断した。城壁の弱そうな箇所を狙って、二方向から接近を開始する。

城壁上で大砲が火を噴く。アイシンの軍列の密集したところに穴が空いた。穴の中心には、不幸な兵が倒れており、すでに息がない。さらに、あわてて逃げ出そうとした兵が、穴の周囲に折り重なって倒れている。砲弾の破壊力の前には、盾も鎧も役に立たない。攻城兵器も一撃で粉砕されてしまう。

それでも、大砲の数は多くないし、連射は利かない。運良く標的にならなかった部隊が、城壁に近づいていく。彼らを別の砲弾が襲った。投石機から発射されたもので、地に落ちると弾けて炎をあげる。

褐色の大地に紅い花が咲いたようだった。火傷を負った兵がうずくまり、助けを求める。盾車に火がついて、煙をあげながら、あらぬ方へと走り出す。

アイシン軍は予期せぬ攻撃に傷つき、とまどい、うろたえた。将軍たちが叱咤《しった》する。

「ええい、これしきの攻撃でひるむな。懐に入れば怖くないぞ」

大砲や投石機の攻撃を回避するには、逃げるよりも進んだほうがいい。そう信じた兵士たちは勇敢に突き進んだ。

城壁や矢倉から、矢が射かけられる。盾車が城壁にとりついた。アイシン兵は盾を掲げて防ぎながら駆ける。先頭の兵が城壁にとりついた。盾車が城壁にぶつかるようにして止まる。弓兵が上に向かって矢を射る。その援護を受けつつ、歩兵隊が城壁を登ろうとする。

そのとき、数本の火矢が矢倉から放たれた。

次の瞬間、城壁の真下で爆発が起こった。

アイシン兵が火だるまになって転げ回る。悲鳴が黒煙に混じった。爆発は連鎖して左右に広がっていく。炎がうねりながら奔り、アイシン兵と攻城兵器を巻きこむ。

明軍は城壁の近くに罠を張っていたのである。アイシン軍の引き鉦が性急な調子に鳴り響いた。後退する兵士たちを矢や投石、さらには大砲の弾が追いかける。アイシン軍は予想を超える被害を出して撤退した。

「油断したわけではないが……」

ヌルハチはこぶしを握りしめて、悔しさを隠さなかった。敵軍は万全の準備をして待ちかまえていたようだ。緒戦はしてやられてしまった。

その夜、アイシン兵は手分けして大量の水を運んだ。火計《かけい》の対策として、鎧や攻城兵器を濡らすためだ。手の内がわかっていれば、対策もできる。大砲に対しては、攻める箇所を増やし、さらに散開して接近することとした。

翌日、アイシン軍は攻撃を再開した。まずは前日と同じ二方面から接近を企てる。城壁上で大砲が火を噴き、正確に軍列をとらえる。盾車が破砕され、雲梯はななめにかしいで、やがて倒れた。兵士たちはかぶとを押さえて逃げまどう。発射音も恐怖の種だった。轟音を耳にすると、兵士たちは反射的に止まってしまう。

アイシン軍は新たに別な方向から攻め手を繰り出した。盾車を走らせて城壁に迫る。騎兵が散らばって駆け、騎射で援護する。

ひゅん、という音がして、投石機が弾を発した。大地に弾けると同時に、炎が閃《ひらめ》く。炎に対しては、アイシン軍も備えている。盾車に覆いかぶさった炎はすぐに消えた。次の弾は爆発すると、濛々とした煙を吐き出した。近くにいた兵士が鼻をつまんでうずくまる。煙にまかれた兵がふらついて倒れた。毒煙だ。

煙と炎の攻撃を受けて、アイシン軍の動きが止まった。そこへ、大砲の弾や矢が飛んでくる。

砲弾が地面に大きな穴をうがち、地響きがとどろいた。その瞬間、アイシン兵の戦意と勇気は粉々に砕け散った。踵を返して、我先にと逃げていく。明軍に連戦連勝した、精強な軍団の面影《おもかげ》はなかった。

「もう無理だな」

ヌルハチは敗北を認めて、撤退を命じた。

この戦いで、アイシン軍は五千近い兵を失った。ヌルハチの生涯ではじめてとなる完敗であった。

六

重臣たちも息子たちも心配していた。勝ちつづけてきた覇者がついに敗れた。年齢も年齢である。打ちひしがれて、生きる気力を喪《うしな》ってもおかしくない。

しかし、ヌルハチはむしろ活力を取り戻していた。

「寧遠は絶対に落とす」

帰還する馬上で、すでに決意を固めている。

「あの大砲は城攻めにも使える。むしろそのほうが生きるだろう。是が非でも手に入れたい。異国の商人に伝手《つて》がある者がいないだろうか。ひとつ買ったら、あとは漢人の工房でつくらせたいな。遼陽や瀋陽なら、つくれる者がいるかもしれぬ」

思考は大砲を用いた戦術にも及んだ。どうやって輸送するかにもよるが、攻城戦には使いたい。野戦ではどうか。明軍のように、陣地で待ちかまえているだけではつまらない。機動的な運用ができればよいが、それには改良が必要になろう。

サルフの後のような焦りはなかった。ヌルハチはわくわくしていた。これまで出会えなかった強敵を、ついに見つけたように思った。負けたままではいられない。寧遠は自分で落としたい。

瀋陽に着くなり、ヌルハチは様々な指示を出した。戦死者の供養や負傷者の治療、慰労金の支給といった戦後処理の次に、大砲入手や兵糧集めなど、再遠征を念頭においた前向きな命令がつづいたので、周囲の者たちは安堵した。

しかし、その年の七月、ヌルハチは高熱を発して倒れた。数日して、熱は下がったが、身体がだるくて起き上がれない。医師が診ても、原因ははっきりしないという。うろたえる廷臣たちに、ヌルハチは力のない笑みを向けた。

「案ずるな。これしきの病は、湯に浸かれば治る」

そこで、ハンと廷臣たちは清河の温泉に湯治に出かけることになった。馬には乗れないので、輿と舟で旅をする。

道中、舟の揺れが妙に心地良くて、ヌルハチは夢の世界をたゆたっていた。

夢の内容はおぼろげで、くわしく覚えてはいられない。ただ、みな若かった。自分も、エイドゥも、アン・フィヤングも、他の重臣たちも。数十人、数百人の兵をひきいて曠野を駆けていた頃が、一番楽しかったのかもしれない。

次々と目標を達成して、指揮する兵が増えていった。ニカン・ワイランの打倒にはじまり、マンジュの統一、女真の統一。明も破った。領土は見渡せぬほどに広がった。

仲間が増えた。部下が増えた。一族が増えた。十人を超える息子たちは、ヌルハチの誇りである。それだけに、長男のチュエンを死なせてしまった悔恨は消えることがない。振り返れば、違う接し方があったように思う。

湯治は退屈であった。若い頃はのんびりするのが好きだったが、年をとると働いているほうが気持ちが楽になった。

病に倒れたのは不本意であったが、不条理ではなかった。何しろ六十八歳だ。長命を天に感謝すべきだろう。もう治らないという諦念《ていねん》は、充分に生きたという満足感とともに生じていた。ただ、頭の痛みが去ると、病を治してもっとやりたい、という欲求が生じてくる。ふたつの気持ちは争うことなく共存している。

ヌルハチはずっとぼんやりしていた。

アイシン国の行く末について、つらつらと考えた。誰が次のハンに推戴《すいたい》されるのだろうか。後継者については、繰り返し語ってきた。誰がハンになっても、一族が協力して国を運営していくことが大切だ。その体制ができれば、きっとうまくいく。女真人は団結すれば大きな力を発揮する。これまで、辺境で不毛な攻防を繰り広げてきたのは、明の奸計《かんけい》によって分断されていたからだ。スクスフ部もドンゴ部もジェチェン部も、ハダ部もイェヘ部も、みな女真人だ。次のハンもそのことを忘れないでほしい。

明との戦いは今後もつづくだろうか。寧遠の奪取は次代に託すしかない。それだけは心残りだ。寧遠を奪った後、山海関を境にして友好関係を築くのもよかろう。長城の内側に攻め入るのは、想像がつかない。朝貢におもむいて、北京の威容を見た身としては、あの国と互角以上に戦えたことも信じられない気がする。とはいえ、明の国勢が下り坂なのはまちがいない。将来の展開が楽しみだ。

ヌルハチは考えていたことを、廷臣に話したようだ。

「陛下のお考えを必ず伝えます」

そう真剣に応じなくてもよい。

ヌルハチはとまどった。後のことはよく話し合って決めてほしい。望みはそれだけだ。

話し声が聞こえる。

「このまま留まるのは危険だ」

「都に戻ろう」

「間に合わないかもしれない。一族の皆様をお呼びしなければ」

話がまとまったようで、要望が出された。

「もう湯治は充分でしょう。都にご帰還くださいませ」

ヌルハチは応えた。

「そうだな。エイドゥが待っている」

だが、ヌルハチが瀋陽に足を踏み入れることはなかった。

都へ帰る旅路の途中、天命十一年（西暦一六二六年）八月十一日、ヌルハチは没した。享年六十八である。英明なるハンの呼称にふさわしい、勝利と成功に彩られた生であった。

ヌルハチの後は第八子のホンタイジが継いで、二代目のハンとなった。即位に際して、内乱こそ生じなかったが、史書には記されない、様々な暗闘があっただろう。

ホンタイジは朝鮮半島に派兵して李氏朝鮮を屈服させ、またモンゴル高原にも繰り返し遠征して、内モンゴルを平定した。明に対しては、寧遠城を落とすことはできなかったが、西に迂回して長城を越え、北京に迫った。ホンタイジの狙いは、有利な条件で明と講和を結ぶことだったが、これは実現しなかった。

ホンタイジの手腕は、内政にこそ生かされた。八旗制度を改革し、中国の官僚制を取り入れて、女真人（マンジュ人）、モンゴル人、漢人を治める帝国としての体制を固める。天聡《てんそう》十年（西暦一六三六年）には皇帝の地位に即き、国号を大清《だいしん》と改め、崇《すう》徳《とく》と改元した。

しかし、ホンタイジは明との決着をつけられないまま、崇徳八年（西暦一六四三年）に世を去った。後を継いだのは、幼い息子のフリン（順治帝《じゅんちてい》）で、叔父のドルゴンが摂政として権力を掌握した。

その頃、明は李自成《りじせい》の乱で苦しみ、命脈は尽きようとしていた。寧遠城の防衛で活躍した袁崇煥は、讒言《ざんげん》を信じた朝廷によって処断され、清に降る有力武将も現れていた。崇禎《すうてい》十七年（西暦一六四四年）、反乱軍がついに北京に突入する。崇禎帝はみずから死を選び、明は滅亡した。

このとき、山海関を守っていた明の武将・呉三桂《ごさんけい》は、反乱軍に対抗するため、清を味方につけようとした。関を開いて、清軍を招き入れたのである。ドルゴンはこれに乗じて進軍し、北京を占領して、中国全土に支配を広げた。

清はその後、康熙《こうき》、雍正《ようせい》、乾隆《けんりゅう》とつづく名君の時代に、空前の繁栄を謳歌《おうか》することになる。

大帝国の基礎を築いたヌルハチは、太祖の廟号《びょうごう》を贈られ、瀋陽近郊の陵に葬られた。太祖ヌルハチの武勲は、マンジュ人に語り継がれている。わずか数十人の味方とともに旗揚げし、勝ちつづけて女真の地に覇を唱えた。サルフの戦いでは、数倍の数の明軍に対し、戦史上に特筆される大勝利を得た。機を逃さず、遼東を明から奪った手腕も卓越している。

その輝きはまさに、朔北の空に燦然ときらめく将星であった。

本書は二〇二一年十一月、小社より刊行されたものです。

|著者|小前 亮　1976年、島根県生まれ。東京大学大学院修了。在学中より歴史コラムの執筆を始める。（有）らいとすたっふに入社後、田中芳樹氏の勧めで小説の執筆にとりかかり、2005年、『李世民《りせいみん》』（講談社文庫）でデビュー。『覇帝《はてい》フビライ　世界支配の野望』『唐玄宗紀』『賢帝と逆臣と　康熙帝《こうきてい》と三藩の乱』『天下一統　始皇帝の永遠』『劉裕《りゅうゆう》　豪剣の皇帝』（いずれも講談社文庫）などの歴史小説のほか、『三国志』（理論社）、『真田十勇士』『星の旅人　伊能忠敬《いのうただたか》と伝説の怪魚』（ともに小峰書店）など児童向け作品も手がける。

ヌルハチ　朔北《さくほく》の将星《しょうせい》

小前《こまえ》 亮《りょう》

2023年11月15日第１刷発行

発行者――髙橋明男
発行所――株式会社　講談社
東京都文京区音羽2-12-21　〒112-8001
電話　出版（03）5395-3510
　　　販売（03）5395-5817
　　　業務（03）5395-3615

Printed in Japan

講談社文庫
定価はカバーに
表示してあります

KODANSHA

デザイン―菊地信義
本文データ制作―講談社デジタル製作
印刷―――株式会社KPSプロダクツ
製本―――株式会社国宝社

ISBN978-4-06-533584-0

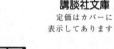

講談社文庫刊行の辞

二十一世紀の到来を目睫に望みながら、われわれはいま、人類史上かつて例を見ない巨大な転換期をむかえようとしている。

世界も、日本も、激動の予兆に対する期待とおののきを内に蔵して、未知の時代に歩み入ろうとしている。このときにあたり、創業の人野間清治の「ナショナル・エデュケイター」への志を現代に甦らせようと意図して、われわれはここに古今の文芸作品はいうまでもなく、ひろく人文・社会・自然の諸科学から東西の名著を網羅する、新しい綜合文庫の発刊を決意した。

激動の転換期はまた断絶の時代である。われわれは戦後二十五年間の出版文化のありかたへの深い反省をこめて、この断絶の時代にあえて人間的な持続を求めようとする。いたずらに浮薄な商業主義のあだ花を追い求めることなく、長期にわたって良書に生命をあたえようとつとめるところにしか、今後の出版文化の真の繁栄はあり得ないと信じるからである。

同時にわれわれはこの綜合文庫の刊行を通じて、人文・社会・自然の諸科学が、結局人間の学にほかならないことを立証しようと願っている。かつて知識とは、「汝自身を知る」ことにつきていた。現代社会の瑣末な情報の氾濫のなかから、力強い知識の源泉を掘り起し、技術文明のただなかに、生きた人間の姿を復活させること。それこそわれわれの切なる希求である。

われわれは権威に盲従せず、俗流に媚びることなく、渾然一体となって日本の「草の根」をかたちづくる若く新しい世代の人々に、心をこめてこの新しい綜合文庫をおくり届けたい。それは知識の泉であるとともに感受性のふるさとであり、もっとも有機的に組織され、社会に開かれた万人のための大学をめざしている。大方の支援と協力を衷心より切望してやまない。

一九七一年七月

野間省一

講談社文庫 最新刊

相沢沙呼
invert《インヴァート》
城塚翡翠《じょうづかひすい》倒叙集
城塚翡翠から読者に贈る挑戦状！ あなたは探偵の推理を推理することができますか？

神永学
心霊探偵八雲 INITIAL FILE
〈魂の素数〉
累計750万部突破シリーズ、心霊探偵八雲。数学×心霊、頭脳を揺るがす最強バディ誕生！

桃戸ハル 編・著
5分後に意外な結末
〈ベスト・セレクション 金の巻〉
読み切りショート・ショート20話＋全編イラストつき「5秒後に意外な結末」19話を収録！

麻見和史
賢者の棘《とげ》
〈警視庁殺人分析班〉
命をもてあそぶ残虐なゲームに新人刑事・如月塔子《きさらぎとうこ》が挑む。脅迫状の謎がいま明らかに！

似鳥鶏
推理大戦
各国の異能の名探偵たちが北海道に集結した。「推理ゲーム」の世界大会を目撃せよ！

松本清張
ガラスの城
〈新装版〉
エリート課長が社員旅行先の修善寺で死体に。二人の女性社員の手記が真相を追いつめる。

西尾維新
悲録伝
四国《しこく》ゲームの真の目的が明かされる──。『究極魔法』は誰の手に!? 四国編、堂々完結！

今野 敏 イ コ ン〈新装版〉
今野 敏 天を測る
後藤正治 拗《す》ね者たらん〈本田靖春 人と作品〉
幸田 文 崩れ
幸田 文 季節のかたみ
幸田 文 台所のおと〈新装版〉
小池真理子 冬の伽藍
小池真理子 夏の吐息
小池真理子 千日のマリア
五味太郎 大人問題
鴻上尚史 あなたの魅力を演出するちょっとしたヒント
鴻上尚史 鴻上尚史の俳優入門
鴻上尚史 青空に飛ぶ
小泉武夫 納豆の快楽
近藤史人 藤田嗣治「異邦人」の生涯
小前 亮 趙《ちょう》匡《きょう》胤《いん》〈宋の太祖〉
小前 亮 始皇帝の永遠〈天下一統〉
小前 亮 劉《りゅう》裕《ゆう》〈豪剣の皇帝〉
香月日輪 妖怪アパートの幽雅な日常①
香月日輪 妖怪アパートの幽雅な日常②
香月日輪 妖怪アパートの幽雅な日常③
香月日輪 妖怪アパートの幽雅な日常④
香月日輪 妖怪アパートの幽雅な日常⑤
香月日輪 妖怪アパートの幽雅な日常⑥
香月日輪 妖怪アパートの幽雅な日常⑦
香月日輪 妖怪アパートの幽雅な日常⑧
香月日輪 妖怪アパートの幽雅な日常⑨
香月日輪 妖怪アパートの幽雅な日常⑩
香月日輪 妖怪アパートの幽雅な食卓〈るり子さんのお料理日記〉
香月日輪 妖怪アパートの幽雅な人々〈妖アパミニガイド〉
香月日輪 妖怪アパートの幽雅な日常〈ラスベガス外伝〉
香月日輪 大江戸妖怪かわら版①〈異界より落ち来る者あり〉
香月日輪 大江戸妖怪かわら版②〈異界より落ち来る者あり 其之二〉
香月日輪 大江戸妖怪かわら版③〈封印の娘〉
香月日輪 大江戸妖怪かわら版④〈天空の竜宮城〉
香月日輪 大江戸妖怪かわら版⑤〈雀、大浪花に行く〉
香月日輪 大江戸妖怪かわら版⑥〈魔狼、月に吠える〉
香月日輪 大江戸妖怪かわら版⑦〈大江戸散歩〉
香月日輪 地獄堂霊界通信①
香月日輪 地獄堂霊界通信②
香月日輪 地獄堂霊界通信③
香月日輪 地獄堂霊界通信④
香月日輪 地獄堂霊界通信⑤
香月日輪 地獄堂霊界通信⑥
香月日輪 地獄堂霊界通信⑦
香月日輪 地獄堂霊界通信⑧
香月日輪 ファンム・アレース①
香月日輪 ファンム・アレース②
香月日輪 ファンム・アレース③
香月日輪 ファンム・アレース④
香月日輪 ファンム・アレース⑤(上)(下)
近衛龍春 加藤清正〈豊臣家に捧げた生涯〉
木《こ》原《の》音《はら》瀬《なりせ》 箱の中
木原音瀬 美しいこと
木原音瀬 秘密
木原音瀬 嫌な奴
木原音瀬 罪の名前

木原音瀬　コゴロシムラ
近藤史恵　私の命はあなたの命より軽い
小泉　凡　怪談四代記〈八雲のいたずら〉
小松エメル　夢の燈《ほ》影《かげ》
小松エメル　総司の夢〈新選組無名録〉
呉　勝浩　道徳の時間
呉　勝浩　ロスト
呉　勝浩　蜃気楼の犬
呉　勝浩　白い衝動
呉　勝浩　バッドビート
こだま　夫のちんぽが入らない
こだま　ここは、おしまいの地
古波蔵保好　料理沖縄物語
ごとうしのぶ　いばらの冠〈ブラス・セッション・ラヴァーズ〉
古泉迦十　火蛾
小《こ》池《いけ》水《みず》音《ね》　〈小説〉こんにちは、母さん
講談社校閲部　〈熟練校閲者が教える〉間違えやすい日本語実例集
佐藤さとる　〈コロボックル物語①〉だれも知らない小さな国
佐藤さとる　〈コロボックル物語②〉豆つぶほどの小さないぬ
佐藤さとる　〈コロボックル物語③〉星からおちた小さなひと
佐藤さとる　〈コロボックル物語④〉ふしぎな目をした男の子
佐藤さとる　〈コロボックル物語⑤〉小さな国のつづきの話
佐藤さとる　〈コロボックル物語⑥〉コロボックルむかしむかし
佐藤さとる　天狗童子
佐藤さとる 絵／村上　勉　わんぱく天国
佐藤愛子　新装版 戦いすんで日が暮れて
佐木隆三　慟哭〈小説・林郁夫裁判〉
佐木隆三　身分帳
佐高　信　石原莞爾その虚飾
佐高　信　わたしを変えた百冊の本
佐高　信　新装版 逆命利君
佐藤雅美　〈物書同心居眠り紋蔵〉ちよの負けん気、実の父親
佐藤雅美　〈物書同心居眠り紋蔵〉へこたれない人
佐藤雅美　〈物書同心居眠り紋蔵〉わけあり師匠事《こと》の顛末
佐藤雅美　〈物書同心居眠り紋蔵〉御奉行の頭の火照《ほて》り
佐藤雅美　〈物書同心居眠り紋蔵〉敵討《かたき》ちか主殺しか
佐藤雅美　江戸繁昌記〈寺門静軒無聊伝〉
佐藤雅美　青雲遥かに〈大内俊助の生涯〉
佐藤雅美　悪足掻《あが》きの跡始末 厄介弥三郎
佐藤雅美　恵比寿屋喜兵衛手控え〈新装版〉
酒井順子　負け犬の遠吠え
酒井順子　朝からスキャンダル
酒井順子　忘れる女、忘れられる女
酒井順子　次の人、どうぞ！
酒井順子　ガラスの50代
佐野洋子　嘘ばっか〈新釈・世界おとぎ話〉
佐野洋子　コッコロから
佐川芳枝　寿司屋のかみさん サヨナラ大将
笹生陽子　ぼくらのサイテーの夏
笹生陽子　きのう、火星に行った。
笹生陽子　世界がぼくを笑っても
沢木耕太郎　一号線を北上せよ〈ヴェトナム街道編〉
佐藤多佳子　一瞬の風になれ 全三巻
佐藤多佳子　いつの空にも星が出ていた
笹本稜平　駐在刑事
笹本稜平　駐在刑事 尾根を渡る風
西條奈加　世直し小町りんりん

西條奈加　まるまるの毬《いが》
西條奈加　亥《いの》子《こ》ころころ
佐伯チズ　佐伯チズ式「完全美肌バイブル」〈123の肌悩みにズバリ回答！〉
斉藤　洋　ルドルフとイッパイアッテナ
斉藤　洋　ルドルフともだちひとりだち
佐々木裕一　公家武者　信平《のぶひら》〈消えた狐丸〉
佐々木裕一　逃げた名馬〈公家武者　信平㈡〉
佐々木裕一　比叡山の鬼〈公家武者　信平㈢〉
佐々木裕一　公《く》卿《ぎょう》の罠《わな》〈公家武者　信平㈣〉
佐々木裕一　狙われた旗本〈公家武者　信平㈤〉
佐々木裕一　赤い刀身〈公家武者　信平㈥〉
佐々木裕一　帝《みかど》の刀《とう》匠《しょう》〈公家武者　信平㈦〉
佐々木裕一　若君の覚悟〈公家武者　信平㈧〉
佐々木裕一　くもの頭領〈公家武者　信平㈨〉
佐々木裕一　宮中の誘い〈公家武者　信平㈩〉
佐々木裕一　雲《ひ》雀《ばり》の太刀〈公家武者　信平(十一)〉
佐々木裕一　決着の鬪《とき》〈公家武者　信平(十二)〉
佐々木裕一　姉妹の絆〈公家武者　信平(十三)〉
佐々木裕一　町くらべ〈公家武者　信平(十四)〉
佐々木裕一　狐のちょうちん〈公家武者信平ことはじめ㈠〉
佐々木裕一　姫のため息〈公家武者信平ことはじめ㈡〉
佐々木裕一　四谷の弁慶〈公家武者信平ことはじめ㈢〉
佐々木裕一　暴れ公卿〈公家武者信平ことはじめ㈣〉
佐々木裕一　千石の夢〈公家武者信平ことはじめ㈤〉
佐々木裕一　妖《あや》し火〈公家武者信平ことはじめ㈥〉
佐々木裕一　十万石の誘い〈公家武者信平ことはじめ㈦〉
佐々木裕一　黄《よ》泉《み》の女〈公家武者信平ことはじめ㈧〉
佐々木裕一　将軍の宴〈公家武者信平ことはじめ㈨〉
佐々木裕一　宮中の華〈公家武者信平ことはじめ㈩〉
佐々木裕一　乱れ坊主〈公家武者信平ことはじめ(十一)〉
佐々木裕一　領地の乱〈公家武者信平ことはじめ(十二)〉
佐々木裕一　赤坂の達《だる》磨《ま》〈公家武者信平ことはじめ(十三)〉
佐藤　究《きわむ》　Q J K J Q
佐藤　究　A n k : 〈a mirroring ape〉
佐藤　究　サージウスの死神
佐野　晶／三田紀房・原作　小説アルキメデスの大戦
澤村伊智　恐怖小説キリカ
さいとう・たかを／戸川猪佐武　原作　歴史劇画　大宰相〈第一巻　吉田茂の闘争〉
さいとう・たかを／戸川猪佐武　原作　歴史劇画　大宰相〈第二巻　鳩山一郎の悲運〉
さいとう・たかを／戸川猪佐武　原作　歴史劇画　大宰相〈第三巻　岸信介の強腕〉
さいとう・たかを／戸川猪佐武　原作　歴史劇画　大宰相〈第四巻　池田勇人と佐藤栄作の激突〉
さいとう・たかを／戸川猪佐武　原作　歴史劇画　大宰相〈第五巻　田中角栄の革命〉
さいとう・たかを／戸川猪佐武　原作　歴史劇画　大宰相〈第六巻　三木武夫の挑戦〉
さいとう・たかを／戸川猪佐武　原作　歴史劇画　大宰相〈第七巻　福田赳夫の復讐〉
さいとう・たかを／戸川猪佐武　原作　歴史劇画　大宰相〈第八巻　大平正芳の決断〉
さいとう・たかを／戸川猪佐武　原作　歴史劇画　大宰相〈第九巻　鈴木善幸の苦悩〉
さいとう・たかを／戸川猪佐武　原作　歴史劇画　大宰相〈第十巻　中曽根康弘の野望〉
佐藤　優　人生の役に立つ聖書の名言
佐藤　優　戦時下の外交官〈ナチス・ドイツの崩壊を目撃した吉野文六〉
佐藤　優　人生のサバイバル力
斉藤詠一　到達不能極
斉藤詠一　クメールの瞳
佐々木　実　竹中平蔵　市場と権力〈「改革」に憑かれた経済学者の肖像〉
斎藤千輪　神楽坂つきみ茶屋〈禁断の盃と絶品江戸レシピ〉
斎藤千輪　神楽坂つきみ茶屋2〈突然のピンチと喜寿の祝い膳〉
斎藤千輪　神楽坂つきみ茶屋3〈想い人に捧げる鍋料理〉
斎藤千輪　神楽坂つきみ茶屋4〈頂上決戦の七夕料理〉

講談社文庫　目録

作画・蔡志忠／訳・和田武司／監修・野末陳平　マンガ　孔子の思想
作画・蔡志忠／訳・和田武司／監修・野末陳平　マンガ　老荘の思想
作画・蔡志忠／訳・和田武司／監修・野末陳平　マンガ　孫子・韓非子の思想
佐野広実　わたしが消える
紗倉まな　春、死なん
司馬遼太郎　新装版　播磨灘物語　全四冊
司馬遼太郎　新装版　箱根の坂　(上)(中)(下)
司馬遼太郎　新装版　アームストロング砲
司馬遼太郎　新装版　歳月　(上)(下)
司馬遼太郎　新装版　おれは権現
司馬遼太郎　新装版　大坂侍
司馬遼太郎　新装版　北斗の人　(上)(下)
司馬遼太郎　新装版　軍師二人
司馬遼太郎　新装版　真説宮本武蔵
司馬遼太郎　新装版　最後の伊賀者
司馬遼太郎　新装版　俄　(上)(下)
司馬遼太郎　新装版　尻啖え孫市　(上)(下)
司馬遼太郎　新装版　王城の護衛者
司馬遼太郎　新装版　妖怪　(上)(下)
司馬遼太郎　新装版　風の武士　(上)(下)
司馬遼太郎　戦雲の夢〈レジェンド歴史時代小説〉
司馬遼太郎／海音寺潮五郎　新装版　日本歴史を点検する
司馬遼太郎／井上ひさし　新装版　国家・宗教・日本人
司馬遼太郎／陳舜臣／金達寿　新装版　歴史の交差路にて〈日本・中国・朝鮮〉
柴田錬三郎　お江戸日本橋　(上)(下)
柴田錬三郎　貧乏同心御用帳
柴田錬三郎　新装版　岡っ引どぶ〈柴錬捕物帖〉
柴田錬三郎　新装版　顔十郎罷り通る　(上)(下)
島田荘司　御手洗潔の挨拶
島田荘司　御手洗潔のダンス
島田荘司　水晶のピラミッド
島田荘司　眩（めまい）暈
島田荘司　アトポス
島田荘司　異邦の騎士〈改訂完全版〉
島田荘司　御手洗潔のメロディ
島田荘司　Ｐの密室
島田荘司　ネジ式ザゼツキー
島田荘司　都市のトパーズ2007
島田荘司　21世紀本格宣言
島田荘司　帝都衛星軌道
島田荘司　ＵＦＯ大通り
島田荘司　リベルタスの寓話
島田荘司　透明人間の納屋
島田荘司　占星術殺人事件〈改訂完全版〉
島田荘司　斜め屋敷の犯罪〈改訂完全版〉
島田荘司　星《せい》籠《ろ》の海　(上)(下)
島田荘司　屋上
島田荘司　名探偵傑作短篇集　御手洗潔篇
島田荘司　火刑都市〈改訂完全版〉
島田荘司　暗闇坂の人喰いの木〈改訂完全版〉
清水義範　蕎《そ》麦《ば》ときしめん
清水義範　国語入試問題必勝法〈新装版〉
椎名誠　にっぽん・海風魚旅〈怪し火さすらい編〉
椎名誠　大漁旗ぶるぶる乱風編〈にっぽん・海風魚旅4〉
椎名誠　南シナ海ドラゴン編〈にっぽん・海風魚旅5〉
椎名誠　風のまつり
椎名誠　ナマコ

講談社文庫　目録

椎名　誠　埠頭三角暗闇市場
真保裕一　取引
真保裕一　震源
真保裕一　盗聴
真保裕一　朽ちた樹々の枝の下で
真保裕一　奪取(上)(下)
真保裕一　防壁
真保裕一　密告
真保裕一　黄金の島(上)(下)
真保裕一　発火点
真保裕一　夢の工房
真保裕一　灰色の北壁
真保裕一　覇王の番人(上)(下)
真保裕一　デパートへ行こう！
真保裕一　アマルフィ〈外交官シリーズ〉
真保裕一　天使の報酬〈外交官シリーズ〉
真保裕一　アンダルシア〈外交官シリーズ〉
真保裕一　ダイスをころがせ！(上)(下)
真保裕一　天魔ゆく空(上)(下)
真保裕一　ローカル線で行こう！
真保裕一　遊園地に行こう！
真保裕一　オリンピックへ行こう！
真保裕一　連鎖〈新装版〉
真保裕一　暗闇のアリア
真保裕一　ダーク・ブルー
篠田節子　弥勒
篠田節子　転生
篠田節子　竜と流木
重松　清　定年ゴジラ
重松　清　半パン・デイズ
重松　清　流星ワゴン
重松　清　ニッポンの単身赴任
重松　清　愛妻日記
重松　清　青春夜明け前
重松　清　カシオペアの丘で(上)(下)
重松　清　永遠《とわ》を旅する者〈ロストオデッセイ　千年の夢〉
重松　清　かあちゃん
重松　清　十字架
重松　清　峠うどん物語(上)(下)
重松　清　希望ヶ丘の人びと(上)(下)
重松　清　赤ヘル１９７５
重松　清　なぎさの媚薬(上)(下)
重松　清　さすらい猫ノアの伝説
重松　清　ルビィ
重松　清　どんまい
重松　清　旧友再会
新野剛志　美しい家
新野剛志　明日の色
殊能将之　ハサミ男
殊能将之　鏡の中は日曜日
殊能将之　殊能将之　未発表短篇集
首藤瓜於　事故係生稲昇太の多感
首藤瓜於　脳男　新装版
首藤瓜於　ブックキーパー　脳男(上)(下)
島本理生　シルエット
島本理生　リトル・バイ・リトル
島本理生　生まれる森

2023年9月15日現在